DRESSLER

ABBY COOPER

WUNDER WORTE

Aus dem amerikanischen Englisch
von André Mumot

Dressler Verlag · Hamburg

Deutsche Erstausgabe
1. Auflage

Poppenbütteler Chaussee 53, 22397 Hamburg

Die amerikanische Originalsausgabe erschien
unter dem Titel *Sticks & Stones* bei
Farrar Straus Giroux, New York,
United States of America, 2016.

Aus dem amerikanischen Englisch von André Mumot
Umschlaggestaltung von Suse Kopp
Satz: Dörlemann Satz, Lemförde
Druck und Bindung: GGP Media GmbH,
Karl-Marx-Straße 24, 07381 Pößneck
Printed 2017
ISBN 978-3-7915-0039-3

www.dressler-verlag.de

Liebe Leser, im Englischen gibt es ein Sprichwort:
Stock und Stein brechen mein Gebein,
doch Worte bringen keine Pein.

Worte müssen nicht wehtun.
Dieses Buch ist für euch.

1

Worte

Manche Leute glauben, ein einzelnes Wort könne nicht viel bewirken.

Da liegen sie falsch.

Klar, manche Worte müssen von anderen Worten umgeben sein, damit sie einen Sinn ergeben. Sie müssen sich in einem Buch zusammentun oder in einem Songtext oder einer SMS, weil einem sonst nichts anderes übrig bleibt, als ratlos den Kopf zu schütteln und zu denken: *Hä? Was soll das denn jetzt?*

Aber manche Worte brauchen keine anderen. Sie haben ganz für sich allein eine große Bedeutung.

Niemand weiß das so gut wie ich.

Als es darum ging, dass ich dieses Jahr auf die Middle School kommen würde, war es genau so. Mom meinte, es würde *anders* werden. Dr. Patel sagte, es würde eine *Herausforderung*. Und Dad sagte, es würde *wunderbar*.

Sie brauchten alle bloß ein Wort, um zusammenzufassen, wie ein ganzes Jahr für mich werden würde … Und bis jetzt haben sie alle drei recht behalten.

Ein Wort, das keinem von ihnen eingefallen war? *Mysteriös.*

Und das war jetzt, in diesem Augenblick, das wichtigste Wort von allen.

Ich griff in meine Tasche und wühlte so lange darin herum, bis ich den zusammengefalteten blauen Zettel wiederfand. Vielleicht war es ein Brief von einem geheimen Verehrer oder ein Gutschein vom *Suppen-Paradies*, auch bekannt als bester Ort auf der ganzen Welt.

Vielleicht hatte es auch einfach gar nichts zu bedeuten.

Nein, unmöglich. Auf dem Zettel stand schließlich mein Name und er war an mein Schließfach geklebt worden. Ich konnte es nicht abwarten, ihn aufzufalten, aber selbst wenn es mir irgendwie gelingen würde, ihn heimlich zu lesen – Miss Sigafiss würde es bestimmt merken und den Zettel allen vorlesen oder ihn zerreißen oder was weiß ich. Vorausgesetzt, dass sie in *guter* Stimmung war.

Ich schaute mich im Raum um und einzelne Worte gingen mir durch den Kopf.

Anders.

Herausfordernd.

Wunderbar.

Mysteriös.

Es waren bloß Worte, aber sie konnten mein ganzes Leben verändern.

Genau genommen, hatten sie das schon getan.

2

Herzgehüpfe

Wenn es jemanden gab, der mich dazu brachte, all die Worte und mysteriösen Briefe für einen Moment zu vergessen, dann war es Liam. Der dumme, hübsche, schreckliche, fabelhafte Liam. Vielleicht war ich ja emotional ein bisschen durch den Wind, aber eins wusste ich genau: Wenn er den Klassenraum betrat, genügte ein rascher Blick in seine grün-bräunlichen Augen, und schon vergaß ich alles andere. Außerdem begann mein Herz immer, wie wild zu klopfen und herumzuhüpfen, was mir wirklich gar nicht in den Kram passte. Musste das wirklich *jedes Mal* passieren, wenn ich ihn sah? Schnell zog ich mir meinen Schal mit den großen, rosa Punkten übers Gesicht, damit niemand die krasse Röte sehen konnte, die meistens auf das Herzgehüpfe folgte. Kein idealer Look für die Schule.

Wie schon in den letzten Tagen versuchte ich, an irgendetwas zu denken, das kein Gehüpfe wert war. *Wie wir in Chicago immer im Stau standen, um zu Dr. Patels Praxis zu kommen. Wie wir dann in Dr. Patels Praxis ankamen. Dann dieser Unterricht. Langweilig, langweilig, langweilig.*

Na also. Perfekt.

Doch dann warf mir Jeg vom Platz neben mir einen Blick zu, und Liam fing an, mit Läster-Ami zu reden. Schon wieder machte mein Herz einen Sprung, und was für einen. Aber nicht etwa aus großer Freude oder so. Eher auf so eine Das-gefällt-mir-kein-bisschen-Weise.

Ich erwiderte Jegs Blick. »Das nervt total«, flüsterte ich.

»Aber echt«, sagte sie.

»Ruhe!« Miss Sigafiss ließ ihr Lineal auf den Lehrertisch knallen.

Normalerweise finde ich sie total gruselig, aber in diesem Augenblick war sie für mich die Heldin des Tages. *Jeder*, der es schaffte, Liam und Läster-Ami davon abzuhalten, miteinander zu reden, war automatisch eine grandiose Person, selbst wenn es sich um jemanden handelte, der immer etwas mit Rüschen trug und pausenlos schlechte Laune hatte.

»Für die letzten zehn Minuten der Stunde holt ihr bitte eure Hefte heraus und schreibt an der Aufgabe weiter, die ihr gestern angefangen habt«, sagte sie.

Ich nahm meinen Stift und tat mein Bestes, um mich auf die Seite vor mir zu konzentrieren. Aber sie war eben viel weniger blau und mysteriös als der Zettel, den ich mir unbedingt anschauen wollte. Und sie war auch *viel* weniger grün-bräunlich als diese grandiosen/miesen Liam-Augen, die ich mir auch gerne angesehen hätte, auch wenn ich das wohl lieber bleiben lassen sollte.

Schreib einfach, sagte ich mir. *Du musst. Nun mach schon.* Also tat ich es schließlich.

Hey, zukünftiges Ich:

Heute ist der erste Donnerstag der sechsten Klasse. Ich sitze gerade im Englischunterricht und versuche, das hier zu schreiben, aber ich kann nicht aufhören, an den zusammengefalteten Zettel zu denken. Ich wünschte, er wäre mir früher aufgefallen, dann hätte ich ihn noch vorm Unterricht lesen können. Jetzt sind mir leider die Hände gebunden. Es kann aber gut sein, dass ich explodiere, wenn ich nicht bald rausfinde, was da draufsteht. Aber nein, ich muss Geduld haben und abwarten. Und das werde ich auch. (Ich werde mich zumindest bemühen. Das ist doch schon mal viel wert.)
Ich soll hier meine Ziele für dieses Jahr aufschreiben, und ich nehme an, Miss Sigafiss meint meine Ziele in Sachen Englischunterricht - zum Beispiel, dass ich fünftausend Bücher lesen und immer gut zuhören und alle Kommas an die richtigen Stellen setzen will - so Schulkram halt.
Mir sind diese Sachen auch total wichtig - lesen und zuhören und Kommas -, aber es gibt ja noch andere Sachen im Leben. Hier folgen nun also meine wirklichen Ziele!
Ich will:

Aufhören, an den zusammengefalteten Zettel zu denken, bis ich ihn nach dem Ende der Stunde in Ruhe lesen kann.
Aufhören, von morgens bis abends über Liam nachzudenken. Der will nämlich nichts mehr von mir wissen.
Stattdessen lieber von morgens bis abends über Jungs wie den netten Andy nachdenken. Der scheint mich nämlich echt zu mögen.
Aufhören, über den zusammengefalteten blauen Zettel nachzudenken, bis es Zeit ist, ihn aufzumachen. (Aber diesmal ernsthaft, denn beim ersten Mal hat das so überhaupt gar nicht funktioniert. Also: Hast du jetzt endlich aufgehört?)

Außerdem, liebes zukünftiges Ich, muss ich eins unbedingt wissen - ist Jeg immer noch deine beste Freundin? Hat Dad in letzter Zeit mal über irgendwas mit dir gesprochen, das wirklich wichtig ist? Hat Dr. Patel endlich eine Heilungsmethode gefunden? Hast du die sechste Klasse geschafft? Das will ich doch hoffen. Wir werden hier nicht zwei Jahre hintereinander abhängen. Auf gar keinen Fall. Aber hey - fühl dich nicht unter Druck gesetzt.

Dein
September-Ich

PS: Ach ja - was war denn nun mit diesem kleinen blauen Zettel??

Die Glocke ertönte genau in dem Augenblick, als ich mit meinem Brief fertig wurde. Ohne eine Sekunde zu verschwenden, steckte ich mein Heft in den Rucksack, sprang von meinem Platz auf, huschte an Liam und seinen grandiosen/miesen Pupillen vorbei und raste auf den Flur hinaus.

Endlich. Ich hatte die Stunde hinter mich gebracht, und nun war es endlich, endlich so weit. Mir kam's vor, als hätte ich die gesamten zwölf Jahre meines Lebens darauf gewartet, nicht bloß die letzten fünfundvierzig Minuten. Denn genau so lange war es in Wirklichkeit her, seit ich den Zettel von meinem Schließfach abgerissen hatte – genau in dem Augenblick, als die Du-wirst-so-was-von-zu-spätkommen-Glocke läutete.

Ich atmete tief ein, griff in meine Tasche, holte den blauen Zettel hervor und faltete ihn auseinander.

Ach. Du. Heiliger. High Heel.

3

Der Junior-Reiseleiter

Bevor ich auch nur ein Wort lesen konnte, schlich sich jemand von hinten an mich heran und riss mir den Zettel aus der Hand.

»Geht's noch?«, fragte Jeg und grinste. »Soll man sich so was nicht mit seiner allerbesten Freundin anschauen?«

Erwischt.

»Ich hab auf dich gewartet! Ich hab ihn nur schon mal aufgefaltet – zur Vorbereitung und so. Du musstest schließlich noch mit allen reden und es erst mal hier rausschaffen.« Jeg war mit allen befreundet, aber sie war nur meine *beste* Freundin. Wir hatten zum Beweis die passenden Freundinnen-Ketten und alles.

»Komm, wir lesen den Zettel auf dem Klo«, sagte sie. »Man weiß ja nie, wer uns hier beobachtet oder heimlich zuhört. Es könnte gefährlich sein.«

Ich verdrehte die Augen. »Du machst mich echt fertig«, sagte ich.

Genau genommen, machte mich der Flur fertig. Er war brechend voll mit Schülern, und alle bewegten sich so langsam, als versuchten sie absichtlich, nicht vom Fleck zu kommen. In dieser Geschwindigkeit würden wir es niemals bis aufs Klo schaffen.

»Warum lassen sich denn alle so viel Zeit?«, fragte ich.

»Ähm, hallo ...« Jeg deutete auf die Wände.

Oh.

OH.

Die sonst so nackten, weißen, und öden Flurwände waren vom Boden bis zur Decke mit allen möglichen Bannern und Plakaten bedeckt, auf denen es um die große Exkursion des sechsten Jahrgangs ging. Sie startete erst im Februar, aber alle wussten, dass es eine *gigantische* Sache war. Nach vielen Wettbewerben würde der gesamte Jahrgang nämlich einen Junior-Reiseleiter wählen. Der Glückliche wäre dann der Boss für den gesamten Ausflug und berühmt bis in alle Ewigkeit. Mindestens.

Jeg und ich gingen weiter. Wir kamen an Postern von früheren Junior-Reiseleitern vorbei, und überall blieben Leute stehen, um sie sich anzuschauen. Im letzten Jahr war es Cody gewesen, der breit grinste und sein offizielles Zertifikat in den Händen hielt. Auf dem Poster vom Jahr davor trug Jordan eine Krone aus Blättern und strahlte, als wäre sie soeben zur Miss Amerika gewählt worden. Um die Gesichter der Auserwählten herum hatten sich andere Schüler mit Kommentaren verewigt. Endlos viele. Selbst wenn ich den ganzen Tag Zeit gehabt hätte, in der Gegend rumzustehen und sie alle zu lesen, ich wäre niemals fertig geworden.

Cody = bester J. R. L. aller Zeiten!!!

Jord, das hast du großartig gemacht. <3

Bester Trip von allen!

Danke, Gabriela, du bist der Hammer. ☺

So ging es weiter und weiter, bis wir zum aktuellen Poster kamen.

Abgesehen vom Umriss eines Kopfes mit Hals und einem riesigen Fragezeichen in der Mitte, war nichts darauf zu sehen. Die anderen redeten mit lauten, aufgeregten Stimmen und verdrehten die Hälse, um den besten Blick darauf zu bekommen.

»Das wartet nur auf dich!«, sagte Lindsey zu Läster-Ami.

»Wer es wohl werden wird?«, fragte ein Junge, den ich nicht kannte, ein Mädchen, das ich auch nicht kannte.

Wohin ich auch sah, überall machten Leute einen riesigen Wirbel um diese Poster, um die Exkursion und darum, wie fantastisch und wichtig der Junior-Reiseleiter war. Das Ganze machte mich merkwürdig nervös. Vielleicht lag es nur an den vielen Leuten auf dem Flur. In der Grundschule waren die Flure nie so überfüllt gewesen. Da war immer genug Platz gewesen, um in der Gegend herumzulaufen und, na ja, zu atmen. Hier waren mindestens dreimal so viele Leute unterwegs. Manchmal war das aufregend, meistens fühlte ich mich aber nur eingezwängt.

»Komm schon«, sagte Jeg und zog mich am Arm. »Jetzt ist garantiert keiner auf dem Klo. Wir kommen später wieder, dann können wir uns das in Ruhe anschauen.«

Dankbar ließ ich mich wegzerren. Jeg wusste immer, was in mir vorging – ich musste es ihr gar nicht erst sagen.

Doch nur eine Minute später, gerade als ich drauf und dran war, endlich den Zettel zu lesen, kam Läster-Ami ins Mädchenklo stolziert, als würde es ihr persönlich gehören. Ihr Haar – lang, lockig und im perfekten Arielle-Rot – fiel weich über die kleinen Erhebungen ihrer Brust.

»Jeggie!«, sagte sie. »Ich dachte doch, ich hätte dich hier reingehen sehen.« Dann sagte sie: »Oh, hey, Elyse«, mit *sehr* viel weniger Freude in der Stimme.

»Hi, Ami.« Ich versuchte, nicht darauf zu achten, dass Jeg ihre Aufmerksamkeit dem Spiegel zugewandt hatte. Aus dem Augenwinkel sah ich, wie sie eilig ein paar Sachen aus ihrem Rucksack zog – Make-up. Es war mir noch nie aufgefallen, dass sie Schminksachen mit sich rumtrug. Ganz bestimmt hatte sie sie noch nie benutzt. Bevor ich wirklich kapieren konnte, was sich hier abspielte, hatte sie eine dicke Schicht roten Lippenstift aufgetragen (seit wann stand Jeg denn auf Lippenstift?) und begonnen, ihr Gesicht mit goldenem Glitzerpuder zu bestäuben.

»Jeggie, du siehst toll aus«, sagte Läster-Ami. »Aber deine Haare wären ohne diese fiesen, rosa Strähnen echt der Hammer. Sie haben so ein schönes Schwarz und wir kriegen es kaum zu sehen. Wir müssen unbedingt mal zusammen zum Friseur gehen und uns darum kümmern.«

»Unbedingt«, sagte Jeg.

Ich schaute sie an, aber sie starrte bloß auf ihre Riemchensandalen, als wären sie viel interessanter als mein mysteriöser Zettel. Glaubte sie, ich wäre sauer, wenn sie so mit Läster-Ami redete? War ich nicht. Nur mein Bauch fühlte sich gerade ein bisschen komisch an.

Läster-Ami lächelte auf ihre typisch arrogante Weise. »Ich geh mir jetzt den Junior-Reiseleiter-Kram angucken. Kommst du mit, Jeggie?«

»Ich, ähm …« Jeg schaute von mir zu Läster-Ami und wieder zurück. »Würde es dir was ausmachen, Elyse? Du könntest ja auch mitkommen.«

»Aber was ist mit …« Ich unterbrach mich, als Läster-Ami sich aufmerksam vorbeugte.

Sie und ihre Clique (Jeg und ich nennen sie die Kreischmädchen) konnten Geheimnisse auf tausend Meter wittern. Nun, meines sollten sie jedenfalls nicht erfahren.

»Du weißt schon«, flüsterte ich. »Wir wollten doch etwas besprechen? Hier? Jetzt?«

»Ja, ich beeile mich, versprochen. Ich werfe mit Ami bloß einen kurzen Blick auf den Kram im Flur und dann komm ich sofort zurück. Okay?«

»Ähm, ja, okay.«

Läster-Ami hakte Jeg unter.

»Ganz im Ernst, ich bin gleich wieder da«, sagte Jeg. Dann zwinkerte sie mir zu, als wolle sie mir versichern, dass wir immer noch ein ganz wichtiges Geheimnis teilten. Als hätte sie es nicht vergessen. Als würde alles gut werden und als hätte sie nur einen kurzen Anfall von Schminkwahn gehabt, der bald wieder vorbei sein würde. Wie ihr Make-up würde sie ihn heute Abend wegwischen.

»Bleib locker, Dumpfbacke!« Läster-Ami sah mich an, lachte und schubste Jeg zur Tür hinaus.

Ich kratzte meinen Arm durch den Ärmel hindurch. Er juckte wie verrückt. Und sorgte dafür, dass ich mir total erbärmlich vorkam. Vielleicht *war* ich ja auch ein bisschen erbärmlich.

Jeg war diejenige, die mich vor Worten wie *Dumpfbacke* beschützen sollte, damit das Jucken gar nicht erst begann. Aber sie hatte gesagt, sie würde zurückkommen, also würde sie das auch tun, und dann würde sie dafür sorgen, dass es wieder besser wurde.

Meine Knie schienen das allerdings nicht zu glauben. Sie fühlten sich ganz wabbelig an, als könnten sie meine Beine nicht mehr tragen. Also ließ ich mich auf eine Bank in der Ecke des Klos fallen und krümmte mich zu einem kleinen Ball zusammen. Meinen Kopf lehnte ich gegen die kalten Kacheln und atmete lange aus. Vielleicht konnte Jeg nichts dafür, vielleicht musste sie sich so merkwürdig verhalten. Wenn Läster-Ami ganz plötzlich auf die Idee käme, ich wäre cool, würde ich wahrscheinlich auch anfangen, mich merkwürdig aufzuführen.

Mir fiel auf, dass ich immer noch den Zettel umklammert hielt, also öffnete ich vorsichtig meine Faust und faltete ihn auseinander. Tut mir leid, Jeg. Ich würde ihr nach der Schule im Chat erzählen, was draufstand.

Hi, Elyse,

stand da in winzigen, ausgedruckten Buchstaben.

Hallo, Zettel.

ich weiß, wer du bist, und ich
weiß, womit du zu kämpfen hast.
Ich möchte dir helfen.

Ich blinzelte ein Mal. Zwei Mal. Dann drei Mal. Dann tausend Mal.

Wenn du bereit bist, etwas zu
ändern, dann zeig es mir, indem
du morgen zum Info-Abend kommst,
bei dem sich die Kandidaten für
den Junior-Reiseleiter treffen. Du
würdest eine tolle Reiseleiterin ab-
geben, weißt du ... Und es einfach
mal probieren, kann niemals schaden.

So endete die Nachricht. Keine Unterschrift, keine Kontaktinfos, nichts. Ich blinzelte noch ein paar weitere Trilliarden Male, und als ich meine Augen endlich ganz öffnete, war der Zettel immer noch da.

Na gut. So viel zum Thema geheimer Verehrer oder Gutschein für den besten Ort auf der ganzen Welt. (Ein Rabattcoupon wäre übrigens auch nett gewesen.)

Aber trotzdem – interessant.

Ich stopfte die Nachricht zurück in meine Tasche, während Zillionen Gedanken durch meinen Kopf jagten. Wer hatte das geschrieben? Und wann? Und warum?

Als ich zum ersten Mal auf die Sache mit dem Junior-Reiseleiter gestoßen war, hatte eine laute innere Stimme gleich gesagt: *Auf keinen Fall.* Sie sagte: *Bleib unscheinbar, Elyse. Es müssen nicht alle einhundertfünfzig Schüler des sechsten Jahrgangs wissen, wer du bist.* Aber war nicht durchaus etwas dran an der mysteriösen Nachricht? Anscheinend liebten die Leute ihre Junior-Reiseleiter immer heiß und innig und überschütteten ihn oder sie nur so mit Komplimenten. Wäre ich Reiseleiterin, würden sie bestimmt eine Menge tolle Sachen auf das leere Poster schreiben, und dann könnte ich sie wieder und wieder lesen – bis in alle Ewigkeit. Ich könnte mir eine Kopie davon machen und sie in mein Zimmer hängen. Sie mit auf Ausflüge nehmen. Mit aufs College. *Überall*hin. Für alle Zeit.

Ich seufzte. Ich war ein bisschen frustriert darüber, dass Jeg nichts davon mitbekommen hatte. Sie hatte es wahrscheinlich einfach nicht geschafft, sich rechtzeitig aus Läster-Amis Umklammerung zu befreien. Außerdem war Jeg nie pünktlich. Erst letzte Woche waren ihre Cousinen aus China zu Besuch in der Stadt gewesen und sie war zu spät zu ihrem gemeinsamen Abendessen gekommen. Sie hatten aus einem anderen Land anreisen müssen – Jeg bloß aus dem Einkaufszentrum.

Also, Pünktlichkeit war nicht gerade ihre Spezialität.

Ihre Cousinen hatten ihr verziehen und ich würde es auch tun. Wie immer.

Aber da draußen gab es noch jemanden, dem ich wichtig war, der mich kannte. Und der nicht wollte, dass ich mich jemals wieder wie eine Dumpfbacke fühlte.

Diesen Jemand wollte ich unbedingt kennenlernen.

4

Wunderschön

Es gab noch etwas anderes, das ich tun musste, bevor ich das Mädchenklo verlassen konnte. Nein, nicht das. Eigentlich benutzt keiner in der Middle School ernsthaft das Klo.

Stattdessen schob ich den Ärmel über den Ellbogen. Wie erwartet, da war es: **D-U-M-P-F-B-A-C-K-E**. Das dicke, dunkle Wort juckte mehr als tausend Mückenstiche. Ich kratzte ausgiebig. *Ahhhh*. Das Kratzen tat gut, aber nicht gut genug.

Ich atmete ganz tief ein und versuchte, an die gute alte Zeit zu denken, als das Jucken noch kein Problem gewesen war. Aber eigentlich hatte es so eine Zeit in meinem Leben nie gegeben. Laut Mom und Dad kreuzten wir zum ersten Mal in Dr. Patels Praxis auf, als ich nicht mal eine Woche alt war. Mein Kinderarzt riet ihnen damals, mit mir von Indiana nach Chicago zu fahren und ihn zu konsultieren, weil er ein Spezialist war. Ich war bloß ein Baby, das nur in die Windeln kacken und spucken und rülpsen und schlafen konnte, aber ich war auch schon jemand, der einen Spezialisten benötigte.

Das Problem war: Ich war ein wunderschönes Baby, zumindest sagte das der Arzt, der Mom bei der Geburt half. Normalerweise wäre das nichts Schlechtes, aber als sie sahen, wie das Wort **WUNDERSCHÖN** auf meinem kleinen Babyarm auftauchte, kurz nachdem er es im Kreißsaal ausgesprochen hatte, flippten alle ziemlich aus. Schließlich sollen Babys wunderschön *sein*, und nicht das Wort auf ihrem Arm stehen haben wie eine seltsame Tätowierung.

Dann kamen die Untersuchungen. Jede Menge Untersuchungen. An mir. An Mom. An dem Wort. Und dann sprach Dr. Patel die drei Buchstaben aus, die mein Leben für immer verändern sollten: C-A-V. CAV. Die Abkürzung für *Cognadijvisibilitis*. Oder auch: das absurdeste Krankheitsbild aller Zeiten.

Dann sagte er: *Hey, ich denke, ihr solltet nach Chicago ziehen, damit ich eure Tochter für immer und bis ans Ende aller Tage behandeln kann. Sie wird mich nämlich bis ans Ende aller Tage brauchen. Weil sie die CAV nie wieder loswird. Also, tauschen möchte ich nicht mit ihr!*

Vermutlich hat er das nicht ganz genau so gesagt. Ich weiß es nicht mehr.

Es wäre für mich auch in Ordnung gewesen, wenn da einfach für alle Zeit **WUNDERSCHÖN** gestanden hätte. Aber nein – die anderen Kinder hatten andere Pläne mit mir und die waren nicht besonders schön.

Meine Gedanken und Blicke kehrten zu der fetten **DUMPFBACKE** auf meinem Arm zurück. Mir entfuhr ein leises Wimmern, denn ich wusste genau, dass dieses juckende Ding zwei bis vier Wochen brauchen würde, bis es endlich wieder verschwand. Länger, wenn jemand das Wort wiederholte. Und jetzt, wo Läster-Ami in meine Jeg-Zeit hineinplatzte – und nie eine Chance versäumte, ihr Läster-Ich zu zeigen –, war es gut möglich, dass sie diejenige sein würde, von der ich es immer wieder zu hören bekam.

Rasch schob ich meinen Armel wieder hinunter, damit niemand das Wort sehen konnte. Als der Stoff meine Finger erreichte, wurde mir bewusst, dass auch mein anderer Arm ein wenig juckte. *Was sollte das denn?*

Ich biss mir auf die Lippe. Es ergab keinen Sinn, dass mein anderer Arm juckte. Läster-Ami hatte mich bloß **DUMPFBACKE** genannt und niemand sonst hatte in letzter Zeit irgendwas Schlimmes zu mir gesagt. Ich wusste, dass es ein schlimmer Ausdruck war, denn nur die schlimmen juckten. Außerdem formten sich die Buchstaben meistens ganz langsam, als würde sie jemand mit einem scharfen Fingernagel in meine Haut ritzen. Aber das war nicht passiert. Oder vielleicht doch, aber ich war zu sehr damit beschäftigt gewesen, über den Zettel nachzudenken, und es war mir schlicht nicht aufgefallen. Möglich war's.

Ich schaukelte mit dem Oberkörper vor und zurück und rieb mir meine schweißnassen Hände an der Hose ab. *Schau einfach nach*, sagte ich mir. *Wie schlimm kann es schon sein?* Außerdem: *Wann sind eigentlich meine Hände so schweißig geworden?*

Ich schob den Ärmel hoch und mein Herz raste. Die

Buchstaben waren horizontal angeordnet, und so sah ich sie auf einen Blick: **ERBÄRMLICH**.

Erbärmlich?

Ich legte meinen Kopf schief und ging noch mal den ganzen Tag durch. Nein, Läster-Ami hatte mich nicht erbärmlich genannt. Jeg und Liam und Miss Sigafiss auch nicht und auch sonst keiner.

Dann richtete ich mich ganz gerade auf und schlug mir die Hände vors Gesicht, weil mir etwas Entscheidendes einfiel. Es *gab* jemanden, der mich erbärmlich genannt hatte: *ich selbst.*

Einen Augenblick lang kam ich mir vor, als sei ich auf der Bank festgewachsen. Ich konnte keinen Muskel rühren, nicht denken, nicht mal atmen. Die Welt stand vollkommen still. Das war kein übliches Symptom. Das wusste ich. CAV bedeutete juckende schlimme Worte und beruhigende gute Worte. Es bedeutete, dass ich aufpassen musste, mit wem ich meine Zeit verbrachte, damit ich mehr Gutes als Schlechtes zu hören bekam. Es bedeutete, immer darauf zu achten, wie andere über mich sprachen.

Es hatte noch nie bedeutet, dass ich darauf achten musste, wie ich über mich selbst sprach.

Heilige. High. Heels.

Dr. Patel würde begeistert sein. Ich konnte schon die Schlagzeile sehen: »Neues CAV-Symptom entdeckt! Immer noch keine Heilungsmethode in Sicht. Keine Hoffnung für Elyse.«

Ich starrte vor mich hin, während ich meinen Ärmel hinunterschob. Das Klo sah genauso aus wie vor ein paar Minuten, aber alles hatte sich verändert. Ich hatte einen geheimen Zettel bekommen und ein neues Symptom und beides noch vor der zweiten Stunde.

Das würde ein langer Tag werden.

5

Kackbirne

Ich konnte Mom und Dad nichts von dem neuen Symptom erzählen, auch wenn es mich total verrückt machte, es für mich zu behalten. Aber total verrückt zu werden, war immer noch besser, als in einem Affenzahn zu Dr. Patel gekarrt zu werden, denn genau das hätten meine Eltern getan, wenn sie Bescheid gewusst hätten. Sie würden komplett durchdrehen und *eine* komplett Durchgedrehte in der Familie war mehr als genug. Ich würde es wahrscheinlich eh allein geregelt kriegen. Zumindest hoffte ich das.

Nach dem Essen am nächsten Abend ging ich mit Mom in mein Zimmer, denn sie wollte mir dabei helfen, meine Haare für die große Versammlung in Bestform zu bringen. Bei jedem Bürstenstrich hätte ich am liebsten losgeplappert: *Weißt du schon das Neueste? Jetzt tauchen auch noch die Worte, mit denen ich mich selbst beschimpfe, auf meinen Armen und Beinen auf! Ist das nicht zu schön, um wahr zu sein?* Doch zum Glück fing Mom an zu reden, bevor ich mich in Schwierigkeiten bringen konnte.

»Die Tochter von meiner Freundin Veronika war auch

mal Junior-Reiseleiterin«, sagte Mom. »Es war eine großartige Erfahrung für sie. Ganz egal, was passiert, ich bin stolz auf dich, weil du es probierst, Schätzchen. Denk immer dran: Stock und Stein brechen mein Gebein …«

Sie musste das Sprichwort nicht zu Ende führen, denn ich kannte es wirklich in- und auswendig. Sie hatte es mir seit meiner frühesten Kindheit jeden Abend vor dem Schlafengehen eingeschärft. *Stock und Stein brechen mein Gebein, doch Worte bringen keine Pein.*

Mir brachten Worte aber durchaus Pein. Na ja, sie juckten. Das reichte schon.

Ich schauderte beim Gedanken an die Worte, die mich gerade quälten, und an alle, die mich früher gequält hatten. Dann kicherte ich ein wenig vor mich hin, weil ich an die erste schlimme Beschimpfung denken musste, die man mir an den Kopf geworfen hatte. Sie hatte alles verändert.

Es passierte im Kindergarten. Mom blieb an meinem ersten Tag die ganze Zeit bei mir, hielt meine Hand und erlaubte es nur bestimmten Kindern, in meine Nähe zu kommen. Aber in dem Augenblick, als sie doch einmal kurz die Klasse verließ, kam Max Iverson auf mich zu und knallte mir das schlimmste Schimpfwort an den Kopf, das in der Vorschule existierte: *Kackbirne.* Mehr war nicht nötig.

Als Mom zurückkam, war ich umgeben von Kindern und Lehrern und brüllte mir die Seele aus dem Leib. Das Wort **KACKBIRNE** bedeckte einen Großteil meines Unterarms. Es juckte. Und wie. Ganz, ganz, ganz, ganz, ganz schlimm. Das einzig Gute war, dass Jeg sich direkt neben mich setzte und daran herumkratzte, als wäre es ein lustiges Spiel. Als wäre es völlig normal, wenn Worte auf der Haut von anderen Kindern auftauchten – und sogar noch normaler, sich direkt neben ihnen hinzuhocken und daran herumzukratzen. Mom hob mich gleich hoch, zog mich aus der Menge, warf mich über ihre Schulter und schleppte mich zum Arzt, bevor ich mich von meinen neuen Freunden verabschieden konnte. (Oder es diesem unverschämten Max hätte heimzahlen können.)

Ich kann mich nur vage daran erinnern. Ich weiß bloß noch, dass Dr. Patel mich untersucht hat und es mir vorkam, als würde es Stunden dauern. Nachdem er mich gepikt und gestupst und ein gequältes Gesicht gemacht und oft gestöhnt hatte, sagte er: »Mach dir keine Sorgen, Elyse. Mit der Zeit wird es leichter.«

Aber das stimmte nicht. Es wurde schwerer.

Doch etwas Gutes hatte es: Als ich am Tag nach dem Kackbirnen-Vorfall in den Kindergarten zurückkehrte, traf die extrem schlaue, vierjährige Jeg eine Entscheidung: Von nun an würde sie mein persönlicher Bodyguard sein und verhindern, dass mich weitere schmerzhafte Bemerkungen trafen.

Mom hat noch jede Menge lustige Videos von ihr. Meistens trug sie einen Schlapphut und ein Tutu über einer Seidenschlafanzughose mit Prinzessinnen drauf. Sie baute sich direkt vor mir auf, ihre kleinen Hände in die Hüften gelegt, und blickte angriffslustig in die Gegend. Wenn jemand mit mir spielen wollte, fragte sie immer: »Versprichst du, dass du nur nette Sachen sagen wirst?« Und dann mussten die anderen Kinder bei ihren Stofftieren schwören, dass sie sich daran halten würden.

Nach dem Kackbirnen-Vorfall ging Mom jeden Morgen mit mir zum Kindergarten und wartete, bis Jeg auftauchte. Und erst wenn Jeg sich ihre Jacke ausgezogen hatte und in den Bodyguard-Modus übergegangen war, verabschiedete sie sich.

Als wir dann auf die Grundschule gingen, zwang Jeg die anderen nicht mehr, bei ihren Stofftieren zu schwören, aber sie passte immer noch auf mich auf.

Meistens jedenfalls.

Als Mom ein Gummiband über meinen Pferdeschwanz schob, schob ich meine Erinnerungen beiseite. Sie ließ mich allein, damit ich mich für den Info-Abend umziehen konnte, und ich musste wieder an den blauen Zettel denken. Wer immer ihn geschrieben hatte – er oder sie hatte durchaus einen wichtigen Punkt getroffen: Junior-Reiseleiterin zu sein – und all die wunderbaren Komplimente zu bekommen, die damit verbunden waren –, wäre fantastisch für mich. Der- oder diejenige irrte sich aber auch in einer Hinsicht: Es könnte *durchaus* schaden, es zu versuchen. Es könnte wehtun.

Aber ich wollte es trotzdem versuchen.

6

Auf die falsche Art verrückt

Ich ließ mir Zeit beim Umziehen, wollte ganz sichergehen, dass mein Outfit so perfekt wie möglich war. Ich schlüpfte in meine gemütlichsten Socken, die pinkfarbenen mit den silbernen Sternen, und probierte dann jede Menge Accessoires, bevor ich mich für das silberne Armband mit dem Glücksbringer und die Beste-Freundinnen-Kette entschied, die Jeg mir zum zehnten Geburtstag geschenkt hatte. Natürlich hatte sie selbst das passende Gegenstück. Es gehörte zur berühmten Kollektion ihrer Eltern, die Schmuckdesigner waren, und zwar ziemlich abgefahrene. Sie waren so abgefahren, dass sie angefangen hatten, ihre Tochter Jeg zu nennen statt Jenny, wie sie eigentlich hieß, weil die Jeggins damals gerade in Mode gekommen war. Sie sah übrigens sensationell aus in Jeggins. Es hätte kein Name besser zu ihr passen können, deshalb ist er auch an ihr kleben geblieben.

Ich legte also die Kette an und rieb den Glücksbringer zwischen meinen Fingern. Es stand nicht bloß *Beste* oder *Freunde* darauf, wie auf den meisten Anhängern von

Freundschaftsketten, sondern er stellte ein ausgefallenes Peace-Zeichen dar, das echt cool aussah, auch wenn man nur die eine Hälfte trug. Es gehörte zu den wertvollsten Dingen, die ich besaß.

Dann gönnte ich mir einen Spritzer von meinem fruchtigen Lieblingsparfüm. Als ich es auf die Kommode zurückstellte, fiel mir etwas anderes ins Auge – ein kleines Stückchen Kaugummi. Ein Geschenk von Liam. *Igitt*. Das hätte ich schon vor Monaten wegschmeißen oder wenigstens kauen sollen, solange es noch genießbar gewesen war. Nun war es bestimmt bloß noch ein ekliger, verrotteter Klumpen, genau wie mein Herz.

Als Liam und ich Ende der fünften Klasse angefangen hatten, miteinander zu gehen, hatte er mir all diese total abgefahrenen Sachen über sich erzählt, die sonst keiner wusste. Dass er zum Beispiel immer noch sein Kuscheltier mit ins Bett nahm (Mr Koala-Snuggles) und eine Zeit lang ein Stück Kaugummi in einem Glasgefäß als Haustier namens Chewy gehalten hatte. (Deswegen hatte er mir auch das Kaugummi geschenkt: nicht, damit für meinen frischen Atem gesorgt war, sondern für den Fall, dass ich mir ein Haustier wünschte.) Außerdem backte er in seiner Freizeit Kuchen aus Käse-Popcorn, Cornflakes und Pommes, nur um zu sehen, was passierte, wenn er all das zusammen in den Ofen schob. So abgefahren. So irre. So irre abgefahren.

Dann zeigte ich ihm meine Worte. Wie alle anderen bei uns in der Grundschule wusste er davon, aber er gehörte zu den ganz wenigen, die sie tatsächlich gern aus der Nähe sahen. Und er wollte mehr über sie erfahren. Andauernd stellte er mir Fragen.

»Wie hast du das bekommen?«

»Das weiß keiner. Hat irgendwas mit einem blöden Gen zu tun, das Mom mir vererbt hat.«

»Wie viele Leute haben das?«

»Keine Ahnung. Ich weiß von keinem anderen. Dr. Patel meint, es wäre eine der seltensten Krankheiten der Welt.«

»Warum tauchen die nur an deinen Armen und Beinen auf? Warum sind manche groß und andere klein?«

»Ist halt so. Ich weiß nie, wo das nächste zum Vorschein kommt oder wie groß es sein wird.«

Ich hatte keine guten Antworten auf seine Fragen, denn Dr. Patels Forschungen waren noch lange nicht abgeschlossen. Er verbrachte viel Zeit damit, aber in Wahrheit konnte er nicht viel tun, um die Lage zu ändern oder dafür zu sorgen, dass es mir besser ging. Hauptsächlich redeten wir bloß und durch ihn fühlte ich mich etwas weniger wie ein Fall für die Klapsmühle. Das erzählte ich auch Liam, aber er fragte trotzdem weiter. Er fand das alles interessant.

Genau wie ich war er nicht wirklich normal.

Es war fantastisch.

Am sechsten und letzten Tag, an dem wir miteinander gingen, schlug mein Herz besonders laut, als ich ihn sah, und ich wusste nicht, warum. Es war mehr als mein übliches Oh-mein-Gott-er-ist-so-süß-und-auf-gute-Art-abgefahren-und-ich-komm-gar-nicht-mehr-klar-Herzgehüpfe.

Ich hatte eher das Gefühl, mein Herz würde mir gleich aus dem Körper rausspringen, quer über die Straße laufen und nie zurückkommen.

»Das ist heute das letzte Mal, dass wir abhängen«, sagte Liam. Er verschränkte die Arme, und ich fühlte mich, als hätte mir jemand all meine Innereien aus dem Körper getreten. Als wäre ich bloß noch ein großer, leerer Haufen Nichts.

»Im Herbst kommen wir auf die Middle School«, sagte er, als würde ich das nicht wissen. Dabei wusste ich das nur zu gut. Genau genommen, malte ich mir ständig aus, wie wir ganz romantisch Hand in Hand über die Flure spazieren würden, wie das die Leute in der Middle School eben so machten. Liam würde vorangehen, den Leuten meine Worte zeigen und genauso auf mich aufpassen wie Jeg. Mit zwei so fantastischen Bodyguards an meiner Seite würden alle Worte auf meiner Haut gewiss nur noch wunderbar sein, und das rund um die Uhr.

»Ja ... Middle School. Und?« Meine Stimme zitterte.

»Also ...« Er wand sich. »Da kann ich's mir nicht mehr erlauben, mit so was ...« Er fuchtelte vor mir mit den Händen herum. »Da kann ich mich nicht mehr mit deinem verrückten Kram abgeben. Es ist zu verrückt. Aber es war total interessant, mit dir abzuhängen.«

VERRÜCKT tauchte auf und juckte genauso stark, wie ich es erwartet hatte. Doch als sich **INTERESSANT** formte, spürte ich kaum etwas. Vielleicht war sich meine CAV nicht ganz sicher – genau wie ich –, ob das nun ein

Kompliment oder eine Beleidigung sein sollte. Solche Worte spürte ich meistens kaum.

»Es ist bloß, in der Middle School, dieser CAV-Kram, das ist nicht … Ich kann das nicht. Mein Bruder hat mir gesagt, dass dann alles anders wird. Und ich will im Sommer sowieso mehr Zeit zum Fußballspielen haben und für Kevin und die Jungs. Wir können immer noch Freunde sein. Ich schreib dir. Vertrau mir, du willst nicht wirklich mit mir zusammen sein.«

Ich war mir eigentlich ziemlich sicher, dass ich genau das wollte.

Mehr sagte er nicht. Er ging einfach weg und ließ mich stehen, sodass ich nur noch am **VERRÜCKT** herumkratzen und mich fragen konnte, was ich falsch gemacht hatte.

Jeg war an diesem Tag mit einer anderen Freundin unterwegs und konnte mir nicht dabei helfen, an dem Wort herumzukratzen. Sie hätte auch nicht verhindern können, dass es überhaupt entstanden war.

Liam hatte *verrückt* eigentlich immer für eine coole Sache gehalten …

Ich machte mich auf den Nachhauseweg, auf dem mich eigentlich Liam begleiten sollte. Als ich an der Oak-Park-Stadtbücherei vorbeikam, musste ich eine Pause machen, mich auf eine Bank setzen und kratzen. Als ich aufschaute, sah ich einen ganzen Haufen Schüler, die ich nicht kannte. Sie sahen aus, als wären sie etwa in meinem Alter, aber sie kamen wohl von einer anderen Grundschule.

Und nach der ganzen Aufregung darüber, dass Liam mich verlassen hatte, und nach dem ganzen Heulen und Kratzen und Jucken und Ausflippen starrten sie mich jetzt an, als wäre ich reif fürs Irrenhaus.

Ich schluckte und schlang meine Arme um mich, als wäre ich ein kleines Tier, das sich vor wilden Angreifern schützen muss. Die Kinder auf meiner Schule wussten, dass sie keine schlimmen Sachen zu mir sagen durften, aber die aus anderen Schulen kannten mich ja nicht. Immer, wenn ich auf fremde Leute traf – im Einkaufszentrum, in der Bibliothek, im Schwimmbad, egal wo –, war jemand bei mir. Eine Freundin, Mom, Dad. *Irgendwer.* Und die schauten dann die Fremden ganz böse an, und wenn es aussah, als würde jemand gleich was Böses sagen, hielten sie mir schnell die Ohren zu.

Aber diesmal war ich allein.

»Was ist denn mit deinen Armen los und mit deinen Beinen?«, fragte ein Junge mit stoppeligen Haaren und Brille. Ich weinte ja sowieso schon ein bisschen, aber das genügte, um mir den letzten Rest zu geben. Ich heulte und heulte und heulte.

»Was hast du denn mit dem Freak gemacht, Felix?« Ein Mädchen näherte sich dem Jungen.

FREAK bildete sich direkt vor meinen Augen auf meiner Kniescheibe.

»Heilige Spaghettisoße!«, brüllte Felix. »Was ist denn mit dir? Bist du eine Hexe oder so?«

»Hexe!«, wiederholte das Mädchen und lachte.

HEXE juckte. So, so sehr. Es war geradezu verhext, wie sehr dieses Wort juckte.

Nun tauchte auch der Rest ihrer Freunde auf. Doch bevor sie irgendwas sagen konnten, rannte ich so schnell ich konnte davon.

Als ich an diesem Tag nach Hause lief, mir die Tränen herunterrannen und die Worte auf meinem Körper höllisch juckten, kam mir ein Gedanke: Vielleicht waren Mom, Dad, Jeg und Liam die Einzigen, die CAV für eine coole Sache hielten. Und nun fand Liam es auch nicht mehr cool und Jeg und ich sahen einander kaum noch. Vielleicht ging's ihr also ähnlich und Mom und Dad … Na ja, Eltern *müssen* einem ja sagen, dass sie einen toll finden, selbst wenn es nicht so ist. Allgemein bekannt.

Wenn das ein Zeichen dafür war, was die Leute wirklich dachten, wenn meine Eltern oder meine Freunde oder Lehrer ihnen nicht drohten, nun, dann war CAV vielleicht doch nicht auf coole Art verrückt. Vielleicht war die Krankheit einfach *nur* verrückt, schlicht und einfach.

Also entschloss ich mich, genau in diesem Augenblick, an diesem schwülen Fast-Sommertag, niemals wieder Shorts oder T-Shirts zu tragen. Und während des ganzen Sommers hielt ich an meinem Beschluss fest. Auch als es ganz heiß wurde.

Die Hitze war immer noch besser als das Jucken.

7

Ein Bein in der Luft

»Elyse, wir müssen los!«

Ich warf noch einen letzten Blick auf das Kaugummi und nahm mir vor, es später definitiv wegzuwerfen. Dann eilte ich die Treppe hinunter und setzte mich zu Mom und Dad ins Auto.

»Diese Jahrgangsexkursion wird dir so viel Spaß machen, mein Schatz«, sagte Mom und legte ihren Gurt an. »Ich weiß, es dauert noch Monate, bis es so weit ist, aber ich habe schon mal ein paar Listen geschrieben. Sachen, die du hast, Sachen, die du noch brauchst, verschiedene Anti-Juckreiz-Salben für kaltes Klima …«

Ich stöhnte auf. Die Anti-Juckreiz-Salbe, die der Arzt mir verschrieb, war das Einzige, wodurch sich die CAV-Worte besser anfühlten, aber das Zeug war echt widerlich. Es war nicht nur dickflüssig und klebrig, es roch auch noch wie Milch, die man vor Wochen hätte wegschütten sollen.

Mom reichte mir ein Notizbuch. Ich hielt es gegen die Scheibe und tat so, als würde ich ihre Listen lesen. In Wirklichkeit wollte ich aber nur aus dem Fenster schauen.

»Mach dir keine Gedanken über den ganzen Kram, Elyse«, sagte Dad. »Du wirst das gut machen. Alles wird gut.«

Mom streichelte kurz seine Schulter und drehte sich dann wieder zu mir. »Natürlich wird alles gut. Nun, dafür wollen wir ja sorgen. Aber wir müssen vorbereitet sein. Manchmal laufen die Dinge ja nicht so, wie wir es uns wünschen. Für heute Abend habe ich die Salbe in meiner Handtasche, nur für den Fall, dass es ein bisschen brenzlig wird da drin. Okay?«

Ich starrte wieder aus dem Fenster, tat so, als hätte ich sie nicht gehört. Wenn ich nicht darüber nachdachte, dass alles richtig schiefgehen konnte, würde es das vielleicht auch nicht.

Dad wechselte das Thema. »Und, ist in letzter Zeit in der Schule irgendetwas Interessantes passiert?«

»Nicht wirklich.« Ich dachte darüber nach. *Nicht wirklich* reichte normalerweise nicht als Antwort für meine Eltern, besonders, wenn es um Schulkram ging. »Für Miss Sigafiss müssen wir in einem Extraheft Briefe an uns selbst schreiben. Jeden Monat einen neuen, und irgendwann können wir sie dann wieder lesen. Sie selbst liest sie gar nicht! Sie schaut nur dann und wann nach, ob wir es auch wirklich getan haben.«

»Das ist doch cool!« Moms Stimme klang ganz hoch und aufgeregt. »Was hast du denn geschrieben?«

»Ähm ... das ist privat.«

Wenn Mom wüsste, dass ich einen mysteriösen blauen

Zettel bekommen hatte und sich der größte Teil meines Briefes nur darum drehte, dass ich mich fragte, was draufstand, wäre sie durchgedreht.

»Oh, okay«, sagte sie. Sie klang ein wenig enttäuscht, aber dann besserte sich ihre Laune wieder. »Trotzdem. Wirklich ein tolles Projekt, Schätzchen.«

Wir parkten den Wagen und gingen vom großen Parkplatz aus in die Aula. Unser Rektor, Mr Todd, stand hinter einem kleinen Podium auf der Bühne, und fast alle, die ich kannte – sowie einige Leute, die ich nicht kannte –, saßen im Publikum. So viele Leute wollten Junior-Reiseleiter werden? Sofort rutschte mir mein Herz in die Hose. Und zwar mit Schwung. Ich würde auf keinen Fall gewählt werden, wenn die Konkurrenz so groß war.

Neben den ganzen Schülern aus meinem Jahrgang waren auch Eltern, Brüder, Schwestern und Lehrer gekommen – alle. Sogar Miss Sigafiss war da. Sie saß in der letzten Reihe, zusammen mit dem Rest des Kollegiums, und ihr Gesicht hatte den üblichen Ich-hasse-alles-und-jeden-Ausdruck. Wie's aussah, saßen die meisten mit ihren Familien zusammen, also besetzten Mom, Dad und ich drei Plätze im hinteren Bereich. Ich schaute mich nach Jeg und ihren Eltern um. Sie saß ziemlich weit vorn, direkt neben – war das Läster-Ami? Tatsächlich, aber sie war allein. Keine Eltern oder sonst wer. Also, das war doch total unfair. Ich wollte Mom gerade fragen, ob es in Ordnung wäre, wenn ich mich neben die beiden setzen würde, als Mr Todd anfing zu sprechen.

»Willkommen, liebe Schüler, Eltern, Kollegen und Freunde!« Seine Stimme schallte durch den ganzen Saal. »Ich möchte euch und Ihnen allen dafür danken, dass ihr einen Teil eures Freitagabends für diese wichtige Veranstaltung geopfert habt. Liebe Eltern, Sie sind hier, weil Ihr Kind sich dafür interessiert, im Februar Junior-Reiseleiter bei unserer Jahrgangsfahrt nach Minnesota zu werden. Es wird zwar nur einen Leiter oder eine Leiterin geben, aber die oder der Auserwählte wird die ganze Jahrgangsgemeinschaft und ihre Familien repräsentieren. Wir sind alle ein Team. Deshalb lernen wir auch zusammen, wachsen zusammen und unterstützen einander bei Anlässen wie der heutigen Versammlung.«

Der Saal vibrierte regelrecht vor Energie, Aufregung und Nervosität. (Bei mir zumindest war es so.) Was hatte ich hier zu suchen? Ich gehörte nicht hierher. Ich gehörte nach Hause, wo ich sicher war.

Mr Todd fuhr fort: »Unser Junior-Reiseleiter wird eine enorme Verantwortung tragen, wenn es um die Planung und Umsetzung von Aktivitäten geht. Der- oder diejenige muss gut organisiert, kreativ und dazu in der Lage sein, das Kommando zu übernehmen. Außerdem muss die- oder derjenige über reichlich körperliches und mentales Durchhaltevermögen verfügen. Und wie Sie an der überwältigenden Teilnehmerzahl am heutigen Abend erkennen können, glauben Dutzende Schülerinnen und Schüler, dass sie genau diese Eigenschaften haben. Ich werde ein kleines Schülerkomitee für die Exkursionsplanung einberufen, aber nur einer oder eine kann der Leiter oder die Leiterin sein.«

Ich lehnte mich in meinem Stuhl zurück und schaute Mr Todd bei seiner Rede zu. Ich hatte das Gefühl, dass sie schon Jahre dauerte. Seine langen Haare schaukelten hin und her, wenn er sich bewegte, und das tat er ziemlich oft. Mr Todd war anscheinend genauso aufgeregt wie wir.

Ich hörte wieder zu, als er sagte: »Anfang Oktober werde ich mit den Schülerinnen und Schülern, die bis dahin die besten Noten und das beste Betragen aufweisen, Gespräche führen, und damit beginnt der Auswahlprozess. Ein glücklicher Schüler aber wird garantiert an dieser Gesprächsrunde teilnehmen …« Er hielt inne und grinste, als wolle er uns ein wohlgehütetes Geheimnis anvertrauen. »Und dieser Schüler wird derjenige sein, der den kleinen Wettbewerb gewinnt, den wir jetzt austragen werden. Ich bitte alle Kandidaten auf die Bühne.«

Was? Mein ganzer Körper begann zu kribbeln, als das Geraune erneut durch den Raum ging. Das sollte doch bloß eine Info-Veranstaltung sein, kein Wettbewerb. Ich wusste, dass es Wettbewerbe geben würde, natürlich – alle wussten das. Aber keiner hatte gesagt, dass es damit heute Abend schon losgehen würde.

Ich fing Jegs Blick auf, als ich auf die Bühne stolperte. Sie wollte nicht Reiseleiterin werden, also war sie nur zur Versammlung gekommen, um mich zu sehen – oder vielleicht doch, um neben Läster-Ami zu sitzen? Schwer zu sagen. Aber es war schließlich knallvoll – vielleicht hatten sie sich gar nicht absichtlich nebeneinandergesetzt. Vielleicht hatte Läster-Ami nur noch einen einzigen Platz gefunden und es war eben zufällig dieser gewesen.

Als wir endlich alle auf der Bühne standen, wandte sich Mr Todd wieder dem Publikum zu: »Unser Junior-Reiseleiter muss schwere Situationen meistern. Die Schüler werden bisweilen müde sein, frustriert und manchmal unausstehlich. Aber er oder sie muss sich dann daran erinnern, dass es um einen Job geht, der es wert ist, dafür zu kämpfen. Heute Abend werden wir herausfinden, wer diesen Job am meisten haben will. Liebe Schüler, wenn ich das Signal gebe, werdet ihr einen Fuß in die Luft heben und die Position so lange wie möglich halten. Der Gewinner dieses Wettbewerbs wird automatisch in die nächste Runde kommen und damit der Wahl zum diesjährigen Junior-Reiseleiter einen wichtigen Schritt näher kommen.«

»Elyse, du schaffst das!«, rief eine viel zu vertraute Stimme aus dem Saal.

Ich weigerte mich, Blickkontakt mit Mom aufzunehmen. Ich konnte nur hoffen, dass alle glauben würden, irgendeine x-beliebige Frau würde mir zujubeln, eine Frau, die ich überhaupt nicht kannte und die in ihrer Handtasche keine achtundzwanzig Varianten von ekelhaften Anti-Juckreiz-Salben mit sich herumschleppte.

»Alle bereit?«, fragte Mr Todd. »Oh, und noch was, liebe Eltern. Bitte denken Sie daran, dass Blitzlichtfotos in diesem Haus sehr wohl gestattet sind!« Er grinste.

Ja, das war zum Totlachen. Komm, wir blamieren die

Schüler mal so richtig und laden das Publikum dazu ein, das auch noch für die Ewigkeit festzuhalten.

»Auf die Plätze, fertig … los!«

Ich hob meinen rechten Fuß ein Stück weit über den Bühnenboden. Okay, so schlimm war es gar nicht. Das konnte ich schaffen. Es war ja bloß Stehen. Das machte ich ständig.

»Nur, dass du Bescheid weißt: Ich nehme Tanz- und Gymnastikstunden«, zischte mir Läster-Ami ins Ohr. »Ich könnte das den ganzen Abend machen.«

Ich ignorierte sie und wandte mich ab. *Konzentrier dich.* Die Sekunden verstrichen und ein Bein nach dem anderen senkte sich. Kevin wackelte eine ganze Minute vor sich hin, bevor er hinfiel, und dann verloren auch einige andere das Gleichgewicht. Mein Bein wurde ebenfalls ein bisschen schwer, aber nicht so schwer, dass ich die Aussicht auf endlose Komplimente aufgegeben hätte. Ich hatte es so weit geschafft, jetzt würde ich weitermachen.

Der *nette* Andy warf mir ein fröhliches Grinsen zu – eins, bei dem man alle Zähne sehen konnte, sogar die ganz großen hinten in seinem Mund. Davon abgesehen, sah er aus wie eine Statue, als wäre er an Ort und Stelle vollkommen erstarrt.

Noch ein paar weitere Füße senkten sich. *Bleib ruhig. Konzentrier dich.*

Mein Blick wanderte ins Publikum. Mom hatte ihr Handy hervorgeholt und nahm wahrscheinlich ein Video von mir auf, das sie online stellen konnte. So peinlich. Liam saß ein paar Reihen hinter meinen Eltern mit einigen Typen aus der Fußballmannschaft und deren Familien. Vielleicht hatte ich es mir ja nur eingebildet, aber er sah definitiv aus, als würde er mir zulächeln. Vielleicht kam ihm ja gerade in den Sinn, dass er einen Fehler gemacht hatte, dass meine Worte eigentlich doch auf die coole Art verrückt waren und dass wir doch eigentlich wieder miteinander gehen und auf dem Flur Händchen halten und die ganzen anderen romantischen Dinge tun könnten, die man so machte, wenn man miteinander ging.

Ich zwang mich, wegzuschauen, auch wenn das wirklich nicht einfach war. *Keine Ablenkungen. Und jetzt vor allem kein Herzgehüpfe.* Nicht jetzt.

Die Zeit schlich weiter und weiter, und ich hatte das Gefühl, es müsse schon mindestens Mitternacht sein.

»Ah!« Francheska kippte zur Seite. Sie hielt sich an JaShawn fest, der sich an Layla festhielt, die sich an Elijah festhielt, und sie fielen alle um wie Dominosteine.

Jetzt blieben nur noch Läster-Ami, der *nette* Andy und – unerklärlicherweise – ich übrig. Die Menge jubelte, als würden wir um olympische Goldmedaillen kämpfen.

»Wow!«, flüsterte der *nette* Andy so fröhlich wie immer. »Du bist richtig gut! Zu schade, dass ich gewinnen werde!« Er hüpfte ein paarmal auf einem Bein auf und ab, als wolle er zeigen, wie talentiert er im Auf-einem-Bein-Stehen war. Aber dann genügte der Bruchteil einer Sekunde. Vorzeige-Andy stolperte über seinen Schnürsenkel und landete auf dem Boden. Alle klatschten höflich.

»Ups«, sagte er und rappelte sich lachend auf.

»Da waren's nur noch zwei!«, brüllte Mr Todd.

Die Kreischmädchen kamen auf die Bühne gestürmt.

»Du schaffst das, Ami!«, kreischte Paige.

»Na los, Ami!«, kreischte Lindsey. Sie kam uns ganz nahe. »Du kannst dich doch nicht von so einer Nullnummer schlagen lassen.«

Mir entfuhr ein kleiner Schrei, als das Wort **NULLNUMMER** sich unter meiner Leggins auf dem Knie abzeichnete.

»Oh, ups«, sagte Lindsey, als sei ihr gerade eingefallen, dass sie so etwas ja nicht sagen sollte. »Ich hab nur Spaß gemacht. Ich meinte so was wie eine lustige Nummer, du weißt schon. Tut mir leid.«

Es klang nicht gerade ehrlich.

Ich warf Jeg einen Blick zu, und in diesem Moment fiel mir auf, dass ihre Haare vollkommen schwarz waren. Läster-Ami arbeitete schnell; die rosafarbenen Strähnen waren allesamt verschwunden. Als hätte es sie nie gegeben.

Ich hüpfte auf einem Fuß im Kreis herum, in der Hoffnung, dass das Hüpfen die **NULLNUMMER** wieder zum Verschwinden bringen würde. Als auch das nicht half, griff ich hinunter und begann, mir das Knie zu kratzen – ohne hinzufallen. Wahrscheinlich sah ich aus, als würde ich Dads komischen Ententanz nachmachen, mit dem er mich so gern blamierte, wenn meine Freunde zu Besuch kamen.

Wobei – in letzter Zeit kamen ziemlich selten Freunde zu Besuch.

»Oh, du willst es austanzen?«, fragte Läster-Ami. Bevor

ich wusste, was los war, drehte sie sich im Kreis, sprang auf und ab und landete immer perfekt auf einem Fuß. »Das kannst du haben.«

Ich tat so, als hätte ich das alles überhaupt nicht mitbekommen, und hielt meinen Blick starr aufs Publikum gerichtet.

»Hey, El.« Jeg kam näher an mich heran. »Du machst das toll.«

»Danke«, flüsterte ich. Dann huschte sie an mir vorbei und zu den Kreischmädchen hinüber. *Was sollte das denn jetzt?*

Wieder juckte die **NULLNUMMER** und ich fühlte mich schrecklich. Und als wäre das nicht schlimm genug, begannen nun auch die **DUMPFBACKE** und das **ERBÄRMLICH** auf meiner Haut zu kribbeln. Als würden sie sich übergangen fühlen und dringend Aufmerksamkeit brauchen. Ich schloss die Augen, versuchte, mich aufs Atmen zu konzentrieren und die juckenden Worte einfach zu vergessen.

Es funktionierte nicht.

Überhaupt. Nicht.

Wie kommt es, dass man, wenn man etwas vergessen will, nur immer stärker daran denkt?

Ich war wirklich **ERBÄRMLICH**. Es musste stimmen. Sonst würde Läster-Ami ja mit mir befreundet sein wollen, so wie sie neuerdings Jegs Freundin sein wollte. Und sonst wäre Jeg nicht zu den coolen Leuten hinübergegangen, statt bei mir zu bleiben.

Mein ganzer Körper juckte, auch wenn zurzeit nur ein paar Worte ihr Unwesen darauf trieben. Es brannte. Alles brannte und tat weh.

Aber das musste es doch gar nicht. Wenn der Verfasser des blauen Zettels recht hatte, könnte ich eine sehr gute Junior-Reiseleiterin sein, und der Job könnte mir guttun. Ein zusätzlicher Bonus wäre, dass ich ziemlich beschäftigt sein würde. Zu beschäftigt, um an Liam, Jeg, Läster-Ami oder an mich selbst zu denken. Und wenn ich nicht an mich selbst dachte, konnte ich auch nicht darüber nachdenken, wie erbärmlich ich war.

Das war genau das, was ich brauchte.

In diesem Augenblick stieß Läster-Ami mich mit dem Ellbogen an. Sofort wurde mir bewusst, dass ich immer noch auf der Bühne stand – vor allen Leuten – und immer noch darum kämpfte, etwas zu erreichen, was das dämliche Jucken womöglich für immer zum Verschwinden bringen würde.

»Gibst du jetzt auf, du Schwachmat?«, flüsterte sie.

SCHWACHMAT zwickte meine Haut. Ich musste hart schlucken und stolperte ein Stück nach hinten. Weil sich **SCHWACHMAT**, **DUMPFBACKE**, **NULLNUMMER** und **ERBÄRMLICH** nun in Sachen Juckreiz alle gegenseitig zu übertreffen versuchten, kam ich langsam ins Taumeln. Ich rollte meinen Fuß ein und hopste so über die Bühne, aber es nützte nichts. Ich war ein zum Absturz verurteilter Jenga-Turm, und ich kippte immer weiter zur Seite, bis ich schließlich auf dem Boden landete.

»Und damit steht die Siegerin fest!« Mr Todd brüllte, als würde er das Endergebnis des Superbowls verkünden. »Herzlichen Glückwunsch, Ami, du bist dem Posten der Junior-Reiseleiterin einen großen Schritt näher gekommen! Du hast einen Freifahrtschein in die nächste Runde. Und mein Kompliment an die anderen Teilnehmer! Habt noch einen wunderbaren Abend, Leute, und kommt gut nach Hause.«

Ich stand nicht auf. Mein Körper juckte und brannte so sehr, dass ich keinen Muskel rühren konnte.

Vom Boden aus spürte ich, wie sich die triumphierenden Schritte von Läster-Ami entfernten. Die Kreischmädchen folgten ihr und kicherten hysterisch, als würden sie sich über einen köstlichen Insiderwitz amüsieren, den normale Menschen niemals kapieren konnten. Jeg blieb einen Augenblick stehen, um sich nach mir umzuschauen. Aber genau in dem Moment, als ich dachte, sie würde zu mir kommen und mir aufhelfen, drehte sie sich um und ging den anderen nach.

Gut, sie winkte mir kurz zu.

Aber trotzdem.

Sie ging weg.

»Geht's dir gut da unten? Du hast das ganz toll gemacht, Schätzchen. Du hattest starke Konkurrenz.« Natürlich: Das wäre ja noch schöner, wenn ich hier einfach mal eine Minute allein liegen bleiben könnte. Mom stand vor mir mit ihrer gigantischen Tasche in der einen und einer Vorratstube Hautsalbe in der anderen.

»Grrmrmrrugh«, sagte ich, was so viel heißen sollte wie: *Natürlich geht's mir nicht gut! Sieht's etwa so aus, als würde es mir* gut *gehen?* Aber für Mom bedeutete es offensichtlich: *Bitte kremple doch mal meinen Ärmel hoch und kleistere mich mit der stinkendsten Anti-Juckreiz-Salbe aller Zeiten ein und blamiere mich vor sämtlichen Leuten.*

»Ist doch nicht schlimm, Schätzchen«, sagte sie, »oder?« Sie knuffte Dad ihren Ellbogen in den Bauch. »Du kannst es immer noch schaffen. Und du solltest wirklich stolz darauf sein, wie lange du hier oben durchgehalten hast. Der zweite Platz ist doch fantastisch!«

»Genau.« Dad schaute für eine Millisekunde von seinem Handy auf. »Du hast … Du warst … Hey, mal ganz was anderes. Wusstet ihr, dass der Durchschnittsmensch fünfunddreißigtausend Kekse in seinem Leben isst? Das ist total interessant, oder?«

Ich antwortete mit einem Augenrollen. Kekse sind eine super Sache, okay. Aber genau in diesem Moment über Kekse zu reden? Nicht ganz so super.

»Du warst echt toll, Elyse«, sagte der *nette* Andy. Er war inzwischen der einzige Mensch auf dieser Bühne, der nicht mit mir verwandt war.

Ja, total toll, dachte ich. *Deswegen bin ich jetzt auch von Kopf bis Fuß mit Salbe vollgekleistert und sehe aus wie ein Gespenst.*

Der *nette* Andy, Mom und Dad grinsten mich so breit an, dass ich am liebsten losgeheult hätte. *Es haben auch ganz viele andere Leute verloren*, hätte ich ihnen gern gesagt. Warum konnten sie nicht irgendwen anders angrinsen?

Ich wusste, dass sie bloß nett sein wollten. Und nett war eigentlich auch wunderbar – normalerweise. Ich *brauchte* nette Leute in meinem Leben.

Aber in solchen Augenblicken – wenn ich von allen Seiten angelächelt werde, obwohl ich es nicht verdient habe – muss ich immer an Schokoladensoße denken. Ich hatte einmal eine ganze Packung davon gegessen. Anfangs war es der Hammer gewesen. Aber nach einer Weile hatte mein Bauch angefangen, ziemlich wehzutun.

So war das immer. Die Leute waren entweder zu fies oder zu nett. Die Einzigen, die sich ganz normal verhielten, waren Jeg und Liam. Und nun war Liam weg und Jeg – na ja, ich wusste nicht, was mit ihr los war. Hier bei mir war sie jedenfalls nicht.

Aber wenn ich Reiseleiterin würde, bekäme ich von ihr und Liam vielleicht ein paar gute Worte zu hören.

Langsam ließ ich mich vom *netten* Andy hochziehen.

Ich hatte verloren, aber es war noch nicht zu Ende.

8

Der »nette« Andy

Der *nette* Andy und ich waren gleich an unserem ersten Tag in der Vorschule Freunde geworden, als Dr. Patel unsere Klasse besucht und ein wenig über CAV erzählt hatte. Nach dem, was im Kindergarten passiert war, hielten Mom und Dad es für eine gute Idee, wenn er vorbeischauen und den Kindern in meiner Klasse alles erklären würde, und ich fand auch, dass das die grandioseste Idee aller Zeiten war. In der Vorschule musste jeder irgendwann etwas über sich erzählen und irgendeinen Gegenstand mitbringen, der einem etwas bedeutete. Wenn man aber zu so einer Präsentation einen echten Menschen mitbrachte statt bloß ein Stofftier oder ein Rennauto oder so, war das ziemlich beeindruckend.

Dr. Patel erklärte also allen, dass CAV-Betroffene etwas ganz Besonderes sind, dass man bei ganz besonderen Menschen aber auch besonders vorsichtig sein müsse.

»Können wir sehen, wie es passiert?«, fragte Liam.

Dr. Patel schaute mich an und ich nickte. Man spürte genau, dass alle etwas sehr Aufregendes erwarteten, wenn ich schon einen eigenen Arzt mitbrachte. Natürlich wollten sie nicht enttäuscht werden.

»Elyse ist wunderbar«, sagte Dr. Patel.

Die Buchstaben tauchten, einer nach dem anderen, auf meinem Handgelenk auf. **W-U-N-D-E-R-B-A-R**.

Die gesamte Klasse machte »Ohhhh« und »Ahhhh«. Beste. Präsentation. Aller. Zeiten.

Und dann fingen alle gleichzeitig an zu reden und kurz darauf war ich völlig mit Buchstaben bedeckt. **GRANDIOS**. **COOL**. **HÜBSCH**. **SUPER-DUPER**. **LIEB**. **ZUM KNUDDELN**.

Überall an meinen Armen und Beinen tauchten Wörter auf, und da man nie weiß, wo genau das nächste zum Vorschein kommt, rannten meine Mitschüler um mich herum und zeigten mit den Fingern auf mich.

»Ich habe **LIEB** gefunden!«, brüllte jemand hinter mir. Das Wort stand direkt unter meiner Kniekehle.

»**COOL** ist hier drüben!« Jemand schnappte sich meinen Arm und riss ihn hoch, damit alle es sehen konnten.

Ich lachte mit den anderen. Die Vorschule war sensationell.

»Beruhigt euch wieder«, sagte unsere Lehrerin. »Denkt daran: Elyse ist kein Spielzeug!« Und dann sagte sie mit einer echt beängstigenden Stimme, dass jeder, der etwas Gemeines zu mir sagen würde, mit schwerwiegenden Konsequenzen zu rechnen hätte.

»Kriegen wir dann keine Belohnungsaufkleber?«, fragte der *nette* Andy entsetzt.

»Keine Aufkleber. Unter anderem.«

Und damit endete die Party. Bei der ganzen fantastischen Präsentation hatten wir den Aspekt der schlimmen Worte völlig vergessen, und alle fanden die Vorstellung, zur Strafe keine Aufkleber mehr zu bekommen, ziemlich deprimierend. Die Lehrerin hatte uns nämlich gerade erst an diesem Morgen ganz tolle Sticker geschenkt, die man aufrubbeln konnte und die dann ganz besonders rochen. Auf so etwas zu verzichten, war ein Risiko, das niemand eingehen wollte.

Auch in der Grundschule wiederholten wir einmal pro Jahr die Präsentation mit Dr. Patel. Damit niemand es vergaß, nehme ich an. Es wurde allerdings mit der Zeit immer langweiliger. Dr. Patel plapperte vor sich hin und jeder Lehrer sprach dieselbe Warnung über die ernsthaften Konsequenzen aus. Als wir älter wurden, standen Aufkleber nicht mehr so hoch im Kurs, aber es gab immer etwas anderes, das dieselbe Wirkung erzielte.

An meinem ersten Tag auf der Middle School rief mich Mr Todd in sein Büro und fragte, ob ich die Tradition der jährlichen CAV-Präsentation aufrechterhalten wolle. Meine alten Lehrer und Dr. Patel hatten ihn bereits über die Krankheit informiert.

Die Antwort darauf war natürlich ein dickes, fettes *Nein, danke*. Früher war CAV eine coole Sache gewesen, heute war die Krankheit nur noch peinlich. Wenn ich immer daran dachte, lange Ärmel und lange Hosen zu tragen, würden es alle vielleicht irgendwann vergessen. Dann würden sie mich vermutlich wieder beleidigen, aber das Jucken war besser als die Peinlichkeit.

Mom fand heraus, dass ich es abgelehnt hatte, und *flehte* mich an, es mir anders zu überlegen. Ich konnte sie nur damit beruhigen, dass ich damit einverstanden war, immer eine Reisetube Anti-Juckreiz-Salbe mit mir herumzutragen und Dr. Patels Nummer als Notruf in meinem Handy zu speichern.

Das Einzige, was ich vermissen würde an den Präsentationen, war das Bild, das der *nette* Andy mir anschließend immer schenkte.

Ich hatte einige seiner Werke aufgehoben. Einmal hatte er mir einen riesigen Bogen Papier gegeben, auf dem *DU BIS SO NET* stand. Darunter hielten sich zwei Strichmännchen an den Händen, die von lauter Herzen umgeben waren. Nach einer anderen Präsentation hatte er *CAV is ok und toll* auf sein Bild geschrieben und mich mit einem Cape gezeichnet, auf dem *Super CAV-Girl* stand. Auf einem späteren wurde aus der einen netten Schriftzeile ein ganzer Absatz und Super CAV-Girl bekam Augenbrauen, gepiercte Ohren, einen Zauberstab und ihr eigenes Einhorn.

Ich zeigte die Bilder immer Jeg. »Cool«, sagte sie. Aber dann fügte sie meistens etwas hinzu wie: »Lass uns ein Buch lesen. Du liest die Figuren mit verstellter Stimme. Darin bist du so gut!«

Jeg beschützte mich zwar vor fiesen Mitschülern und schlimmen Worten, aber sie war nicht deshalb nett zu mir, *weil* ich CAV hatte. Sie war nett zu mir, weil es einfach ihre Art war. Der *nette* Andy zeichnete mir schöne Bilder. Lächelte mich an. Machte mir Komplimente. Aber manchmal fragte ich mich, ob er sich wirklich für mich interessierte.

9

Käsesticks

Hey, zukünftiges Ich -

Ich bin zurüüüüück! Hast du mich vermisst?
Du weißt das wahrscheinlich noch, aber falls nicht - gestern steckte ein neuer blauer Zettel an meinem Schließfach. Er war mindestens eine Trilliarde Mal gefaltet und so passte er perfekt in meine Handfläche. Und wie beim ersten Mal war die Nachricht ausgedruckt.
Diesmal wartete ich allerdings nicht darauf, dass Jeg mir sagen würde, wann ich ihn zu öffnen hatte. (Weißt du noch?)
Genau genommen, hab ich ihr diesmal überhaupt nichts davon erzählt.
Stattdessen habe ich ihn gleich an Ort und Stelle aufgefaltet, und jetzt klebe ich ihn hier hinein, damit ich ihn nie wieder verliere.

Hi, Elyse,
ich habe einen Vorschlag für dich: Hör auf, so viel nachzudenken, werde lieber aktiv. Wenn du etwas unternimmst, wirst du viel besser mit dir selbst klarkommen, und es könnte dir auch dabei helfen, zur Junior-Reiseleiterin gekürt zu werden. Du hast zwar den Fuß-Hochhalte-Wettbewerb verloren, aber du hast immer noch eine Chance!

Das war eine großartige Nachricht. Ich muss jetzt also bloß aktiv werden, und dann wird diese Person dafür sorgen, dass ich Reiseleiterin werde. Kein Problem.
Also, das hoffe ich zumindest. Die Wahrheit ist: Bei der Vorstellung, unternehmungslustig sein zu müssen, wird mir ganz anders.
Mom weiß, dass irgendwas los ist, denn andauernd kommt sie mir mit ihrem Gesicht viel zu nahe und fragt: „Ist alles klar?" In diesem besorgten Ton, den sie immer hat, wenn sie weiß, dass irgendwas so gar nicht in Ordnung ist, sie mich aber nicht direkt danach fragen will. (Ich hoffe, dass sie damit aufgehört hat, wenn du das später lesen wirst.) Die Sache ist die, dass ich mich total allein fühle. Das hätte ich auch rausgefunden, selbst wenn nicht letzte Woche ein krasses EINSAM

auf meinem Bein aufgeblüht wäre, als ich gerade unter der Dusche stand.
Ich muss aufhören, darüber nachzudenken. Ich muss mich darauf konzentrieren, Dinge zu unternehmen, die Mr Todds Aufmerksamkeit erregen. Das wird ihm zeigen, dass ich die beste Wahl bin - für die Reiseleiterin und das riesige, mit Komplimenten vollgeschriebene Poster. Und dem Zettelschreiber wird es das auch zeigen.
Ach ja, zukünftiges Ich, du solltest vielleicht wissen, dass du angefangen hast, mit dem „netten" Andy zu gehen. Ich meine, du weißt das natürlich. Aber seid ihr denn jetzt immer noch zusammen? Ich bin so neugierig! Du erinnerst dich bestimmt noch an die ganze romantische Geschichte, aber falls du sie aufgefrischt haben möchtest:
Es begann alles mit einem Käsestick. (So, wie alle guten romantischen Geschichten beginnen sollten. Meine Meinung.)
„Magst du Käse?", fragte er mich eines Tages nach einer besonders frustrierenden Mathestunde bei Mrs Catalano, und ich nickte begeistert, na ja, weil Käse einfach der Hammer ist.
„Ich hab den Käsestick aus der Lunchbox meines Bruders geklaut! Krass, oder? Na ja, gut, ich hab ihn gebeten, ihn mir zu geben! Und er war einverstanden - aber trotzdem: Hier ist er!" Er reichte mir eine Packung.

Also, das ist doch mal jemand, der mich wirklich zu schätzen weiß. Gut, er ist vielleicht ein bisschen zu nett, aber er hat mir Käse geschenkt. Liam hat mir nie Käse geschenkt. Und der Rest ist Geschichte.
Es ist nicht ganz ausgeschlossen, dass ich Liam immer noch mag, bloß ein mikroskopisch kleines bisschen. Das würde ich aber niemals zugeben - nur vor dir. Gut, er hat mir nie Käse geschenkt, aber ein Kaugummi. Außerdem ist er der abgefahrenste Typ, den ich kenne, und der beste. Abgesehen vom „netten" Andy, mein ich natürlich.
Na egal, ich weiß nicht, wann du das hier lesen wirst, aber ich hoffe, dass bis dahin alles besser läuft.
Meine Ziele! Ich will:

Herausfinden, wer diese Zettel schreibt!
Netter zum „netten" Andy sein, denn er ist ein echter, lebendiger Mensch, der mich mag und mir Käse schenkt.
Aufhören, auf alles zu achten, was Liam sagt und tut, und überhaupt darauf, dass es ihn gibt.
Aufhören, Jeg zu vermissen. Sie redet kaum noch mit mir. Sie hat zu viel um die Ohren mit ihren neuen Freundinnen.
Freunde finden. (Nein, grandiose Bücher und/oder Socken zählen nicht.)
Aufhören, so viel nachzudenken, und anfangen,

Sachen zu machen - besonders Sachen, die mir dabei helfen werden, Exkursionsleiterin zu werden.

Außerdem habe ich mir heute einen Lippenstift gekauft, der nach Grapefruit-Limo schmeckt und fantastisch an mir aussieht, obwohl er rein technisch gesehen durchsichtig ist. Ich dachte bloß, du solltest das wissen.

Dein
Oktober-Ich

Ich lehnte mich auf meinem Stuhl zurück, als die morgendliche Ankündigung aus dem Lautsprecher in unserem Klassenraum kam.

»Hey, Leute, hier spricht euer innig geliebter Rektor – live aus seinem Büro.«

Ich konnte geradezu hören, wie breit Mr Todd grinste, während er sich über das Mikro beugte.

»Heute habe ich eine besondere Nachricht für unsere Sechstklässler – ich möchte euch rechtzeitig vorwarnen, dass ich fast damit fertig bin, eure Noten des ersten Schulmonats auszuwerten. Die Schülerinnen und Schüler, die dabei am besten abgeschnitten haben, werden in Sachen Junior-Reiseleitung in der nächsten Woche von mir zum Gespräch gebeten. Glückwunsch noch einmal an Ami Kowalski, die ihr Gespräch nach dem Sieg im ersten Wettbewerb bereits sicher hat. Es gibt aber noch fünf weitere Plätze. Außerdem möchte ich euch an die Spendenshow in unserer Aula erinnern. Der November ist nicht mehr so weit weg, wie es scheint! Bisher haben sich erst ein paar Gruppen angemeldet und wir würden uns über weiteren Zuspruch freuen.«

Die Spendenshow war gleich am ersten Schultag angekündigt worden. Wir konnten dort auftreten mit allem, was wir wollten, solange es nichts Unanständiges war und halbwegs erträglich. Das Publikum würde pro Kopf fünf Dollar Eintritt zahlen und das Geld würde vollständig für unsere Minnesota-Exkursion verwendet werden.

Wir freuten uns auf die Show, aber alle wussten auch, dass es eine dieser Veranstaltungen werden würde, bei der sich die Coolen am Ende noch cooler fühlten und die Uncoolen noch uncooler. Genau wie bei den Schulbällen. Gut, ich spielte seit Ewigkeiten Klavier und hatte auch schon tausendmal vor Leuten gespielt, aber das hieß noch lange nicht, dass ich es auch vor meinen Mitschülern tun wollte. Wenn ich mich freiwillig meldete, würde die gesamte Ordnung des Universums aus den Fugen geraten, und einige Leute würden die Welt nicht mehr verstehen. Für einen solchen Tumult wollte ich nicht verantwortlich sein, also kam es nicht infrage. Aber ein Gespräch mit Mr Todd? Ja, das hätte ich wahnsinnig gern gehabt.

Nachdem Mr Todd mit seiner Bekanntmachung fertig war, fingen alle an, laut miteinander zu reden, aber Miss

Sigafiss hob eine Hand. »Kommt zur Ruhe. Wir werden mit unserer Vorstellungsrunde weitermachen.«

Miss Sigafiss hatte gleich am ersten Schultag damit angefangen. Sie hatte gemeint, es sei gut, dass wir uns so etwas besser kennenlernen würden – schließlich waren wir nicht alle auf dieselbe Grundschule gegangen.

Ich fand es selbst auch ziemlich cool. Rund dreißig Leute gingen in meine Klasse und ich kannte eigentlich nur zehn von ihnen gut. Vielleicht waren einige echt nett und ich hatte keine Ahnung davon.

»Heute wird uns Olivia etwas von sich erzählen«, sagte Miss Sigafiss, ohne darauf zu achten, wer die Hand gehoben hatte.

»Ähm, okay«, sagte Olivia. Sie stand auf und rieb sich die Hände an ihrer ausgewaschenen Jeans. »Also, ich bin Olivia, was ihr ja schon wisst ... Ich bin auf die Hoover-Grundschule gegangen. Meine besten Freunde sind meine fünf Geschwister. Mein Lieblingssport ist Fußball und meine Lieblingsfarben sind Knallpink und Türkis.«

Wow. Sie war wirklich cool. Ich wäre gern mit ihr befreundet gewesen, aber ob sie mich als Freundin haben wollte? Und würde ich eine Chance bekommen, mit ihr zu reden, bevor die Kreischmädchen sie mit Beschlag belegten?

Während ich darüber nachdachte, hatte Lindsey ihr bereits ein Kompliment über ihre schimmernden, schwarzen Haare gemacht. (Sie hatte lauter Zöpfe, die bis auf ihren Rücken reichten und in die kleine Perlen geflochten waren.) Und jetzt schwatzten sie miteinander, als wären sie schon seit tausend Jahren ganz dicke.

»Danke, Olivia«, sagte Miss Sigafiss. »Morgen wird sich jemand anderes vorstellen.«

»Kann ich morgen drankommen?« Lindseys Hand schoss hoch.

Miss Sigafiss funkelte sie böse an. »Vielleicht«, sagte sie.

Lindsey nahm die Hand herunter und flüsterte Läster-Ami etwas ins Ohr.

»Ruhe!«, fauchte Miss Sigafiss. »Es wird jetzt nicht geredet!« Sie nahm einen wegwischbaren Stift und schrieb etwas auf unser Whiteboard. »Holt euer Arbeitsbuch«, sagte sie, ohne die Augen von der Tafel abzuwenden. »Diese Aufgaben werdet ihr in den nächsten Minuten in Stillarbeit erledigen.«

Wir stellten uns in einer Schlange an und holten uns einer nach dem anderen die Aufgabenbücher aus einer Ecke des Klassenraums. Als ich vorn angekommen war, ging ich die durch, die noch übrig waren, und griff nach meinem grünen Buch. Es sah genauso aus wie alle anderen, abgesehen von einem weißen Etikett in der linken Ecke, auf dem mein Name stand.

Und abgesehen von dem kleinen blauen Zettel, der wie ein Lesezeichen darin steckte.

Was?

Meine Kehle wurde ganz trocken und mein Herz schlug schneller. Ich hatte kein Lesezeichen in mein Arbeitsbuch gelegt, als ich es vor einer Woche das letzte Mal benutzt hatte. Und ganz bestimmt hatte ich kein blaues Lesezeichen hineingesteckt, das verdächtig nach einer dieser mysteriösen Nachrichten aussah.

Ich spähte zu Miss Sigafiss hoch, bevor ich den Zettel herauszog. Sie stand immer noch mit dem Rücken zu uns, während sie die Fragen an die Tafel schrieb. Das hieß: jetzt oder nie. Ich atmete tief ein, zog an den Ecken des Zettels und faltete ihn auf.

Heilige. High. Heels.

Auf den Zettel waren winzige Buchstaben säuberlich aufgedruckt worden, wie beim letzten Mal. Und ganz oben stand mein Name.

> Elyse,
> wenn du willst, dass es dir besser geht, dann stell dich jemandem vor, der dich noch nicht kennt und mit dem du noch nie gesprochen hast. Es ist egal, wer es ist. Wichtig ist nur, dass du es so bald wie möglich tust. Wenn du ein Gespräch mit Mr Todd bekommst, wird dir die Erfahrung helfen, und du wirst selbstbewusster an die Sache herangehen können!

Ich faltete den Zettel zusammen, öffnete ihn aber sofort wieder, um sicherzugehen, dass ich mich nicht verlesen hatte oder langsam durchdrehte. Ich ließ meinen Blick durch den Raum wandern, ohne wirklich zu wissen, wonach ich suchte. Niemand erwiderte meinen Blick. Mir war gerade zum dritten Mal etwas ziemlich Unheimliches und Unerklärliches passiert – aber für alle anderen war alles wie immer.

Eigentlich hätte ich es gern Jeg erzählt, aber bei den ganzen Kreischmädchen um sie herum wäre ich niemals an sie herangekommen. Außerdem wollte sie wohl sowieso nichts von mir wissen und ich war immer noch ziemlich wütend. Ich könnte es dem *netten* Andy anvertrauen, aber er würde es bestimmt Miss Sigafiss oder irgendeinem anderen Lehrer oder Mr Todd erzählen wollen. Und Mom? Die würde wahrscheinlich direkt zur Polizei laufen.

Es ist schon komisch, wie einsam es einen machen kann, wenn man von jemandem so eine mysteriöse Nachricht geschrieben bekommt.

Ich las den Zettel noch einmal und dann noch ungefähr eine Million Mal, bis ich ihn praktisch auswendig konnte. Schließlich stopfte ich ihn in meine Tasche und versuchte, die Fragen aus dem Arbeitsbuch zu beantworten. Aber es hatte keinen Zweck. Ich musste immer daran denken, wie wahnsinnig gern ich die Nachricht noch einmal herausgeholt hätte.

Mich einfach so jemandem vorzustellen, war ein beängstigender Gedanke. Klar, ich wollte schon neue Leute kennenlernen. Nein, eigentlich wollte ich sie am liebsten einfach *kennen*, ohne dieses peinliche erste Gespräch durchstehen zu müssen. Außerdem hatte ich das Gefühl, dass alle Mädchen aus den beiden anderen Grundschulen am liebsten zu den Kreischmädchen gehören wollten. Wenn ich zu einer von denen hinging, würde sie mir garantiert direkt ins Gesicht lachen.

Andererseits, wenn dieser Nachrichtenschreiber mir wirklich helfen konnte, Junior-Reiseleiterin zu werden, wäre es das Risiko vielleicht wert. Ich musste gar nicht erst auf den Ärmel hinabschauen, der die Worte verdeckte, die sich in meine Haut geätzt hatten, um zu wissen, dass es das wert war. Ich musste beliebt werden, denn ich brauchte nette Worte. Und nur als Junior-Reiseleiterin konnte ich sie bekommen. Ich musste eines dieser Gespräche mit Mr Todd ergattern und dabei musste ich den bestmöglichen Eindruck machen.

In der Mittagspause riss ich die Klotür auf und blieb wie angewurzelt stehen. Olivia saß auf meiner Bank.

Einen Augenblick lang starrte ich sie bloß irritiert an. Das war *mein* geheimer Platz. Und jetzt mit jemandem reden zu müssen, war das Letzte, was ich wollte. Meine Bank wollte ich erst recht nicht aufgeben.

Aber dann fiel mir die Nachricht ein. *Wenn du möchtest, dass es dir besser geht, dann stell dich jemandem vor.* Das war wahrscheinlich die beste Gelegenheit, die ich bekommen würde. Und ich würde es schon überleben.

»Hey«, sagte Olivia und schaute das Buch in meiner linken und die braune Papiertüte in meiner rechten Hand an. »Wie's aussieht, hatten wir dieselbe Idee.«

»Ja, stimmt!« Ich musste schlucken.

Ich konnte das. Ich redete doch ständig mit Leuten. Und manchmal nannte ich auch meinen Namen. Ich würde wahrscheinlich auch beides gleichzeitig schaffen, wenn ich lange genug ruhig blieb, um die Worte herauszubekommen.

»Ähm, ich bin Elyse. Wir haben uns noch gar nicht richtig kennengelernt.«

Hurra, ich hatte es geschafft!

»Ja, hi!« Olivia rutschte ein Stück zur Seite. Dann deutete sie auf den frei gewordenen Platz.

»Danke.« Ich setzte mich hin und sie lächelte mich an. »Also ... du isst auch gern dein Mittagessen im Waschraum?«

Sie lachte. »Ja, manchmal. Ich hab das nicht sehr oft gemacht, aber ich hab's manchmal gern ruhig. Bei uns zu Hause ist immer ziemlich viel Trubel.«

»Ach ja, du hast einen ganzen Haufen Brüder und Schwestern, oder?«

»Allerdings. Hast du auch welche?«

»Nee. Wenn du deine mal nicht mehr sehen kannst, kannst du sie mir gern mal ausleihen.«

Olivia lachte.

»Wie alt sind sie denn?«, fragte ich.

»Tja ...« Sie kratzte sich am Kinn und lachte erneut. »Das müsste ich eigentlich wissen. Okay, also Emanuel ist sechzehn und Vera vierzehn und ich bin elf. Dann ist Philip acht, Farrah ist fünf und Matthew zwei.«

»Und kommt ihr alle gut miteinander aus?«

»Ja ... wir haben keine große Wahl. Farrah hat die Glasknochenkrankheit, also passen wir gemeinsam auf sie auf. Es ist keine schwere Form der Erkrankung, aber trotzdem. Ich glaube, wir fänden es ziemlich dämlich, uns zu streiten, wenn man bedenkt, womit sie zu kämpfen hat.«

»Wow.« Alles, was Olivia sagte, verstärkte meinen Wunsch, mit ihr befreundet zu sein. Menschen waren ihr wirklich wichtig. Und dann ihre Schwester ...

Es lässt mich vielleicht ein bisschen egoistisch wirken, aber mein erster Gedanke war: Wenn sie zu ihrer Schwester nett ist, wäre sie vielleicht auch nett zu mir, wenn sie von der CAV wüsste.

Aber ich konnte mich nicht dazu durchringen, es ihr zu sagen. Als ich kurz davor war, wurde meine Kehle so trocken, dass ich überhaupt nichts mehr herausbrachte. Statt zu reden, lächelte ich bloß, schlug mein Buch auf und holte mein Mittagessen heraus. Ich griff nach meinem Käsestick, den ich schon den dritten Tag hintereinander dem *netten* Andy zu verdanken hatte. (Inzwischen kaufte seine Mutter extra mehr davon für die Käsefanatiker auf der Middle School.) Ich bot ihr ein großes Stück davon an.

Olivia lächelte und nahm es. Dann schlug auch sie ihr Buch auf, und die nächsten zwanzig Minuten saßen wir nebeneinander auf der Bank, lasen und genossen die Ruhe, den Frieden und unseren Käse.

10

Spaziergänge

Ein Vorteil an der Middle School war, dass ich am Wochenende allein unterwegs sein durfte – vorausgesetzt, dass ich meine Hausaufgaben erledigt hatte und versprach, in der Nähe zu bleiben. Ich konnte also einfach sagen: *Hey, ich würde gern einen Spaziergang machen* – und musste nicht warten, bis Mom oder Jeg oder sonst wer Lust hatte, mitzukommen.

Als ich am Samstagvormittag losging, wusste ich nicht, wohin es mich verschlagen würde. Ich wusste nur, dass das Laub am Straßenrand unter meinen Füßen raschelte und die Sonne schien und dass alles perfekt aussah, obwohl einige Sachen ziemlich daneben waren, weswegen jede Menge dumme Worte auf meinem Körper juckten. Aber ich bemühte mich, nicht daran zu denken – bis ich mich am großen Sportplatz unseres Viertels wiederfand, in unmittelbarer Nähe der Tribünen.

Ich schaute mich um. *Wie war ich hierhergekommen?* Ich hatte nicht vorgehabt, zum Spielfeld zu gehen. Da wäre ich dann doch lieber zu Hause gewesen, eingeschlossen in meinem Zimmer, mit tausend Flaschen der dicksten, klebrigsten, ekelhaftesten Anti-Juckreiz-Salbe aus Moms Salbenfundus. Und doch hatten meine Füße mich automatisch hierhergeführt. Die Verräter.

Letztes Jahr waren Jeg und ich andauernd zum Sportplatz gegangen, wegen der frischen Luft. Und weil wir Kevin und Liam hinterherspionieren wollten. Na gut, *hauptsächlich,* weil wir Kevin und Liam hinterherspionieren wollten.

Sie gehörten zur Fußballmannschaft, die hier jeden Samstagvormittag trainierte. Wir packten uns jede Menge Süßigkeiten ein (für die nötige Energiezufuhr), und dann marschierten wir die Straße hinunter und kicherten, weil wir dauernd gleichzeitig dasselbe sagten und das einfach zum Totlachen war. Alles war zum Totlachen, wenn ich mit meiner besten Freundin zusammen war, auch die völlig unlustigen Sachen.

Am Sportplatz versteckten wir uns meist hinter den rostigen Bänken auf der Tribüne. Im Schneidersitz hockten wir da, konnten alles beobachten, und niemand konnte uns sehen. Aus dieser Position schauten wir uns ein Training nach dem anderen an und kommentierten die ganze Zeit, wie süß Kevin in seinem Trikot aussah (Jeg) und wie cool und konzentriert Liam war (ich).

»Alle hier herüber«, brüllte jetzt eine laute Stimme und riss mich aus meinen Gedanken. Von überall her strömten Jungs in blauen Trikots auf den Platz. Ich eilte zur Tribüne und tauchte regelrecht ab, auf meinen Geheimplatz, wobei ich meiner Jeans einen kleinen Grasfleck verpasste. Ups. Mom würde nicht gerade begeistert sein.

»Morgen! Jetzt macht erst mal ein paar Übungen zum Warmwerden«, rief dieselbe Stimme. »Liam, wach auf!«

Liam! Ich steckte meinen Kopf heraus, aber er war schwer zu erkennen. Die Fußballmannschaft war größer geworden – da waren bestimmt zwanzig Leute auf dem Platz und sie trugen alle dasselbe blau-weiße Mannschafts-Outfit. Außerdem bewegten sie sich ziemlich schnell – duckten sich, warfen sich hin und her, sprangen hoch und runter und dribbelten und hüpften und rannten auf der Stelle, was Fußballspieler eben so machen. Und gerade, als ich Liam entdeckt hatte, rannte er in die andere Richtung und verschwand aus meinem Blickfeld. Na schön. Ich sollte Liam sowieso nicht hinterherstarren. Ich wollte es auch übrigens gar nicht. Er hatte mich sitzen lassen und damit hatte es sich. Es war zu ärgerlich, dass er immer noch so süß und witzig und auf die coolstmögliche Weise abgefahren war. Ich finde, so was müsste automatisch und sofort aufhören, wenn man jemanden sitzen lässt.

Das Problem bei unserem Samstagsspionieren war, dass es immer bedeutet hatte: ganz oder gar nicht. Jeg und ich mussten vor dem Team bei der Tribüne sein, und wir konnten erst wieder weg, wenn die Jungs auch abzogen, denn sonst hätten sie uns auf der großen Freifläche zwischen den Bänken und der Straße definitiv gesehen.

Während ich nun in meinem Versteck kauerte, wurde mir klar, dass ich auf diesen Fall heute überhaupt nicht vorbereitet war. Ich hatte nichts Süßes dabei, damit fing es schon mal an. Und ich hatte keine gemütliche Hose an. Und keine Freundin an meiner Seite. Außerdem stellte ich fest, dass ich dringend aufs Klo musste.

Es gab eins am anderen Ende des Spielfelds, in der Richtung, aus der ich gekommen war, aber das konnte ich mir definitiv abschminken. Dafür hätte ich quer übers Feld laufen müssen. Ich erkannte nicht immer, welcher Spieler Liam war, aber er würde kein Problem damit haben, das Mädchen zu erkennen, das mitten im Spiel so gar nichts zu suchen hatte.

»Toller Schuss, Liam! Jetzt gib den Ball an Kevin weiter, damit er es versuchen kann.« Wieder die laute Stimme des Trainers.

Besorgt spähte ich hinaus, in der Hoffnung, im Meer der Spieler irgendwie Liams Blick auffangen zu können. Aber was sollte das bringen? Er hatte keine Lust auf Blickkontakt mit mir, sonst würden wir ja noch miteinander gehen und ständig Blickkontakt haben. Wenn er mich hier entdeckte, würde es ihn auch nicht wie von Zauberhand daran erinnern, dass er mich mal gemocht hatte (und es ihm vielleicht immer noch gelingen würde, wenn er sich nur ein bisschen bemühte).

Ich fing an, mit den Beinen zu wackeln. Warum hatte ich so viel Kakao getrunken, bevor ich aufgebrochen war? Ich sollte niemals direkt vor einem Spaziergang zwei große Tassen Kakao trinken – und auch keine zwei Tassen von irgendwas anderem. Das war eigentlich nichts Neues. Der schwierige Teil war bloß, rechtzeitig daran zu denken, nicht so blöd zu sein.

»AHHHH!« **BLÖD** bildete sich auf meinem Bein und unwillkürlich entfuhr mir ein Schrei. Das blöde Wort juckte wie verrückt. Ich schlug mir die Hände vor den Mund.

Bitte, lass es sie nicht gehört haben, flehte ich stumm.

Zum Glück brüllte der Trainer nicht: *Lasst uns alle mal nachsehen, was das für ein komisches Geräusch war, das von der Tribüne kam! Es klang wie ein Mädchen, das von seinem eigenen Bein angegriffen wird.*

Es war nur das Geräusch der Ballschüsse zu hören.

Was sollte ich nur tun? Mein *AHHH!* hatten sie nicht gehört, aber die Geräusche eines Mädchens, das heimlich hinter die Tribüne pinkelte, würden sie garantiert mitbekommen. Abgesehen davon, dass ich so was sowieso niemals tun würde.

Jeg wäre jetzt bestimmt irgendein brillanter Plan in den Sinn gekommen, irgendwas, das nur ihr einfallen konnte. Und den durchzuziehen, hätte so viel Spaß gemacht, dass ich dabei wahrscheinlich total vergessen hätte, dass ich jeden Augenblick platzen würde.

Ein paar Tropfen fielen aus meinen Augen, also hob ich schnell den Kopf, um die Tränen wieder zurückzutreiben. Ich vermisste Jeg. Wirklich. Und Liam vermisste ich auch.

Ich fühlte mich richtig mies deswegen. Ich hatte schließlich einen neuen Freund – da sollte ich doch nicht meinen Ex vermissen! Aber beim *netten* Andy würde ich mich nie so fühlen wie bei Liam, ganz gleich, wie viele Käsesticks er mir schenkte. Liam war auf die genau richtige Weise nett und auf genau die richtige Weise abgefahren. Und er hatte mich gemocht. Aber dann hatte er seine Meinung geändert.

Es kam mir ziemlich dämlich vor, Leute zu vermissen, die ich jeden Tag vor meiner Nase hatte. Ich meine, sie waren ja da, aber irgendwie waren sie eben nicht mehr sie selbst. Jeg war nicht mehr die Jeg, mit der ich aufgewachsen war, und Liam benahm sich nicht mehr wie der Liam, mit dem ich gegangen war. Es war, als hätten Außerirdische ihre Körper in Besitz genommen oder so. Sie sahen immer noch aus wie immer (na ja, abgesehen von Jegs langweiliger neuer Frisur), aber sie waren nicht mehr die Alten.

Und dann kam mir ein beängstigender Gedanke: *Was, wenn gar nicht sie sich verändert hatten? Sondern ich? Wenn ich sie vergrault hatte?*

Als ich das **BLÖD** auf meinem Bein betrachtete, kam mir die Idee gar nicht so verrückt vor.

Eine Junior-Reiseleiterin würde *niemals* ihre Freunde vergraulen. So viele Leute würden ihr hinterherlaufen, dass sie gar nicht wissen würde, was sie mit den ganzen Freunden anfangen sollte.

Wenn ich Reiseleiterin wurde, würde vielleicht sogar Liam ein paar nette Sachen auf mein Poster schreiben. Vielleicht würde er dann immerhin mit mir befreundet sein wollen. Gut, er würde vielleicht trotzdem nicht mehr mein *fester Freund* sein, aber es wäre doch besser als nichts.

Als ich daran dachte, wie wunderbar es gewesen war, als Liam mich gemocht hatte, lösten sich noch ein paar Tränen aus meinen Augen und rannen meine Wangen hinunter. Ich versuchte, mich auf das Fußballspiel zu konzentrieren oder auf die Möglichkeit, Junior-Reiseleiterin zu werden, oder auf *irgendwas*, aber ich musste bloß noch mehr heulen. *Jetzt reiß dich zusammen, du dumme Kuh!*

»Autsch!«, entfuhr es mir. Die **DUMME KUH** fühlte sich an, als würde ich von einem ganzen Schwarm Mücken angegriffen.

Hör auf, dich selbst zu beschimpfen!, zischte ich mir mit meiner lautesten und wütendsten stummen Stimme zu. *Das muss aufhören! Das hilft dir gar nicht, du … du … wundervoller Mensch, du!*

WUNDERVOLLER MENSCH bildete sich sofort, aber es fühlte sich nur eine Sekunde lang gut an. Dann begannen die beiden Worte ebenfalls zu jucken, als würden sie genau wissen, dass ich sie nicht ehrlich gemeint hatte.

Schließlich hielt ich es nicht mehr aus. Es führte kein Weg daran vorbei: Ich musste aufs Klo. Jetzt. Ich würde es niemals bis nach Hause schaffen.

Ich stand auf und versuchte, meine Tränen mit dem Ärmel wegzuwischen, es klappte nicht so ganz. Ich hätte eindeutig mehr Ärmel gebraucht oder weniger Tränen.

»Strategiebesprechung, alle Mann hier rüber!«, brüllte der Trainer, und sämtliche Spieler rasten in die entgegengesetzte Ecke des Spielfelds. Das war meine Chance! Ich war vielleicht eine dumme Kuh, die ihre Freunde vergraulte, aber ich würde keine dumme Kuh sein, die ihre Freunde vergraulte *und* sich auch noch in die Hosen machte.

Ich sprang hinter den Bänken hervor und flog geradezu übers Spielfeld. Ich hatte keine Ahnung, wie lange so eine Mannschaftsbesprechung dauern würde, und ich wollte es auch nicht rausfinden.

Als ich das Klo endlich erreicht hatte, umfasste ich die dicke, silberne Klinke und warf mich mit meinem ganzen Gewicht gegen die Tür. Aber sie ging nicht auf. Ich drückte fester und fester. Nichts.

»Los, Sharks!«, erschallte ein Stimmenchor hinter mir.

Wieder und wieder drückte ich gegen die Tür. Ich rammte meine Schulter dagegen, ich trat auf sie ein.

Bitte, geh auf, flehte ich. *Ich werde auch nie wieder hierherkommen, versprochen. Ich werde aufhören, an Liam zu denken. Ich werde aufhören, Jeg zu vermissen. Ich werde mit Mom und Dad und allen anderen klarkommen. Ich werde einfach irgendwie weitermachen, wenn diese Tür sich jetzt öffnet.*

Aber das dämliche Ding blieb verschlossen. Mit wildem Blick drehte ich mich um. Jetzt war es mir egal, wer mich beim Ausflippen sah. Ich brauchte eine Toilette. Und zwar *jetzt*.

»Hey, Elyse.«

Ich sog den Atem ein, fürchtete mich davor, mich umzudrehen. Diese höhnische Stimme kannte ich gut. *Warum, Welt? Warum?*

»Weißt du, du musst einfach ziehen. Gern geschehen.« Ihr fieses Kichern schallte wieder und wieder durch meinen Kopf.

Wenn ich ganz schnell in die Toilette hineinstürmte und bis in alle Ewigkeit drinblieb – vielleicht würde Läster-Ami vergessen, dass sie mich hier gesehen hatte. Es war den Versuch wert.

Ich riss die Tür auf, huschte hinein, tat, was ich tun musste, und wartete. Zuerst konnte ich nicht schnell genug aufs Klo kommen und nun würde ich es womöglich nie wieder verlassen. Warum war ich nicht einfach zu Hause geblieben?

Ich zählte bis tausend (oder zumindest hoffte ich, so weit gekommen zu sein) und dann öffnete ich die Tür einen Spalt. Die Luft *schien* rein zu sein. Ich öffnete die Tür ein weiteres Stück, dann noch weiter und dann schlich ich langsam hinaus.

»Oh, hey.« Läster-Amis Stimme ließ mich zusammenzucken. Diesmal stand sie mir direkt gegenüber, als hätte sie neben der Toilette gelauert, bis ich wieder rauskam. Hinter ihr sah ich Lindsey und Paige – und Jeg.

»War 'ne sehr gute Idee von dir, hierherzukommen, Jeggie.« Läster-Ami sprach Jeg direkt an, betrachtete dabei aber weiterhin mich.

Mein Blick fiel von ihrem Gesicht auf etwas Leuchtendes an ihrem Hals. Sie trug eine silberne Kette mit einem extrem hippen Glücksbringer. Es war ein Peace-Zeichen. Ich nahm den Rest der Kreischmädchen in Augenschein. Sie trugen alle das Gleiche, jetzt passten sie zusammen wie die Teile eines Puzzles.

Ich musste hart schlucken. Das war *unsere* Beste-Freundinnen-Kette, die von Jeg und mir – aber sie bestand jetzt aus vier Teilen. Sie war anders. Cooler. Besser.

Und sie gehörte nicht mehr uns.

Läster-Ami bemerkte, wie ich die Kette anstarrte, und sie verzog ihren Mund zu einem selbstgerechten Lächeln.

»Jeggies Eltern haben die extra für uns angefertigt. Ihre Schmuckkollektion ist ja total durch die Decke gegangen, und sie sind echt megaberühmt, berühmter geht's gar nicht. Das ist, na ja, du weißt schon, der totale Hammer.«

Mein Kopf fühlte sich an wie ein Ballon, der gerade geplatzt war. Ich hatte nichts mehr. Also zog ich ohne ein Wort davon, eilte an den Jungs vorbei, die Bälle ins Tor schossen, vorbei an der dämlichen Toilette mit der dämlichen Tür, die man dämlicherweise aufziehen und nicht drücken musste, vorbei an der Tribüne, vorbei an allem. Und auf meiner Flucht explodierte meine Haut förmlich vor schlimmen Worten. **TOTALAUSFALL. DÄMLICH. HASSENSWERT. WERTLOS. FREAK. EKELHAFT. NICHT GUT GENUG.**

Dieser dämliche Liam! Die dämliche Jeg! Und ich, wie dämlich war *ich* erst! Noch nie waren so schnell so viele Worte auf meiner Haut aufgetaucht – nicht, bevor die beiden alles verdorben hatten. Sie hatten nicht bloß mein Leben ruiniert, jetzt ruinierten sie auch noch meine Arme und Beine. Ich hasste sie dafür.

Andererseits: Wenn einer von ihnen mit mir hätte Zeit verbringen wollen, hätte ich mir die Chance vermutlich nicht entgehen lassen. Wie verrückt war das denn, bitte schön? Ich bewies gerade, was ich sowieso schon vermutet hatte: Die wirklich Kaputte hier war ich.

Ich fühlte mich, als würde ich in einem riesigen, juckenden Ganzkörperanzug stecken. Ich kratzte und kratzte mich durch meine Kleidung, aber keines der Worte konnte ich damit lindern. Ich brauchte eine ganze Stunde bis nach Hause, denn es war mir zu unangenehm, den direkten Weg zu nehmen. Und als ich es endlich geschafft hatte, entschied Mom, dass ich nicht mehr allein spazieren gehen dürfe. Es war einfach zu riskant.

11

Dr. Patel

Als Mom fertig war, mich von oben bis unten mit Anti-Juckreiz-Salbe einzuschmieren, und davonstürzte, um Dr. Patel anzurufen, ging ich auf direktem Weg ins Bad und kam eine lange, lange Zeit nicht mehr heraus. Ich hoffte, dass die Worte schneller verblassen würden, wenn ich eine kalte Dusche nahm. Es klappte allerdings leider nicht, selbst als ich Moms teures Duschpeeling benutzte, mit dem man sich wahrscheinlich zehn Lebensjahre vom Körper runterreiben konnte.

»Beeil dich!« Mom hämmerte gegen die Tür. »Dr. Patel konnte uns dazwischenschieben. Wir müssen *jetzt* los.«

Ich stand auf Zehenspitzen auf dem Badezimmerläufer. Ich hatte spontan beschlossen, einen Wettbewerb mit mir selbst zu veranstalten – nur um zu sehen, wie lange ich so stehen bleiben konnte, ohne umzufallen. Vielleicht war das Babykram, aber das war mir egal. Manchmal hatte man eben einfach Lust, auf den Zehenspitzen zu stehen (und es für immer zu vermeiden, zum Doktor zu müssen).

Dreißig Sekunden! Einunddreißig! Zweiunddreißig!

Dreiunddreißig! Ich war der Champion bei der Weltmeisterschaft der Zehenspitzensteher! Die Menge drehte völlig durch! Vierunddreißig, fünfunddreißig …

»Elyse, jetzt! Ich mein's ernst!«, rief Mom, und diesmal hörte ich, dass sich ein wenig Wut in ihre Stimme eingeschlichen hatte.

Wie sollte ich es jemals schaffen, Weltmeister der Zehenspitzensteher zu werden, wenn mich ständig irgendwelche Leute störten und mich zwangen, Sachen zu machen, die ich nicht machen wollte?

Ich verließ das Badezimmer immer noch auf Zehenspitzen und entschloss mich, bei jedem Schritt weiterzuzählen. Sechsunddreißig, siebenunddreißig … Was bekam man eigentlich, wenn man einen neuen Weltrekord aufstellte? Eine Urkunde? Eine Medaille? Eine Million Dollar? Wetten, Mom wäre nicht so genervt, wenn uns dieses Experiment eine Million aufs Konto bringen würde?

»Komm schon. Ich weiß, dass du dich jetzt nicht damit auseinandersetzen willst, aber wir müssen das hinter uns bringen.« Mom stand vor dem Garagentor und hatte die Hände in die Hüften gestemmt. Sie trug bereits ihre langweiligen Mom-Schuhe, ihre langweilige Mom-Jacke und ihren langweiligen Mom-Hut. Jegs Mom trug Jacken aus Kunstpelz und Handtaschen, die mit Pailletten und Strass verziert waren. Meine Mom würde nie wie Jegs Mom sein, wenn sie nicht die Finger von diesen Modesünden ließ.

Ich versuchte, mir hübsche Alternativen für sie zu überlegen, als sie das Garagentor öffnete. Mir blieb nichts anderes übrig, als zum Wagen zu trippeln. Achtunddreißig, neununddreißig, vierzig!

»Hast du mal darüber nachgedacht, kräftigere Farben zu tragen?«, fragte ich. »Dunkle Rottöne können zu dieser Jahreszeit sehr schön aussehen. Und Lilatöne würden das Grün deiner Augen bestimmt hervorragend zur Geltung bringen.«

»Woher hast du das denn?«, fragte Mom.

»Aus der *Girly*. Außerdem hat Jeg mir immer Fotos von den Modenschauen gezeigt, die ihre Eltern in Mailand und Prag und New York veranstalten. Da hättest du mal die ganzen Farben sehen sollen! Vielleicht solltest du auch mal über 'ne Tönung nachdenken. Du kriegst so langsam graue Haare.«

»Ist mir rätselhaft, woran das liegen könnte«, murmelte Mom und starrte geradeaus. »Elyse, Jegs Mutter mag ja modischer sein als ich, dafür verbringt sie in letzter Zeit aber auch 365 Tage im Jahr im Ausland und lässt ihre Tochter hier allein zurück. Angeblich, damit sie ein *normales Leben* führen kann. Ist das die Art Mutter, die du gern hättest?«

Ich hatte das Gefühl, dass es auf diese Frage nur eine richtige Antwort gab.

»Nein«, sagte ich. »Ich mag dich, wie du bist. Ich glaube nur, dass du mit kräftigeren Farben noch hübscher aussehen könntest, das ist alles.« Und im Stillen fügte ich hinzu: *Und wenn du cool wärst, wäre ich vielleicht auch so cool wie Jeg. Und dann würde sie immer noch mit mir zum Sportplatz gehen und nicht mit den Kreischmädchen.*

Den Rest des Weges bis zur Praxis fuhren wir schweigend, lauschten bloß auf das sachte Brummen des Wagens und die leise Musik aus dem Radio.

Mom reagierte total übertrieben. Gut, ich hatte mehr Worte am Körper als je zuvor, und die meisten davon – na schön, *alle* – waren schlimm, aber ich würde damit klarkommen. Es war vielleicht nicht mein bester Tag. Oder meine beste Woche. Okay, es war nicht mein bestes Jahr. *Egal.* Dr. Patel war ein netter Typ, aber ich sah ihn immer nur, wenn's mir nicht gut ging, und er würde meinen Zustand nicht verbessern können. Das konnte er nie.

»Na los«, sagte Mom und stellte den Motor aus.

Ich rührte mich nicht vom Fleck.

»Können wir uns nicht schnell noch was zu essen holen? Ich hab Hunger«, sagte ich.

»Elyse. Wir haben einen Termin.«

»Aber ich habe auch einen Termin mit meinem Hunger. Es ist nicht nett, ihn warten zu lassen.«

»Los jetzt«, knurrte Mom.

Ich glaube, sie hatte langsam die Nase voll von mir. Aber wenn sie nicht so einen nervtötenden Termin vereinbart hätte, wäre dieses Problem ja nie entstanden.

Die meisten Kinder gingen gern zu Dr. Patel, weil es in seiner Praxis aussah, als wäre ein Spielzeugladen explodiert. Ich persönlich fand die Strategie nicht besonders clever. Man gibt den Kindern für ein paar Minuten diese ganzen tollen Sachen zum Spielen, und dann heißt es plötzlich: *Tut uns leid, aber du musst das jetzt wieder zurücklegen, damit wir jede Menge beängstigende Sachen mit dir machen und dich ordentlich zum Weinen bringen können.* Welches Kind möchte schon Spielsachen für solch eine Alternative aufgeben? Am Ende hat man also doch wieder nur einen Haufen schluchzender, tobsüchtiger Kleinkinder – und das, bevor sie den Arzt überhaupt gesehen haben.

Wie gesagt, schlechte Strategie. Oh Mann: Ärzte!

Ich machte mir also gar nicht erst die Mühe, mich mit dem 1000-Teile-Puzzle auf dem riesigen, runden Tisch abzugeben, während Mom mit der Sprechstundenhilfe sprach und irgendwelche Formulare ausfüllte. Ich wusste, wenn ich ein passendes Teil fand, würde ich das nächste suchen wollen, und das war vollkommen sinnlos. Ich würde ja eh keine Zeit haben. Das war immer so. Alle taten immer, als wäre es Gott weiß was für ein Notfall, wenn ich hier auftauchte. Es war nie bloß eine harmlose Kontrolluntersuchung wie bei allen anderen. Und statt mit einem Aufkleber und einem Lutscher ging ich bloß mit denselben Problemen nach Hause, mit denen ich hergekommen war – und mit dem Gefühl, dass ich eigentlich bloß Dr. Patels persönliches Versuchskaninchen war. Und alles nur wegen eines dämlichen Gens.

»Weißt du, wenn du nicht so herumgetrödelt hättest, könntest du jetzt noch in Ruhe ein bisschen puzzeln«, sagte Mom und ließ sich neben mir auf ein flauschiges, seegrünes Kissen sinken.

Das stimmte nicht und wir wussten es beide.

»Elyse Everett?«

Mom und ich standen auf und folgten der Sprechstundenhilfe in Dr. Patels Untersuchungszimmer. Die Wände waren leuchtend rot gestrichen, und der gesamte Raum war so dekoriert worden, als würde man sich im Inneren eines Feuerwehrautos befinden. Mit fünf hatte ich das ganz toll gefunden. Okay, mit acht hatte ich es immer noch toll gefunden, aber irgendwann war mal Schluss – ich war jetzt zwölf. Feuerwehrautos waren idiotisch und damit hatte es sich.

»Also, Elyse, wie ist es dir denn ergangen, seit wir uns das letzte Mal gesehen haben?« Dr. Patel kam herein und setzte sich auf einen kleinen Hocker mit Rollen. »Ich habe von deiner Mutter erfahren, dass es heute einen kleinen Notfall gegeben hat. Zeig doch mal, bitte.«

»Kein Notfall, mir geht's gut.« Ich krempelte meine Ärmel und die Hosenbeine hoch.

Mom stieß mich mit dem Ellbogen an.

»Au. Was? Mir geht's okay!«

Über meiner Socke, direkt am Knöchel, tauchte **OKAY** auf. Es fühlte sich, na ja, *okay* an.

»Insgesamt ist es ihr ganz gut ergangen«, sagte Mom, »aber die ganzen negativen Worte, die in letzter Zeit aufgetaucht sind, machen mir ernsthaft Sorgen. Es scheint schlimmer zu sein als je zuvor.«

Ich fing an, mit der fantastischen – ich meine, extrem kindischen – Feuerwehrsirene auf Dr. Patels Schreibtisch zu spielen, während er meine Beine betrachtete und etwas auf seinen Notizblock kritzelte.

»Aber wir lassen uns natürlich nicht unterkriegen«, fuhr Mom fort. »Stock und Stein, Sie wissen schon …« Sie brach ab.

Dr. Patel hörte auf, sich Notizen zu machen, sodass er und Mom mich beide wahnsinnig bedrückt anschauen konnten. Es war Mitleid. Ihnen stand das Wort natürlich nicht ins Gesicht geschrieben, aber ich erkannte es trotzdem. Sie fanden mich mitleiderregend. Ich *war* mitleiderregend.

»Autsch!« **MITLEIDERREGEND** trat direkt vor ihren Augen an meinem Handgelenk hervor.

Oh nein.

Ich schaute von Mom zu Dr. Patel und wieder zurück, aber sie sagten beide kein Wort.

»Wie ist das denn passiert?«, fragte Dr. Patel schließlich.

»*Sie* sind doch der Arzt«, entgegnete ich.

Mom schaute mich böse an.

»Was?« Ich hob die Augenbrauen. »Ist er doch! Ich weiß nicht, wie das passiert ist, ich schwöre!«

»Könnte es sein … dass du selbst diese Worte benutzt, wenn du über dich nachdenkst?«

Als ich nicht antwortete, seufzte Dr. Patel.

»Einige meiner internationalen Kollegen haben von solchen Fällen berichtet. Ich hätte dich vermutlich vorwarnen müssen, aber ich war mir nicht sicher, ob und wann es passieren würde – das Alter, in dem diese Symptome einsetzen, variiert stark von Fall zu Fall. Wir können uns noch nicht alle Einzelheiten erklären, aber wir sind uns ziemlich sicher, dass es bei der CAV ein normales Symptom darstellt.«

Na, ganz toll.

Mom sah aus, als würde sie jeden Augenblick anfangen zu weinen.

»Hattest du in letzter Zeit noch irgendwelche anderen Probleme, von denen ich etwas wissen sollte?«, fragte Dr. Patel.

»Elyse hat die ganze Zeit lange Hosen und Shirts mit langen Ärmeln getragen«, sagte Mom. »Ich dachte, es wäre bloß eine Phase, aber ...«

»Es war kalt!«, platzte ich heraus.

»Du hast schon im Juni damit angefangen. War es da auch kalt?«

Ich wusste nicht weiter. Es war relativ schwer, etwas dagegen einzuwenden.

»Außerdem war sie vor Kurzem bei einer Art Info-Abend«, fuhr Mom mit gesenkter Stimme fort, als wäre der Info-Abend die Krankheit und nicht CAV. »Es gab einen Wettbewerb, auf den wir nicht vorbereitet waren. Elyse ist zwar eine sehr gute Zweite geworden, hat aber knapp verloren. Und dann ist sie heute Morgen spazieren gegangen. Ich weiß nicht genau, was da passiert ist.« Sie warf einen Blick auf all die Worte, die gestern noch nicht da gewesen waren. »Aber ich denke, besonders gut ist es ihr dabei nicht ergangen.«

»Menschen nehmen an Info-Abenden teil«, entgegnete

ich. »Und gehen spazieren. So verrückt ist das nun auch nicht.«

Dr. Patel kam näher, um einen genaueren Blick auf meine Worte werfen zu können. **DÄMLICH** war immer noch da. **IDIOTIN**, **TOTALAUSFALL**, **DUMM**, **HASSENSWERT**, **WERTLOS** und **FREAK** ebenfalls – die ganze Mannschaft. Sie zeigten in alle möglichen Richtungen, und manche waren größer als andere, aber sie waren alle dick, dunkel, gemein und juckten. Sie fühlten sich an wie schreckliche, kratzige Kleidungsstücke, bei denen auch die Etiketten schrecklich kratzten und die ich einfach nicht ausziehen konnte.

Mom hatte gut reden, wenn sie keine Farben tragen wollte ... Gewisse Leute hatten keine Wahl. Gewisse Leute mussten an jedem Tag Oberteile mit langen Ärmeln anziehen.

»Das ist aber eine starke Veränderung seit unserem letzten Termin im Frühling – am Ende des letzten Schuljahres«, sagte Dr. Patel. Er zog meinen linken Arm zu sich heran. »Damals schienst du ziemlich glücklich zu sein. Damals hast du auch Shorts und T-Shirts getragen, wenn ich mich recht erinnere. Tut das weh?« Er fuhr das **DÄMLICH** mit dem Zeigefinger nach.

»Es juckt nur so, dass ich gern kratzen würde«, sagte ich und zuckte zurück.

Mom schnappte meine Hand und hielt sie so fest, dass ich meinen Arm nicht kratzen konnte. Nun, das würde ganz bestimmt nicht helfen.

»Es tut mir leid«, sagte Dr. Patel, und als ich sah, wie seine Augen groß wurden, wusste ich, dass er es ernst meinte.

Trotzdem brannten mir beim Blinzeln Tränen in den Augen. Wenn man Erwachsenen von seinen Problemen erzählt, sollten sie einem doch eigentlich helfen, sie zu lösen. So funktionierte das doch. Manchmal passierte das auch hier, aber meistens führte nur ein Problem zum nächsten.

»Du musst versuchen, weniger zu kratzen. Ich weiß, das ist schwer. Aber das Kratzen lindert deine Beschwerden nicht.« Er glitt schwungvoll mit seinem Stuhl zurück.

»Elyse, in der sechsten Klasse kann es hart werden«, fuhr er fort. »Die Dinge verändern sich. Die Leute verändern sich. Und dein Körper auch.«

Uhh. Ich wand mich auf meinem Stuhl. Das war eine Veränderung, über die wir nun wirklich nicht reden mussten.

»Versuch, eine positive Einstellung zu behalten. Ich weiß, das ist nicht leicht. Ich empfehle dir, mit Eis zu kühlen, extrastarkes Tylenol zu benutzen und vielleicht noch ein bisschen mehr von der Anti-Juckreiz-Salbe aufzutragen, die ich dir verschrieben habe. Und achte darauf, dich auszuruhen. Und nicht so schwer zu heben. Aber das sollte ja kein allzu großes Problem darstellen.« Dr. Patel lächelte leicht. Sein Blick hing immer noch an dem **HASSENSWERT** fest, das auf meinem Handgelenk prangte. »Und vielleicht denkst du einfach etwas netter über dich selbst.«

Ach, meinen Sie?

»Es ist zu früh dafür«, sagte Mom leise.

»Wieso zu früh? Es ist schon zwei.« Ich schaute zu der Uhr hinauf, die aussah wie das Rad eines Feuerwehrautos.

»Zu früh in deinem Leben, meine ich«, sagte sie und wandte sich an Dr. Patel. »Ich fürchte, es wird mit der Zeit noch schlimmer werden. Die Middle School und die High School können sozial und emotional sehr schwierig werden. Ich mache mir Sorgen um dich.«

Mom tätschelte mein Bein und ich zog es so schnell ich konnte zurück. Am liebsten hätte ich den Raum in ein echtes Feuerwehrauto verwandelt und wäre aufs Gaspedal getreten. Ich stellte mir vor, wie ich die Sirene anstellte und so schnell davonraste, dass alle aus dem Weg springen mussten, um sich in Sicherheit zu bringen.

»Ich verstehe Ihre Sorge«, entgegnete Dr. Patel. »Aber was auch immer vor uns liegt, wir werden das gemeinsam in den Griff bekommen.«

Ich schaute zwischen den beiden hin und her. Ich sollte also mit Eis kühlen und ruhig bleiben. Schön. Kein Ding. Wie üblich war das hier die reine Zeitverschwendung. Inzwischen hätte ich schon zehntausend Sekunden lang auf Zehenspitzen stehen können. So würde ich garantiert keinen Rekord aufstellen, höchstens den Rekord in nervigen Arztbesuchen.

Mom sagte: »Ich glaube, es wäre schön für Elyse, wenn sie jemanden zum Reden hätte, der wirklich versteht, was sie durchmacht. Dass wir hierhergezogen sind, damit Elyse jederzeit zu Ihnen kommen kann, war die beste Entscheidung unseres Lebens. Aber nun, da sie ein bisschen älter ist, wäre es doch schön, wenn sie sich mit jemandem über CAV austauschen könnte, der nicht ihr Arzt ist, meinen Sie nicht? Kann sie nicht mal Ihren anderen Patienten treffen?«

Ich spitzte die Ohren. Das wäre *tatsächlich* ziemlich interessant. Dr. Patel hatte seinen anderen CAV-Patienten hin und wieder erwähnt, aber »der andere CAV-Patient« hatte sich immer angehört wie jemand, den es in Wirklichkeit gar nicht gab. Wie ein Geist oder eine Vogelscheuche oder der imaginäre Nashornfreund, den ich als Kind gehabt hatte. Irgendwie hatte ich mir den anderen CAV-Patienten nie als einen Menschen wie mich selbst vorgestellt.

»Ich wäre persönlich sehr dafür«, sagte Dr. Patel. »Leider kann ich das nicht ohne Einverständnis der Patientin, und sie hat mehrere Male deutlich erklärt, dass sie unter gar keinen Umständen kontaktiert werden möchte. Es tut mir leid.«

»Es ist also eine *Sie*!«, sagte ich. Das schränkte es schon einmal ein wenig ein. Damit konnte ich etwas anfangen.

»Ja.« Dr. Patel lachte. »Da hast du mich erwischt. Aber ich fürchte, mehr darf ich nicht verraten.«

»Ich verstehe«, sagte Mom. Sie schaute mich an und schob mir eine Locke hinters Ohr. »Hast du immer noch Hunger?«

»Klar.« Wenn ich schon keine beste CAV-Freundin kriegen konnte, dann wenigstens was zu essen.

Aber sie ging mir trotzdem nicht aus dem Kopf. Als ich nach Hause kam, stürmte ich auf direktem Weg zu meinem Laptop und öffnete mein Online-Profil. Ich suchte nach Gruppen mit »CAV« im Titel, und als ich keine Resultate bekam, tippte ich »Cognadijvisibilitis« ein. Als das immer noch nichts brachte, »Worte auf dem Körper«, aber dabei tauchten nur Leute auf, die eine krasse Vorliebe für Tätowierungen hatten. Damit hatte es sich also.

Es musste doch eine Möglichkeit geben, diese Person aufzuspüren – wer immer sie war.

Doch ich konnte sie nirgends finden. Entweder war sie total alt und konnte nicht mit dem Computer umgehen oder sie wollte einfach nicht entdeckt werden.

Und auch sonst wollte offenbar keiner der CAV-Patienten auf der ganzen Welt erkannt werden.

Ein Gedanke huschte durch meinen Kopf – vielleicht schämten sie sich. Womöglich liefen sie alle mit langen Ärmeln und langen Hosen in den verschiedensten Erdteilen herum, selbst wenn sie in heißen Gegenden lebten. Auf Hawaii zum Beispiel.

Dieser Gedanke verband mich mehr denn je mit den Fremden.

Aber vor allem machte er mich traurig.

12

Ein Platz auf der Liste

Am Montag schaute ich doch noch einmal auf dem Flur vorbei, dort, wo die Poster zur Minnesota-Exkursion hingen. Sie machten mir keine Angst mehr, ich wurde nur ganz kribbelig. Hier lag eine Spannung in der Luft wie nirgendwo sonst in der ganzen Schule. Überall sah man die Bilder und hörte, wie die anderen vorfreudig tuschelten.

Einige Schüler, die ich nicht kannte, standen vor einer riesigen Minnesota-Landkarte, die quer über die Wand gespannt war. Viele Sehenswürdigkeiten waren eingekreist – der Lake Superior, die Mall of America, Fort Snelling, ein großer Zoo – es war alles da. Neben der Karte hingen auch Fotos. Auf einem waren einige Schüler vor einer Holzhütte zu sehen, die sich gegenseitig die Arme um die Schultern legten und breit lächelten. Auf einem anderen winkten Ski fahrende Mädchen mit ihren Skistöcken, als stünden sie auf dem Siegertreppchen. Das dritte Bild war eine große Gruppenaufnahme. Ein Typ mit Fellmütze stand vor einer extrem begeisterten Menge. Alle schienen zu applaudieren und zu jubeln. Der Junge musste einer der

Junior-Reiseleiter der letzten Jahre sein. Er sah so glücklich aus.

Etwas weiter den Gang runter war mit dickem Klebeband ein großer Bogen Papier an der Wand angebracht worden und daneben hingen einige Stifte.

WORAUF FREUT IHR EUCH AM MEISTEN BEI DER JAHRGANGSFAHRT NACH MINNESOTA?

stand ganz oben. Es hatten auch schon viele Leute etwas daruntergeschrieben.

Dass ich von meinen Eltern wegkomme!!!
Zeit mit meinen Freundinnen!
Neue Freunde finden
Ski fahren und Schlitten fahren
Keine Hausaufgaben

Rasch nahm ich mir einen der Stifte, schaute mich um, ob mich auch niemand beobachtete, und schrieb dann:

Ich freue mich drauf, Junior-Reiseleiterin zu werden!

Ich lächelte vor mich hin. Ja, diese Exkursion würde wirklich Spaß machen. Ganz sicher. Vor allem, wenn ich mein großes Ziel erreichte.

Am Ende des Schultags gab Mr Todd über die Sprechanlage bekannt, dass vor seinem Büro die Liste mit denjenigen hing, die in die nächste Runde gekommen waren. Ich glaube, noch nie hatten so viele Leute es so eilig gehabt, zum Büro des Rektors zu kommen. Alle rannten los wie der Teufel. Selbstverständlich traf Läster-Ami als Erste ein. Ich war nicht weit hinter ihr, aber doch so weit entfernt, dass ich sie nicht sehen konnte. Dafür war ihr ohrenbetäubendes Gekreisch nicht zu überhören.

»Ich wusste ja, dass ich auf der Liste stehe«, erklärte Läster-Ami all den unglücklichen Leuten, die hinter ihr feststeckten. »Ich meine, ich habe ja den superwichtigen Wettbewerb gewonnen und so. Ich wollte nur sehen, wer die anderen Kandidaten sind. Das hab ich allerdings nicht erwartet. Viel Glück«, zischte sie in meine Richtung, als ich mich nach vorne durchgearbeitet hatte. »Du wirst es brauchen, du Pfeife.«

Ich zuckte zusammen, als **PFEIFE** auf meinem Schienbein auftauchte.

»Keine Sorge, CAV-Opfer«, sagte sie und blinzelte mir zu, als sie mich zur Seite schob. »Dein Geheimnis ist sicher bei mir.«

Ich musste schlucken, als ihre Worte bei mir ankamen. Da die Lehrer in diesem Jahr niemandem Konsequenzen angedroht hatten und mich Jeg und Liam nicht mehr beschützten – was sollte Läster-Ami oder sonst wen davon abhalten, mich zu beleidigen? (Nichts würde sie abhalten, das war offensichtlich. Sie hatte sich ziemlich deutlich ausgedrückt.) Und wie sollte man verhindern, dass die Leute aus den anderen Grundschulen, die mich noch nicht kannten, davon erfuhren, dass ich CAV hatte?

Gut, Läster-Ami hatte gesagt, das Geheimnis sei sicher bei ihr. Aber daran glaubte ich in etwa so, wie ich an die Zahnfee glaubte.

Aber was hatte sie gemeint mit *Viel Glück*? Hieß das etwa, dass ich … Nein, das war nicht möglich. Es sei denn …

Als sich die Menge teilte, schaffte ich es endlich bis ganz nach vorn. Der *nette* Andy war mir dabei dicht auf den Fersen.

BEWERBUNGSGESPRÄCHE FÜR DEN JUNIOR-REISELEITER:
Elyse Everett (Dienstag, 8 Uhr)
JaShawn Talcott (Dienstag, 8:30 Uhr)
Ami Kowalski (Mittwoch 11 Uhr)
Andy Garvin (Mittwoch 11:30 Uhr)
Hector Ramirez (Donnerstag 13:30 Uhr)
Layla Levine (Donnerstag 14 Uhr)

»Hast du gesehen?«, fragte der *nette* Andy.

»Oh ja!« Ich grinste so breit, dass mir das Gesicht wehtat. Läster-Ami konnte ich vergessen. Ich hatte eine echte Chance!

»Tut mir leid, dass ich dich aus dem Rennen werfen muss«, sagte der *nette* Andy.

»Na, das werden wir ja sehen.« Ich schaute zur Uhr hinauf. Es blieb nicht mehr viel Zeit bis zu meinem Gespräch mit Mr Todd und ich musste mich intensiv vorbereiten. Also verabschiedete ich mich vom *netten* Andy, stürmte aus dem Sekretariat und spürte, wie sich **AUSERWÄHLT** und **BEDEUTEND** auf meinen Armen bildeten. Das trieb mich vorwärts.

Ich hatte den Gesprächstermin! Nun musste ich nur noch dafür sorgen, dass Mr Todd mich auswählte, nur darauf kam es wirklich an.

13

Gefangene mit Hörnern

Am nächsten Morgen klopfte ich, pünktlich um acht, an Mr Todds Tür.

»Komm herein, Elyse.«

Er lächelte mich warmherzig an, während ich versuchte, nicht das Atmen zu vergessen. Ich folgte ihm in sein Büro und nahm auf seiner weichen, marineblauen Couch Platz. Blau war seine Lieblingsfarbe, das war allgemein bekannt.

Vor seiner Zeit als Rektor war er Vertrauenslehrer gewesen, und irgendwie hatte ich immer das Gefühl, dass er es als Schüler selbst nicht besonders leicht gehabt hatte. Sein Glück war, dass er inzwischen mehr oder weniger wie ein Grizzlybär aussah.

»Also, du bist hier, weil du bei unserer Minnesota-Exkursion Junior-Reiseleiterin werden möchtest. Du hast dich sehr gut angestellt bei unserem kleinen Ausdauerwettbewerb und deine Noten sind tadellos. Aber wir müssen noch darüber sprechen, was dich für diese Aufgabe qualifiziert. Was meinst du – warum würdest du sie gut ausfüllen?«

Ich möchte Verantwortung für etwas übernehmen. Ich möchte, dass alle nur noch nette Dinge zu mir sagen. Ich möchte Arme und Beine haben, die sich leicht anfühlen und glücklich und die nicht jucken und eine Plage sind.

Eigentlich will ich den Job gar nicht.

Ich brauche ihn einfach.

Aber *das* sagte ich nicht. Stattdessen sagte ich: »Ähm, na ja, ich bin immer gut organisiert. Ich plane gerne Sachen. Ich habe ein gutes Auge für Details.«

»Verstehe. Und hast du schon Erfahrungen damit gesammelt, Gruppen zu leiten? Oder Exkursionen?«

»Äh, ich, ähm.« Mir wurde ganz heiß. »Manchmal bin ich Babysitterin bei unseren Nachbarn, und ich glaube, das ist so ähnlich. Denn da muss ich die Kinder ja auch leiten, ähm, damit sie keine gefährlichen Sachen machen.«

Meine Hände waren zu Fäusten geballt und schweißnass. Worum ging's hier eigentlich? Um den Posten als Präsident des Universums?

Mr Todd schaute von seinem Notizblock auf und blickte mich direkt an. *Heilige. High. Heels.* Hatte der Augen! Ziemlich überraschend, wenn man bedachte, dass er so ein haariger Typ war. Seine Iris leuchtete in einem dunklen Grau, das irgendwann bestimmt auch die Farbe dieser ganzen Haare sein würde.

»Was würdest du in einem Notfall in der Wildnis tun?«

»Ähmmmmmm«, sagte ich intelligenterweise. *Denk nach, Trantüte!*

Als **TRANTÜTE** unvermittelt neben meinem Ellbogen

auftauchte, jaulte ich auf wie ein Hund, dem man auf den Schwanz getreten war. Es juckte, juckte, juckte.

Nicht kratzen, nicht kratzen, nicht kratzen!

Ich wollte mich so dringend kratzen. Aber dann würde Mr Todd es mitkriegen und bloß noch an die CAV denken und nicht daran, ob ich eine gute Reiseleiterin abgeben würde. Und ich wette, ich würde ihm leidtun, und das **MITLEIDERREGEND** würde zurückkommen, und das sowieso schon verhunzte Gespräch würde immer schlimmer und schlimmer werden.

Ich durfte mich also wirklich *auf keinen Fall* kratzen.

Mr Todd schaute mich verwirrt an. Jedes einzelne Haar an seinem Körper schien mich zu fokussieren und sich zu fragen: *Was ist denn mit der los?*

»Ich wollte nur demonstrieren«, erklärte ich stockend, »wie ich schreien würde bei einem Notfall in der Wildnis. Um Hilfe zu holen. Dann würde ich wahrscheinlich meine Mom anrufen.« Ich warf ihm ein gewinnendes Lächeln zu. Ja! Da hatte ich das Ruder aber so was von herumgerissen.

»Nun, Elyse, ich zweifle nicht dran, dass du alle Details bis ins Kleinste planen würdest, aber wir brauchen auch jemanden, der im richtigen Augenblick die Initiative ergreift«, sagte Mr Todd zögerlich. »Du weißt schon, der den Stier bei den Hörnern packt. Probleme spontan bewältigen kann. Der keine Gefangenen nimmt. Glaubst du, du wärst dazu in der Lage?«

Ich nickte eifrig, während ich versuchte, die Tränen zurückzuhalten, die sich in meinen Augenwinkeln sammelten. »Das kann ich«, sagte ich. »Ich kann die Gefangenen bei den Hörnern packen.« Moment, das ging doch anders. Die Hörner packen und Gefangene nehmen? Das war wieder typisch Mr Todd. Wer redete denn so – wer benutzte schon diese ganzen Metaphern und Symbole und den ganzen Müll? Warum konnte er nicht einfach sagen, was er meinte?

Und warum konnte ich es nicht?

»Danke, dass du zu mir gekommen bist«, sagte er, stand auf und öffnete die Tür. »Ich werde mir ein wenig Zeit nehmen, um meine Notizen durchzugehen. Außerdem werde ich Empfehlungen und weitere Gedanken von anderen Lehrern einholen, bevor ich bekannt gebe, wer es in die nächste Runde schafft. Es kann sein, dass es ein paar Wochen dauert. Denk dran, der Platz im Komitee ist dir in jedem Fall sicher, ganz gleich, was passiert. Da hättest du dann immer noch eine große Verantwortung, was die Planung unserer Reise anbelangt.«

Eigentlich wollte ich gar keine Verantwortung. Nicht wirklich.

Ich wollte, dass mein Gesicht auf dem Fragezeichen-Poster im Flur auftauchte. Und ich wollte, dass überall Komplimente standen.

Und nun sah es so aus, als würde nichts von alledem wahr werden.

»Danke«, murmelte ich, senkte den Kopf und huschte zur Tür hinaus, den Flur hinunter und auf direktem Weg auf meinen Platz in Miss Sigafiss' Klasse. Meine Beine brannten dank zwei Neuzugängen: **NIETE** und **EXTREM PEINLICH**.

Ich fasste es nicht, wie ich es geschafft hatte, innerhalb von zwanzig Minuten von größter Vorfreude in tiefste Niedergeschlagenheit abzustürzen. Oder wie ich auch nur eine Sekunde lang hatte glauben können, ich hätte die geringste Chance, den besten Job der Welt zu ergattern – den Job, der eindeutig für jemanden wie Läster-Ami bestimmt war und nicht für jemanden wie mich. Es war dumm, zu glauben, der Job würde mich cool machen. Um ernsthaft dafür infrage zu kommen, musste man offensichtlich bereits cool sein.

14

Ein echtes Date

El,

ich habe bis November durchgehalten! Ich arbeite eifrig daran, die Verdächtigen einzuschränken, die der mysteriöse Zettelschreiber sein könnten, aber ich komme einfach nicht weiter. Alle wirken vollkommen unschuldig, aber irgendjemand tut nur so. Vielleicht ist es Olivia, die versucht, sich heimlich mit mir anzufreunden. Aber das ergibt keinen Sinn, denn sie ist immer so lustig und plappert die ganze Zeit und könnte sich mit jedem anfreunden. Wenn sie mich kennenlernen wollte, würde sie einfach mit mir reden. Außerdem weiß der Zettelschreiber, dass ich CAV habe, und Olivia weiß das nicht.
Hoffe ich zumindest.
(Weiß sie es? Vielleicht weißt du es ja, wenn du das hier liest. Wenn nicht, solltest du sie endlich mal fragen, okay?)
Gestern bin ich nach der Schule zu ihr nach Hause

gegangen, was sich supermerkwürdig angefühlt hat, weil es nicht Jegs Zuhause war, sondern Olivias. Aber es hat Spaß gemacht bei ihr. Das Haus ihrer Eltern war total cool. Überall standen Sachen rum, aber man hat gemerkt, dass das nur daran liegt, dass dort eine große, glückliche Familie lebt, und nicht daran, dass sie alle schlampig sind.

Das Wohnzimmer sah aus wie ein Museum, überall hingen Bilder und total coole, bunte Masken an den Wänden, und Schulprojekte standen herum.

„Meine Eltern sammeln afrikanische Kunst“, sagte Olivia. „Sie meinen, dass die Sachen uns mit unserem kulturellen Erbe verbinden oder so. Keine Ahnung. Eltern halt, oder?“

Ich lächelte und betrachtete weiter die Masken. Sie waren wahnsinnig speziell. Das ist ja gerade das Tolle, wenn man zum ersten Mal jemanden zu Hause besucht: Man weiß nie, welche neuen interessanten Dinge man zu Gesicht bekommt.

Vielleicht sollte ich versuchen, öfter neue Leute zu besuchen. Wichtiger wäre es allerdings erst mal, überhaupt neue Leute kennenzulernen.

Und sie mich kennenlernen zu lassen.

Vielleicht reicht Olivia aber auch erst mal.

Sie stellte mich ihren Brüdern und Schwestern vor (denen, die gerade zu Hause waren, zumindest - sie hat ja so viele!), und wir aßen Kekse und haben getanzt - Farrah war unser DJ. Olivias Zimmer ist rosa, genau wie meins, aber sie hat richtige gerahmte Bilder an der Wand hängen und nicht nur Poster. Fotos von ihren Geschwistern und ihren Eltern und von einer Trilliarde verschiedener Freunde aus der Grundschule und aus ihrem Ferienlager und von überall sonst.

Vielleicht kann ich eines Tages dazugehören. Ich hoffe es. (Vielleicht bist du ja ein Teil von ihrem Freundeskreis, wenn du das liest! Bist du?)

Es sei denn natürlich, dass Läster-Ami ihr vorher von der CAV erzählt und alles kaputt macht.

Ich kann es ihr jedenfalls noch nicht sagen. Ich hab's versucht, aber dann hat Farrah die Musik aufgedreht.

Ich hätte es vielleicht noch einmal versuchen können, aber ich hab's nicht getan.

Ja, ich war feige. Na und?

Also, hier das Update meiner Ziele.

Ich will:

Daran denken, dass ich den „netten" Andy mag.

Mr Todd davon überzeugen, dass ich absolut dazu in der Lage bin, Junior-Reiseleiterin zu sein.

Aufhören, Liam anzuschauen und ihm beim Atmen zuzuhören und sauer zu werden, wenn er mit Mädchen spricht, die nicht ich sind.

Aufhören, mich so dämlich zu benehmen (und aufhören, mich dämlich zu nennen, denn nun ist „DÄMLICH" schon wieder auf meiner Haut aufgetaucht, und das passt mir im Augenblick wirklich gar nicht in den Kram). Aufhören, so viel nachzudenken, und mich stattdessen darauf konzentrieren, Reiseleiterin zu werden!

Dein
November-Ich

Ich stopfte das Heft gerade noch rechtzeitig in meinen Rucksack. Dad trat vor dem großen *Suppen-Paradies*-Schild auf die Bremse und ich schnallte mich ab.

»Also?«, fragte ich und zog die Ärmel meines hellgrünen Pullis so weit wie möglich herunter. Dem *netten* Andy würden meine Worte natürlich nichts ausmachen, aber bei Fremden konnte man nie wissen. »Wie sehe ich aus?«

Dads Gesicht erstarrte. »Ähm … du siehst, ähm, hellgrün aus.«

Ich verdrehte die Augen. »Oh Mann, Dad.«

»Hab viel Spaß«, sagte er.

Dann stieg ich aus dem Wagen, schloss die Tür und atmete tief ein. Ich war nicht wirklich nervös, aber ich freute mich auch nicht auf diesen Abend. »Hab dich lieb.«

»Ich dich auch. Bis dann.«

Ich ging hinein und sah, dass der *nette* Andy schon an einem Tisch direkt bei der Tür saß und auf mich wartete.

»Kannst du das glauben, dass uns unsere Eltern auf ein richtiges Date gehen lassen?«

»Ähm, ja – nein. Das ist schon cool«, sagte ich.

Nur, dass es eigentlich überhaupt nicht cool war, sogar kein bisschen cool. Ich hatte sowieso nur zugestimmt, weil er zum *Suppen-Paradies* gehen wollte, wo es das beste Beef Stew gab, das ich in meinem ganzen Leben gegessen hatte. Und Dad war nur deshalb einverstanden, weil Mom ihn davon überzeugt hatte, dass ich mich bloß mit einem Freund traf. Außerdem hatte sie mir noch extra Geld mitgegeben und mir gesagt, ich solle ihm eine Portion von dem fantastischen Beef Stew mitbringen. Dad liebte es nämlich fast genauso sehr wie ich.

Aber das musste ich dem *netten* Andy ja nicht auf die Nase binden.

»Was würdest du machen, wenn du eine Million Dollar hättest?«, fragte er, nachdem wir die Suppen zu unserem Tisch zurückgebracht hatten, als wäre das ein ganz normales Gesprächsthema.

Dafür zahlen, dass ich dieses Date beenden könnte, antwortete ich im Stillen. *Und mir so viel Beef Stew kaufen, wie ich nur essen könnte.* Laut sagte ich: »Weiß nicht. Etwas davon würde ich meiner Mom und meinem Dad geben. Mir ein paar Bücher kaufen. Vielleicht ein oder zwei Süßigkeitenläden kaufen. Oder …« – ich bekam große Augen – »einen Suppenladen! Diesen Suppenladen! Ja! Dann könnte ich jederzeit Beef Stew essen.«

Nachdenklich schlürfte er seine Suppe. Ich hatte noch

nie jemanden gesehen, der so winzige Löffel nahm. Wir würden garantiert bis Mitternacht hier sitzen. Ich rutschte auf meinem Platz hin und her.

»Ich glaube, *ich* würde mir eine Zeitmaschine besorgen! Dann würde ich mir mit eigenen Augen ein paar bedeutende Ereignisse in der Geschichte ansehen und vielleicht ein paar Kriege verhindern und Verbrechen aufklären und so was! Und dann wieder nach Hause reisen, um den tollen Tag meines Reiseleitergesprächs mit Mr Todd noch mal zu erleben!« Er bekam einen ganz verträumten Blick. »Ich fasse es nicht, dass er uns immer noch nicht gesagt hat, wer in die nächste Runde kommt! Wie lange kann es denn dauern, sich die Empfehlungen von den anderen Lehrern zu holen?«

»Ja, stimmt. Das nervt total. Vielleicht will er es ja erst bei der Spendenshow bekannt geben oder so.« Ich starrte in meine fast leere Suppenschale. War es schon Zeit, nach Hause zu gehen? Ich hätte so gern eine Vorspultaste gedrückt.

»Ja, du hast recht! Ich wette, so ist es! Das Gespräch mit ihm war so toll«, sagte der *nette* Andy.

Meine Ich-möchte-da-nicht-drüber-reden-Stimmung ging völlig an ihm vorbei.

»Mr Todd meinte, dass es viele richtig gute Kandidaten gibt! Ich weiß nicht genau, was er damit gemeint hat, aber ich glaube, es ist ein gutes Zeichen!«

»Cool«, sagte ich. Ich musste daran denken, wie begeistert er nach seinem Gespräch gewesen war. Ein winzig kleiner Teil in mir hatte gehofft, dass es schlecht gelaufen war, noch schlechter als bei mir – nur um zu wissen, dass das überhaupt möglich war. Und selbst jetzt, zwei Wochen später, nagte immer noch derselbe missgünstige Gedanke an mir. Ich versuchte, ihn mit aller Gewalt beiseitezuwischen.

Als ich endlich Dads SMS bekam – *Stehe draußen! Hoffe, du hast super Suppenspaß da drin!* –, fiel ich fast über meine eigenen Füße und flog in hohem Bogen durch die Tür, weil ich mich so sehr beeilte, nach draußen zu kommen. Ich holte nicht mal Dads Suppe.

»Ich schreib dir ’ne SMS!«, brüllte der *nette* Andy mir nach, als ich die Wagentür zuschlug.

»Fahr, Dad, fahr!«, rief ich wie bei einer Verfolgungsjagd.

Dad trat aufs Gas. »Und, war’s schön?«, fragte er.

»Es war ... ganz ... okay«, sagte ich. »Ich weiß nicht. Irgendwie wünschte ich, Olivia wäre dabei gewesen und nicht Andy.«

Dad lächelte. »Ich freue mich, dass du eine nette neue Freundin gefunden hast.« Dann fing er an, übers Wetter zu reden.

Ich schloss die Augen und ließ mich von Dads leiser Stimme einlullen wie von einem Schlaflied. Ich war froh, dass der Abend vorüber war und ich bald zu Hause sein würde. Vielleicht hatte der *nette* Andy den Hinweis ja verstanden und würde demnächst ein bisschen weniger nervtötend sein. Ich meine, wenn ein Mädchen mehr Freude an ihrem Beef Stew hat als an ihrem festen Freund, sollte er ja wohl ins Grübeln kommen.

Vielleicht hatte er es ja auch schlimm gefunden. Vielleicht saß er jetzt bei sich zu Hause und dachte darüber nach, dass er zwar meine CAV-Worte mochte, aber nicht wirklich mich. Irgendwie hoffte ich es.

Aber kaum war ich zu Hause, kam eine neue SMS von ihm auf meinem Handy an:

Ich hatte so viel Spaß mit dir. Du bist so toll und cool! ☺ Wenn du eine Eissorte wärst, welche wärst du dann? ☺

Was war so schwer daran, mich in Ruhe zu lassen? Ich wäre ein 1-a-Lass-mich-in-Ruhe-Eis!

Aber dann schaute ich noch einmal genauer hin. Er fand mich toll. Und cool. Ich konnte mich nicht daran erinnern, wann mich das letzte Mal jemand toll und cool genannt hatte – und dann auch noch im selben Satz. Das fühlte sich ziemlich gut an. Es fühlte sich, genau genommen, *sehr* gut an.

Es war die eine Sache, dass er meine CAV cool fand und deshalb viel zu nett zu mir war. Aber wenn er mir nun mal unbedingt Komplimente machen wollte, sollte ich ihn nicht aufhalten.

Also schrieb ich:

Erdbeere. ☺

Ich legte mein Handy weg, als das **TOLL** das **HASSENSWERT** ersetzte und **COOL** sich direkt über dem **NIETE** niederließ, die schon etwas heller aussah als gestern. Ich bewegte meine Arme vor und zurück. Sie fühlten sich viel besser an. Mein ganzer Körper fühlte sich besser. Dem *netten* Andy sei Dank konnte dies zum ersten Mal seit Monaten eine salbenfreie Nacht werden!

Vielleicht war er doch gar nicht so schlecht. Außerdem war ja allgemein bekannt, dass es besser war, einen etwas hohlen Freund zu haben, als gar keinen. Also konnte der *nette* Andy wohl bleiben.

15

Die Show

Am nächsten Tag im Englischunterricht begrüßte ich Olivia und setzte mich auf meinen Platz. Sie zuckte mit den Schultern in meine Richtung und kicherte. Es war einer unserer So-schlecht-dass-sie-schon-wieder-gut-sind-Tanz-Moves, die wir bei ihr zu Hause entwickelt hatten. Vielleicht konnte das Schulterzucken unsere Geheimbegrüßung werden. Ich machte es auch und musste so sehr kichern, dass ich gar nicht bemerkte, wie mich Miss Sigafiss vom Lehrertisch aus anstarrte.

»Elyse, ich habe eine Nachricht für dich«, sagte sie nach einem Augenblick. »Sie lag heute in meinem Postfach.«

»Elyse, die Post ist da«, brüllte Kevin mit lauter Stimme, und alle fingen hysterisch an zu prusten.

»Ich glaube, sie hat mich schon verstanden«, sagte Miss Sigafiss und funkelte ihn böse an. »Ich wäre vorsichtig an deiner Stelle, Mr Bata. Zufällig weiß ich, dass du Interesse daran hast, im Frühling dem Baseballteam beizutreten. Es wäre doch sehr schade, wenn du diese Gelegenheit aufs Spiel setzt.«

Während alle Kevin anschauten und auf eine Reaktion warteten, sah ich zu Jeg. Es war bestimmt nicht schön für sie, wenn ihr Freund so vorgeführt wurde.

Tatsächlich war überdeutlich, dass sie ziemlich besorgt war. Ich hätte sie gern daran erinnert, dass Kevin hart im Nehmen war. So ein kleiner Kommentar würde ihn niemals aus der Bahn werfen. Aber dann fiel mir ein, dass es jetzt die Aufgabe ihrer neuen Freundinnen war, sie an so etwas zu erinnern, der Freundinnen, die sie mir vorgezogen hatte.

Statt also Jeg mit meinen Blicken zu beruhigen, betrachtete ich den blauen Zettel, den Miss Sigafiss mir ausgehändigt hatte, und begann, ihn aufzufalten. Ich wusste natürlich genau, was es war, aber selbst als ich die vertrauten ausgedruckten Buchstaben vor Augen hatte, konnte ich es nicht recht glauben:

Elyse,
hast du mal darüber nachgedacht,
bei der Spendenshow aufzutreten?
Das würde dich dem Job der Junior-
Reiseleiterin vielleicht einen
Schritt näher bringen. Aber wäre es
nicht vor allem toll, wenn du auf
der Bühne stündest, um allen zu
zeigen, was du kannst? Du hast noch
eine Woche Zeit, um dich anzumelden,
und zwei Wochen bis zur Show!
Warte nicht länger!

Ach du heilige High Heels, was sollte das denn?

Ich öffnete den Mund, machte ihn aber schnell wieder zu. Rasch faltete ich den Zettel zusammen und stopfte ihn mir in die Tasche. Oh nein. Das würde ganz bestimmt nicht passieren.

Zu spät wurde mir klar, dass es eine furchtbare Idee war, Sachen in meine Taschen zu stopfen, wenn man bedachte, wie oft Mom die Waschmaschine anstellte.

Es hätte mich also nicht überraschen dürfen, als sie am nächsten Abend das zusammengeknüllte Stück Papier hochhielt. Dann fragte sie wie nebenbei (als hätte sie nicht den ganzen Tag auf diesen Augenblick gewartet): »Was ist das?«

Zum Glück war dem Zettel der Schleudergang nicht gut bekommen. Sie hatte nur noch den »... darüber nachgedacht, bei der Spendenshow aufzutreten«-Teil und nicht den »... dem Job der Junior-Reiseleiterin vielleicht einen Schritt näher«-Rest. Die gesamte Nachricht wäre ziemlich schwer zu erklären gewesen.

Natürlich bestand sie darauf, dass wir sofort zu Dr. Patel fuhren.

»Ich glaube, es wäre toll für dich, wenn du bei der Show auftreten würdest, Schätzchen«, sagte Mom im Wagen, »aber ich denke, wir sollten mit dem Arzt absprechen, ob es wirklich eine gute Idee ist. Du weißt, es sind in letzter

Zeit einige fiese Worte aufgetaucht, und dieser Ausdauerwettbewerb ist ja auch nicht so ausgegangen, wie wir es uns erhofft hatten. Vielleicht wäre es klüger, es erst mal etwas ruhiger angehen zu lassen.«

Ich schaute sie böse an. Sollte sie mir nicht eigentlich sagen, dass ich hervorragend abschneiden würde und dass es albern wäre, sich Sorgen zu machen?

Aber tief im Herzen wusste ich, dass es nicht albern war, sich Sorgen zu machen. Es war berechtigt.

Ich hatte nur gehofft, dass Mom so tun würde, als wäre alles ganz leicht. Dass sie so tun würde, als wäre ich ein normales Mädchen, das ganz normale Sachen tun kann und ganz normal reagiert, wenn mal etwas nicht ganz so gut läuft.

Aber wir wussten beide, dass ich dieses Mädchen niemals sein würde.

16

Das Einzige, was sicher ist

»Es wird nur ein ganz schneller Check-up, versprochen«, sagte Mom zum tausendsten Mal, als wir Dr. Patels Praxis betraten.

Wieder lag das 1000-Teile-Puzzle bereit, und wieder wurde ich so eilig in den Feuerwehrauto-Raum geschoben, dass ich keine Zeit hatte, auch nur einen richtigen Blick darauf zu werfen.

»Hallo, meine Damen!«, sagte Dr. Patel.

Hallo, Folterknecht!, dachte ich. Wenn ich zu etwas keine Lust hatte, dann dazu, über meine aktuellen Probleme oder meine vergangenen Probleme oder meine zukünftigen Probleme zu reden.

Mom fing sofort an, ihm die gesamte Geschichte zu erzählen, also nahm ich das Steuerrad des Feuerwehrautos in die Hand (eine Neuanschaffung seit meinem letzten Besuch!) und schaltete geistig ab, bis sie fertig war.

»Also, ich denke durchaus, dass es wunderbar wäre, wenn Elyse auf der Bühne Klavier spielt, aber ich weiß eben auch, wie streng sie manchmal mit sich selbst ist. Und

Kinder können grausam sein – da wird leicht aus einem winzigen Fehler eine riesengroße Sache. Denken Sie nur daran, was in den letzten Wochen mit ihr los war!« Mom schnappte sich meinen Arm und schob den Ärmel hoch.

»Hey!« Ich riss ihn zurück, aber es war zu spät.

Dr. Patel konnte alles sehen: **DUMM**, **ÄTZEND**, **TOLL**, **COOL** – alle meine Worte. Es war eine Mischung aus guten und schlimmen, aus juckenden und nicht juckenden.

Mein Date mit dem *netten* Andy und die Zeit, die ich mit Olivia verbrachte, hatten geholfen, aber nicht genug, um alle schlimmen Begriffe verschwinden zu lassen. Jeg hatte mir den Laufpass gegeben, daran hatte sich nichts geändert. Liam wollte ebenfalls nach wie vor nichts von mir wissen. Und der Job als Junior-Reiseleiterin war in weite Ferne gerückt.

»Sehen Sie?«, fragte Mom. »Sie lässt sich so leicht beeinflussen. Das könnte sie auf den Stand zurückwerfen, auf dem sie bei unserem letzten Besuch hier war – da war sie übersät mit schlimmen Worten, und es ging ihr ganz elend.«

Ich warf dem flauschigen Plüschfeuerwehrhund auf Dr. Patels Schreibtisch einen Blick zu.

Ob ich zu der Sache auch was sagen durfte?

Moms Sorgen waren vielleicht angebracht, aber es wäre nett gewesen, wenn man mich mal gefragt hätte, was ich darüber dachte. Auch wenn ich mir selbst nicht wirklich darüber im Klaren war.

»Ich verstehe Ihre Befürchtungen vollkommen«, sagte

Dr. Patel. »Es ist riskant. Die Aufführung könnte schlecht laufen, ganz gewiss. Nicht dass ich an deinem Talent zweifele, Elyse.« Er warf mir ein kurzes Lächeln zu. »Aber es könnte auch richtig gut laufen und ihr Selbstbewusstsein stärken.« Wieder schaute er mich an. »Das Einzige, was sicher ist im Leben, ist der Zweifel. Ein Auftritt könnte schiefgehen. Es könnte auch jeden Moment der Fußboden dieser Praxis einstürzen und wir könnten in die Tiefe fallen.«

»Was hat denn das eine mit dem anderen zu tun?« Endlich meldete ich mich auch zu Wort.

»Ich will nur sagen, dass niemand von uns voraussehen kann, was passieren wird. Niemals. In keiner Hinsicht. Es kommt also nur darauf an, wie du selbst das Risiko einschätzt. Was ist das Schlimmste, was passieren könnte?«

Ich dachte darüber nach.

»Ich versaue es. Alle lachen und sagen schreckliche Sachen über mich. Und dann denke ich auch schreckliche Sachen über mich.« Im Stillen fügte ich hinzu: *Und der geheimnisvolle Zettelschreiber wäre enttäuscht und würde mir wahrscheinlich nicht mehr dabei helfen, Junior-Reiseleiterin zu werden – das einzige Ereignis, was mich von Kopf bis Fuß mit guten Worten übersäen würde.*

»Also angenommen, du verspielst dich und alle lachen und sagen schlimme Sachen – was würde dann passieren?«, fragte Dr. Patel.

Eine ziemlich alberne Frage. Er kannte doch die Antwort, oder etwa nicht?

»Schlimme Worte würden an meinen Armen und Beinen auftauchen und krass jucken. Es wäre schrecklich.«

»Aber sind denn nicht früher auch schon Worte auf deiner Haut aufgetaucht? Und haben gejuckt?«

»Ja.«

»Und, hast du's überlebt?«

»Ich denke schon.«

»Also«, sagte Dr. Patel und lehnte sich auf seinem Stuhl zurück. »Es liegt bei dir. Und ich werde für dich da sein und dir helfen, ganz gleich, wie du dich entscheidest. Wie deine Mutter immer sagt, Stock und Stein …«

Nach einem kurzen Zwischenstopp für einen Snack fuhren wir nach Hause und ich wühlte sofort meine Noten durch. Es gab ein paar Songs, die ich ziemlich gut konnte. Ich hatte sie erst vor Kurzem gespielt, als meine Großeltern bei uns zu Besuch gewesen waren.

Mom kam zu mir und setzte sich neben mich. »Und, was meinst du?«

Ich hielt es für eine schlechte Idee. Im Grunde forderte ich doch nur weitere Beleidigungen heraus, mehr Juckreiz, mehr dicke Ekelsalbe. Andererseits war ich dank des mysteriösen Zettelschreibers schon ziemlich weit gekommen. Ich war all seinen Anweisungen gefolgt, hatte all diese schweren Sachen gemacht – und überlebt. Und wenn es eine Chance gab – selbst wenn es nur eine winzig kleine, kaum sichtbare war –, dass diese Person mich zur Reiseleiterin machen konnte, nun, dann konnte ich doch jetzt nicht kneifen, oder? Zumal Mr Todd an diesem Morgen bekannt gegeben hatte, was der *nette* Andy und ich bereits vermutet hatten – dass er bei der Show verraten würde, wer es in die nächste Runde geschafft hatte. Und er würde bestimmt niemanden wählen, der dort gar nicht erst auftauchte.

»Ich werde es machen. Morgen melde ich mich an.«

Moms Augen wurden feucht. Es sah aus, als würde sie jeden Augenblick anfangen zu weinen. Ich konnte nicht sagen, ob es daran lag, dass sie gerührt war oder traurig. Vielleicht hatte sie auch Angst. Mir war auch selbst ein bisschen danach, vor Angst zu heulen.

17

Wagemut

Am Abend der Show war ich ein nervliches Wrack. Meine Handflächen waren derart schweißgebadet, dass ich nichts anfassen konnte, ohne eine eklige Spur zu hinterlassen. Mein Herz drehte komplett am Rad, es hämmerte so schnell, dass ich dachte, es würde jeden Augenblick aus meinem Körper hinausspringen und ohne mich durch den Raum hüpfen. Und zu alledem kam noch das schreckliche Gefühl, dass ich mich bestimmt übergeben oder das Atmen vergessen würde oder beides gleichzeitig.

»Hey«, sagte Dad, als wir uns ins Auto quetschten.

Meine Hände zitterten so stark, dass er mir die Tür öffnen und den Gurt anlegen musste, als wäre ich ein Kleinkind. »Zumindest haben wir schönes Wetter heute Abend. Keine Wolke am Himmel. Das ist doch bestimmt ein gutes Zeichen, oder?«

Mom drückte seine Schulter.

»Elyse wird das ganz toll machen«, sagte sie – mehr zu Dad als zu mir.

Er räusperte sich.

»Natürlich. Da habe ich überhaupt keinen Zweifel. Wer würde gern ein bisschen Jazz hören?« Er schaltete das Radio ein.

»Alles klar, Schätzchen?«, fragte Mom.

»Geht schon«, sagte ich, wobei ich fast an meiner eigenen Spucke erstickt wäre. Ich bekam nicht mal zwei Worte heraus ohne das Gefühl, dass mein gesamter Körper kurz vorm Kollaps stand. Ich warf einen Blick auf meine Gold-Star-Glückssocken. *Du schaffst das*, sagten sie. Aber besonders überzeugend waren sie nicht.

»Es wird alles gut laufen, Schätzchen«, sagte Mom und griff vom Vordersitz aus nach meiner Hand.

Ich hielt sie für einen Augenblick fest, ließ aber schnell wieder los, denn ich wollte mit meiner schrecklich verschwitzten Hand nicht ihre schöne, saubere Mom-Hand einsauen. Ihr machte das aber anscheinend nichts aus, denn sie griff noch einmal zu und hielt meine Hand, bis wir bei der Schule ankamen.

Wir zahlten den Eintritt und suchten uns Plätze mitten im Saal. Ich schaute mich nach Freunden um, aber Jeg war spät dran (mal abgesehen davon, dass ich wohl sowieso nicht neben ihr sitzen würde), und Olivia saß zwischen all ihren Geschwistern. Außerdem gab es etwas in mir, das es gar nicht so schlecht fand, in Reichweite einer sauberen Mom-Hand zu bleiben. Natürlich hätte ich auf gar keinen Fall in der Schule Moms Hand gehalten, aber es war schön, zu wissen, dass sie da war.

Die Aula war mit Schildern geschmückt. »Machen Sie

unser großes Minnesota-Abenteuer möglich«, prangte in geschwungenen Buchstaben auf einem besonders großen Plakat. »Lasst uns Entdecker sein!«, stand auf einem anderen, aber so klein, dass man es kaum entziffern konnte. Und auf dem nächsten fand sich in knalligem Grün die Frage: »Wer wäre der beste Junior-Reiseleiter?«

Ich, schoss es mir durch den Kopf. Ich würde das toll machen. Ich würde die Reise perfekt durchplanen, alles würde wie am Schnürchen ablaufen und ganz aufregend und lustig werden. Und ich würde sogar Sachen planen, die anderen Spaß machten, langweilige Diskussionen und öde Aktivitäten und so.

Gut, ich sollte es vermutlich anders ausdrücken, wenn ich diese Dinge auf den Plan setzte.

Nach dem Gespräch mit Mr Todd rechnete ich mir jedoch keine großen Chancen aus. Aber wenn ich meinen Auftritt heute gut hinbekam – und wenn mich der Zettelschreiber sah und auf Mr Todd einwirkte –, dann gab es immer noch Hoffnung.

Sämtliche Poster mit den früheren Junior-Reiseleitern waren im Flur abgenommen und in der Aula aufgehängt worden. Da waren wieder Cody und Jordan und weitere Leute aus früheren Jahren. Einige waren schon vor meiner Geburt Reiseleiter gewesen, manche Fotos waren sogar noch in Schwarz-Weiß. Lauter ehemalige Schülerinnen und Schüler, die heute berühmt, erfolgreich und glücklich waren. Und das nur, weil sie ihre Karriere auf der Minnesota-Exkursion der Whitman Middle School begonnen hatten – als Junior-Reiseleiter. Auf jedem einzelnen Poster standen Komplimente rund um die Fotos, genau wie bei denen, die ich schon kannte. Eines Tages solch ein Poster zu haben – mit meinem Bild darauf und an mich gerichteten Komplimenten, die ich mir immer und immer wieder anschauen konnte –, das wäre das Beste, was mir je passieren konnte.

Na ja, vielleicht abgesehen davon, diesen Auftritt durchzustehen, ohne mich übergeben zu müssen.

Die Lichter wurden gedimmt und mein Magen veranstaltete tausend Loopings. Miss Sigafiss betrat die Bühne.

»Als eine der Lehrerinnen des sechsten Jahrgangs und Vorsitzende des Spendenshow-Komitees möchte ich Ihnen allen für Ihr Kommen danken«, sagte sie. »Mit Ihrer Unterstützung werden unsere Sechstklässler in diesem Winter eine dreitägige Exkursion nach Minnesota erleben können. Wir suchen immer noch nach Begleitpersonen, melden Sie sich also gern bei Mr Todd, wenn Sie Zeit und Interesse haben. Aber nun, ohne weitere Vorreden, präsentieren wir Ihnen diejenigen, für die Sie hierhergekommen sind: unsere wundervollen, erstaunlichen Sechstklässler!« Sie lächelte so breit, dass ich glaubte, ihr Gesicht würde jeden Augenblick auseinanderbrechen.

Ich flüsterte Mom zu: »So lächelt sie nie. Eigentlich ist sie eine Superschurkin.«

Mom lachte. »Klar, Schätzchen.«

»Ist sie!«

Mom tätschelte mein Bein. So langsam hatte ich es wirklich satt, dass die Leute mir ständig das Bein tätschelten.

Endlich tauchte auch Jeg auf und ging direkt auf die Bühne. Kevin folgte dicht hinter ihr. Jeg sah aus, als wäre sie auf dem Weg zu einem Hardrock-Konzert, während Kevin sich angezogen hatte, als wolle er mit seinen Großeltern zum Bingo. Die Menge jubelte wie wild.

»Summer lovin«, sang Jeg ins Mikrofon, »had me a blaast!«

»Sommer lovin«, sang Kevin und traf keinen einzigen Ton. »Happened so fa-ast!« Es schien ihm nicht das Geringste auszumachen, dass er die Karriere als Popstar abschreiben konnte. Er musste beim Singen immer wieder lachen, hüpfte im Kreis um Jeg herum und machte irgendwelche total irren Tanz-Moves, die nicht mal ansatzweise an echtes Tanzen erinnerten. Jeg stimmte mit ein, drehte sich auch im Kreis und beendete ihren Auftritt damit, dass sie auf Kevins Rücken sprang. Er breitete die Arme aus und sie hielt ihm zwei Finger wie Hasenohren über die hochgegelten, schwarzen Haare. Das gesamte Publikum jubelte, sogar Dad.

Ich entdeckte Olivia in der Menge. Wir verdrehten beide die Augen und zuckten kurz mit den Schultern: unser Geheimgruß. Keine Ahnung, was die Leute so in Begeisterung versetzte – das, was wir da gerade gesehen hatten, war jedenfalls oberpeinlich gewesen. Als ich meinen Blick weiterwandern ließ, fiel mir Liam in der letzten Reihe auf. Er schaute Kevin auf dieselbe Ich-wär-so-gerne-du-Art an, mit der Jeg immer Läster-Ami anschaute.

»Das nenn ich mal Wagemut, die trauen sich was«, flüsterte Dad mir zu. Ich wusste nicht genau, wie er das meinte, aber es klang, als würde er das nun auch von mir erwarten.

Drei Flötenspielerinnen betraten die Bühne, was laut Programmzettel bedeutete, dass ich als Nächstes an der Reihe war. Es war so weit, ich musste da rauf. Dad legte seinen Arm um mich, drückte mich und zwinkerte mir zu. »Bis gleich. Hab dich lieb.« Es war vermutlich sehr nett, dass er das sagte, aber ich hatte immer noch das Gefühl, dass er sich nicht *wirklich* sicher war, ob ich das hinbekommen würde. Ich wusste es ja selbst nicht.

Ich weiß nicht mehr, wie ich auf die Bühne gekommen bin. Ich war so nervös, dass ich meinen eigenen Körper nicht mehr spürte und auch nicht, wie meine Füße den Boden berührten. Nur noch die Schmetterlinge in meinem Bauch und den Schweiß, der mir von den Händen tropfte, spürte ich. Trotzdem schaffte ich es irgendwie nach vorn. Nun stand ich da und meine Hände zitterten. Ich hatte das Gefühl, sie würden sich jeden Moment selbstständig machen und davonhuschen, sich vielleicht ein Eis holen oder so. Aber das taten sie nicht.

Ich beachtete die anderen nicht mehr: Miss Sigafiss, die mich dem Publikum vorstellte, Jeg, die bloß vor sich hin starrte, Kevin, der seinen Freunden irgendwas zuflüsterte, die kichernden Kreischmädchen, den *netten* Andy, der mir zehntausend Daumen-hoch-Zeichen entgegenreckte, Liam, der bloß atmete. Ich achtete nicht auf die Lampen, die gedimmt wurden, und nicht darauf, dass alle verstummten – sich aber garantiert ihre Gedanken über mich machten, und vermutlich nicht nur nette. All das spielte keine Rolle, denn jetzt schaute ich nur das Klavier an, und das Klavier schaute mich an und sagte: *Bleib ruhig, Elyse, entspann dich und spiel. Richte einfach deine Augen nur auf mich und spiel. Na los. Jetzt.*

Und dann atmete ich ganz tief ein und spielte.

Ich, Elyse Everett, spielte.

Als es vorüber war, standen die Leute auf und applaudierten und jubelten und stampften und johlten und brüllten. Und mit den Leuten meine ich Leute, die nicht meine Eltern waren. Die Erleichterung strömte durch meinen gesamten Körper. Ich konnte wieder atmen. *Ich hatte es geschafft!*

»Das war grandios!«, platzte Mom hervor, als ich zurück zu meinem Platz geschwebt kam. »Ganz ehrlich, Schätzchen, so gut habe ich dich diesen Song noch nie spielen hören.« Sie hatte Tränen in den Augen. »Meine Kleine. Ich bin ja so stolz auf dich. Es war unglaublich.« Sie drückte mich, bis ich mich wie ein menschlicher Pfannkuchen fühlte.

Nachdem Mom mich endlich losgelassen hatte, umarmte mich auch Dad. »Gut gemacht, Kleines!« Er öffnete den Mund, als wolle er noch mehr sagen, machte ihn aber sofort wieder zu. Er musste allerdings auch gar nichts sagen, denn ich spürte bereits, wie die Worte unter meiner Kleidung zum Vorschein kamen. **GRANDIOS. UNFASSBAR. TAPFER.** (Letzteres stammte aus meinem eigenen Kopf.)

Danach fühlte ich mich total merkwürdig. Die Show ging weiter, ich sah zu, aber es war ganz anders als vorher. Ich gehörte jetzt wirklich dazu. Ich klatschte und jubelte, sogar als die Kreischmädchen ihre Tanz-Performance aufführten. Ich lächelte die Menschen an. Ich war hier. Ich hatte mich etwas getraut. Es fühlte sich an, als wäre ich wirklich glücklich.

Am Ende der Show kam Mr Todd auf die Bühne und dankte allen für ihr Erscheinen. Dann machte er eine Pause und ich atmete ganz tief ein. Ich wusste ja, was nach dieser Pause passieren würde. Im Saal herrschte Totenstille. Er sagte: »Ich möchte diese Gelegenheit nutzen, um den Schülerinnen und Schülern zu danken und zu gratulieren, die mit mir Gespräche geführt und sich um die Position des Junior-Reiseleiters beworben haben. Ich weiß die Geduld zu schätzen, die ihr aufgebracht habt, während ich meine Notizen durchgegangen bin und mich mit den Kollegen beraten habe. Ich weiß, wer auch immer unsere Exkursion leiten wird, er oder sie wird wundervolle Arbeit leisten. Leider kann es nur einen Junior-Reiseleiter geben und wir müssen das Kandidatenfeld weiter eingrenzen. Ich möchte den folgenden Schülern gratulieren, die in die nächste Runde kommen. Bitte kommt auf die Bühne, wenn ihr euren Namen hört, damit wir euch allen noch mal applaudieren können …«

Ich hielt den Atem an.

»Ami, JaShawn, Andy und …«

Bitte, bitte, bitte.

»Elyse.«

JA!

Der *nette* Andy und ich klatschten uns auf dem Weg zur Bühne ab. Das ganze Publikum applaudierte, als hätten wir den nächsten Wettbewerb bereits gewonnen. Mit dem Scheinwerferlicht in den Augen und dem dröhnenden Applaus in den Ohren vergaß ich fast, dass auch Läster-Ami mit mir zusammen auf der Bühne stand, vermutlich ihr typisches Lästergesicht schnitt und sich schon neue Beleidigungen für mich überlegte.

»Nun kommen wir zur letzten Herausforderung, liebe Kandidaten«, sagte Mr Todd mit einem gigantischen Grinsen. Wenn das mit dem Rektor-Sein doch nicht funktionieren sollte, hätte Mr Todd bestimmt gute Aussichten auf eine Zukunft als Gameshow-Moderator. »Ich möchte, dass ihr euch alle eine Aktivität ausdenkt, die für unsere Exkursion ideal wäre. Schreibt euer Konzept auf – und zwar ganz ausführlich – und reicht es noch vor den Winterferien bei mir ein. Möge die beste Idee gewinnen. Noch einmal euch und Ihnen allen herzlichen Dank für Ihr Kommen und Glückwunsch an unsere vier Finalisten!«

Ich grinste ins Publikum, während in meinem Kopf schon jede Menge Ideen herumschwirrten. War der Zettelschreiber hier im Saal? Hatte er oder sie miterlebt, wie ich mich geschlagen hatte? Und dass ich nun bis ins Finale gekommen war? Vielleicht war der mysteriöse Unbekannte ja wirklich einflussreich, und ich hatte nun eine ernsthafte Chance, Reiseleiterin zu werden und noch in zukünftigen

Jahren bei Spendenshows auf Postern aufzutauchen. Geliebt und bewundert zu werden, noch lange nachdem die Exkursion vorüber war.

Selbst die kleinste Chance war besser als alles, was ich vorher gehabt hatte. Ich würde sie ergreifen.

18

Aktivitäten

El!

Wie geht's denn so, altes Haus? Wie sieht die Zukunft aus? Ich muss sagen, seit meinem letzten Brief ist es wirklich bergauf gegangen. Seit der Spendenshow bin ich die reinste Aktivitäten-Königin. Etwas hat Klick gemacht, und ich habe endlich getan, was ich immer tun wollte! Jetzt benehme ich mich fast wie ein ganz normaler Mensch!
Ich hoffe, wenn du das liest, wirst du immer noch so unternehmungslustig sein, denn ich habe wirklich viel verlorene Zeit nachzuholen. Hier sind also meine Ziele. Ich will:

Noch mehr unternehmen.
Mit anderen in der Cafeteria mittagessen.
Versuchen, den „netten" Andy wirklich zu mögen, nicht nur, weil er mich zum Beef Stew eingeladen und mir Käse geschenkt hat.

Mir eine ganz tolle Aktivität ausdenken und Mr Todd davon überzeugen, dass ich eine hervorragende Junior-Reiseleiterin abgeben würde (auch wenn ich nicht unbedingt noch mal auf seiner blöden, blauen Couch sitzen möchte).
Herausfinden, wer mir die blauen Zettel schreibt und warum.

Folgendes glaube ich im Augenblick:
Es ist jemand, der weiß, dass ich CAV habe, schließlich schreibt er ständig diese So-wird's-dir-besser-gehen-Sachen.
Es muss jemand von der Schule sein, denn dort finde ich die Zettel.
Es muss jemand mit einem Riesenvorrat an blauem Papier sein.

Keiner dieser Hinweise schränkt die Verdächtigen irgendwie ein.
Arrgh!

Es muss schön sein, in der Zukunft zu leben. Wenn du das hier eines Tages liest, wirst du garantiert längst wissen, wer der Zettelschreiber ist, und wahrscheinlich kennst du auch die Antwort auf all die anderen großen Rätsel des Universums. Mach dich bitte nicht verrückt oder so, aber wenn du wider Erwarten doch noch nicht weißt, wer die

Zettel geschrieben hat, werde ich, die Elyse der Vergangenheit, extrem sauer auf dich sein.
Fühl dich nicht unter Druck gesetzt.

Dein
Dezember-Ich

Ich klappte mein Heft zu, steckte es in meinen Rucksack und atmete ganz tief ein.

»Du kriegst das hin«, sagte ich und musterte mich eingehend im Klospiegel. In meinem langärmligen schwarz-weiß gestreiften Shirt und den roten Jeans sah ich gar nicht mal so schlecht aus. Man wäre nie darauf gekommen, dass sich unter den coolen Klamotten alle möglichen Worte breitmachten.

»Du hast heute einen guten Haar-Tag«, sagte ich zu mir. »Du hast wirklich Lust, ein bisschen mit Leuten zu reden. Heute. Ist. Der. Große. Tag.«

Ich verließ das Mädchenklo und ging den Flur hinunter. In der Cafeteria war ziemlich viel los. Ich freute mich und hatte zugleich Angst, dass die Person, die mir die Zettel schrieb, jetzt auch hier sein könnte.

Wer steckte bloß dahinter? Ich konnte nicht aufhören, darüber nachzudenken. Ein kleiner Teil von mir hoffte, es könnte Jeg oder Liam sein. Aber im Grunde kam jeder infrage. Der *nette* Andy. Kevin. Lindsey. Sogar Läster-Ami.

Das war nicht gerade wahrscheinlich, aber unmöglich war es auch nicht.

Ob ich es wollte oder nicht, mir fiel auf, dass ich angestarrt wurde und manche Leute miteinander tuschelten, als ich mir den Weg durch die Menge bahnte, um zu Olivias Tisch zu gelangen. Mein Herzschlag wurde schneller. Läster-Ami oder irgendein anderes Kreischmädchen hatte doch hoffentlich nicht die Sache mit der CAV rumerzählt ... Oh, wem wollte ich etwas vormachen? Natürlich hatten sie.

Es war eine riesige Erleichterung, als ich Olivia entdeckte und feststellte, dass sie mit dem *netten* Andy an einem Tisch saß und mit den beiden Hannahs (Hannah Berkowitz und Hannah Zeller), von denen ich nicht viel wusste, außer, dass sie beide denselben Namen hatten, beste Freundinnen waren und ziemlich cool wirkten. Wie sich herausstellte, waren sie das auch. Nach ein paar Minuten hatte ich das ganze Tuscheln um mich herum vergessen. Wir redeten und lachten und aßen Schokokekse, die der *nette* Andy extra gebacken hatte, um sich dafür zu bedanken, dass ich schon so lange mit ihm ging. Sie waren absolut köstlich.

Als ich aufstand, um mir noch einen Tetrapak Kakao zu holen (die Danke-dass-du-mit-mir-gehst-Kekse machten Nachschub nötig), fiel mir auf dem Boden neben dem Tisch ein blauer Zettel auf. Ich bückte mich und hob ihn auf. Dieser war ziemlich klein – die Nachricht stand auf einem Post-it, nicht auf einem normalen Blatt Papier. Aber als ich in der Anrede den Großbuchstaben E entdeckte, wusste ich, womit ich es zu tun hatte.

Elyse,
bist du bereit für deine bisher größte Herausforderung? Du MUSST sie annehmen, sonst werde ich dir nicht mehr dabei helfen, Junior-Reiseleiterin zu werden. Du musst Jeg und Kevin auseinanderbringen – so schnell wie möglich. Sonst kannst du den Job knicken. Ich mein's ernst.

Was? Ich fuhr mir mit der Hand durchs Haar und runzelte die Stirn. Diese Nachricht war noch merkwürdiger als die anderen. Erst einmal war sie per Hand geschrieben. Mit einem ganz normalen Kugelschreiber und von jemandem, dessen Handschrift noch schlechter war als die von Dad – und die war schon eine Katastrophe. Außerdem wurde die besondere Aktivität, die ich bei Mr Todd einreichen musste, um Reiseleiterin zu werden, mit keinem Wort erwähnt. Und bisher war es doch bei allen Nachrichten genau darum gegangen, oder nicht?

Ich ließ mich auf meinen Platz sinken, ohne den Blick vom Zettel abzuwenden.

Das konnte ich nicht tun. Es war unmöglich. Ich wusste genau, was Jeg tief in ihrem Inneren für ein Mensch war. Irgendwo da unten, unter dem gemeinen Kichern und der Skinny Jeans, die auch alle anderen Kreischmädchen trugen, war sie immer noch die Jeg, die mein Bodyguard sein und mit mir Nachos-Wettessen veranstalten wollte, auch wenn Mom nicht begeistert davon war. Sie und Kevin auseinanderzubringen, würde sie völlig fertigmachen. Das konnte ich nicht tun. Das würde ich nicht tun. Selbst wenn sie es irgendwie ein bisschen verdient hatte.

»Alles klar mit dir?« Olivia stieß mich mit dem Ellbogen an.

»Ja, tut mir leid.« Ich zwang mich, den Blick zu heben, und stopfte den Zettel in meine Tasche. Jetzt ging es um Kekse und Freunde und Kakao und um noch mehr Kekse – es war nicht der richtige Zeitpunkt, um völlig durchzudrehen.

Oder vielleicht doch, denn schon im nächsten Augenblick kam Jeg Arm in Am mit Lindsey und Läster-Ami in die Cafeteria stolziert. Sie hatte einen großen Stapel pinkfarbener Glitzerkarten in der Hand. *Heilige High Heels.* Mein Magen machte einen Satz, als mir klar wurde, dass es sich um die Einladungen zu Jegs Mega-Geburtstagsparty handeln musste.

Schon seit wir klein waren, hatte Jeg jedes Jahr so eine gigantomanische Feier geschmissen und sämtliche fünfzig Schüler des Jahrgangs eingeladen. Ihre Partys waren wie aus dem *Girly*-Magazin und der Höhepunkt des gesamten Jahres. Als beste Freundin bekam man besondere Privilegien wie das zweite Stück Geburtstagstorte, das man dann auf seinem ganz persönlichen Pferd essen durfte, neben seinem ganz persönlichen Popstar. Dieses Jahr würde ich nicht die beste Freundin sein, aber na und? – ein Stück von der fantastischen Torte würde ich auf jeden Fall kriegen.

Aus dem Augenwinkel beobachtete ich, wie Jeg die Einladungen verteilte – an Phoebe, Kevin, Elijah, Liam, Juliana, Naomi, Greta, Brady, Courtney, JaShawn und Claire. Dann ging sie in einen anderen Teil der Cafeteria und drückte sie Layla in die Hand, dann Kimberley, Lea, Brian, Hector, Gibson, Maya, Trynna, Mike, Curtis, Francheska, Riley und Charlie. Jeg marschierte durch die gesamte Cafeteria, bis sie nur noch vier pinkfarbene Umschläge in der Hand hielt.

Eine Sekunde lang erstarrte sie mitten in der Bewegung und schaute sich um – offensichtlich suchte sie nach jemandem.

Ich bin hier drüben, hätte ich beinahe gerufen, aber das wäre doch unhöflich gewesen. Und aufstehen und zu ihr und ihren anderen Freundinnen hinüberzugehen, kam erst recht nicht infrage.

Sie lächelte in meine Richtung und kam dann direkt auf unseren Tisch zugeschossen.

»Ich hoffe, ihr könnt kommen!«, sagte sie fröhlich und verteilte die Umschläge an Hannah, Hannah, Olivia und den *netten* Andy.

Und das war's. Alle Einladungen waren weg. Sie sah, wie ich ihre leeren Hände anstarrte, und dann schaute sie mich auf diese Du-kapierst-es-einfach-nicht-Weise an, die die Leute immer draufhaben, wenn sie mein Bein tätscheln. Dann tänzelte sie mit Läster-Ami und Lindsey davon und lachte laut über irgendwas (wie konnte eigentlich *immer* irgendwas total lustig sein?), genauso ausgelassen und selbstbewusst und nervtötend, wie sie hereingekommen war.

Die anderen schauten mich mit entsetztem Gesicht an.

Im Ernst? *Im Ernst?* Ich wusste ja, dass Jeg und ich keine besten Freundinnen mehr waren, aber anscheinend hatte sie alle Schüler aus dem sechsten Jahrgang eingeladen. Sogar Liam. Sogar den *netten* Andy. Alle. Mein Herz fing wieder mit seinem Gehüpfe an, aber nicht auf die freudig-aufgeregte Art. Eher auf die Extrem-traurige-aber-ich-versuche-mir-nichts-anmerken-zu-lassen-auch-wenn-das-nicht-klappt-Art.

»Es ist okay«, sagte ich den ganzen besorgten Gesichtern, die mich groß anschauten. »Ganz im Ernst. Kein Weltuntergang.«

Und das war's auch nicht. Im Großen und Ganzen.

Ich schob die Hand in meine Tasche und suchte nach dem neuen blauen Zettel. Diesmal war es nicht bloß eine Herausforderung. Es war eine Gelegenheit. Nicht nur, um aktiv zu werden, sondern auch, um Rache zu üben. Ich hatte zwar keine Einladung zur Party bekommen, aber dafür eine ganz andere, weitaus interessantere Einladung, die dringend auf Antwort wartete.

Als ich von der Schule nach Hause kam, setzte ich mich sofort an meinen Computer. Ich suchte noch einmal nach CAV, nur zum Spaß, aber nichts war zu finden. Dann klickte ich Jegs Profil an und sah, dass sie Fotos von letzter Woche hinzugefügt hatte. Offenbar war sie in Frankreich bei einer gigantischen Modenschau gewesen. Eben ein typisches langes Wochenende für sie. Ich klickte mich rasch durch die Bilder. Da war Jeg mit irgendwelchen Designern und Models, ein Foto von ihr mit ihren Eltern und dann noch eine Trilliarde weitere mit Modedesignern und Models. Sie hatte wirklich das beste Leben, das man sich vorstellen konnte.

Auf einem Bild gab ihr ein Junge, der etwa in unserem Alter war, einen Kuss auf die Wange. Er sah ein bisschen aus wie Kevin, hatte glänzende, gegelte, schwarze Haare, aber man konnte sehen, dass sein Irokesenschnitt total teuer gewesen sein musste, wahrscheinlich war er von Mr Irokese persönlich mit Designergel gestylt worden. Er trug eine glitzernde, silberne Krawatte auf einem schwarzen Button-Down-Hemd, und als ich genauer hinsah, erkannte ich, dass er nicht bloß an einem, sondern gleich an beiden Ohren Piercings hatte.

Ich fragte mich, ob Kevin bereits auf das Bild gestoßen war. Vermutlich nicht, denn nach der Schule war er meistens bei irgendeinem Sporttraining. Außerdem war sein eigenes Profil ziemlich leer, was wohl bedeutete, dass er nicht allzu oft online ging. Vielleicht sollte ihn mal jemand auf das Bild aufmerksam machen. Ich zum Beispiel.

Der Irokesen-Typ – und Jeg – würden ihr blaues Wunder erleben. Was der anonyme Zettelschreiber hinbekam, konnte ich schon lange.

Aber wie genau sollte ich es anstellen? Ich dachte länger und länger darüber nach, und gerade als ich aufgeben wollte, traf mich ein Geistesblitz. Kevin trieb sich vielleicht nicht in allzu vielen Sozialen Netzwerken herum, aber seine E-Mails rief er garantiert ab. Ich ging auf eine Mail-Seite und richtete die langweiligste Fake-Mail-Adresse aller Zeiten ein. Ein bisschen fies war es schon, aber ich musste tun, was ich tun musste. Es ging nicht anders. Dann öffnete ich eine Nachricht, tippte Kevins Adresse ein und begann zu schreiben.

> Hey, hast du schon das Bild von Jeg und dem Typen mit dem Irokesen und den Piercings gesehen? Ich habe von vielen Leuten gehört, dass sie sich geküsst haben. Und dass sie sich immer noch schreiben. Ich dachte, du solltest das wissen.

Ich ließ den Cursor über dem *Senden*-Button kreisen. Würde ich das echt durchziehen? Es war wirklich ziemlich mies. Ich hatte nicht gehört, dass sie sich geküsst hätten – dass er sie auf dem Bild auf die Wange küsste, zählte nicht –, aber es war absolut möglich.

War ich wirklich ein Mensch, der so fiese Sachen machte? Würde ich eine Freundin verletzen, die mir mal sehr am Herzen gelegen hatte? Und die mir immer noch sehr am Herzen lag, auch wenn sie zum Klon von Läster-Ami geworden war?

Doch dann fiel mir Jegs Gesichtsausdruck ein, als sie allen am Tisch die Einladungskarten gegeben hatte, nur mir nicht. Das gab den Ausschlag. Die Antwort lautete *Ja*.

Nur Sekunden später bekam ich eine Mail von Kevin, dem es gar nichts auszumachen schien, dass er nicht wusste, wer ihm da geschrieben hatte.

wow, voll ätzend. ich wollte mit der ollen sowieso
schluss machen, denn seit der spendenshow will
sie ständig was zusammen machen, und das ist soo
nervig

Puh! Lächelnd löschte ich meinen falschen Mail-Account. Er wollte also sowieso mit ihr Schluss machen. Das waren doch gute Neuigkeiten, auch wenn es etwas merkwürdig war, dass ich es vor ihr erfuhr. Aber trotzdem – Mission erfüllt.

19

Unerledigte Aufgaben

In dieser Nacht konnte ich überhaupt nicht schlafen. Ich warf mich hin und her, und wenn ich doch einmal eindöste, dann höchstens für dreißig Sekunden. Ich träumte verrückte Sachen von Kevin, Jeg und dem Irokesen-Typen, dessen Iro ins Unermessliche wuchs. Mit seinen spitzen Monsterhaaren stach er auf mich ein, dann verwandelte sich seine Frisur in leuchtend pinkfarbene Einladungskarten, mit denen er vor meinem Gesicht herumwedelte. Und was ich auch tat, ich bekam sie einfach nicht zu fassen. Als ich die Hand nach einer Karte ausstreckte, stürzte ich in eine riesige Grube aus zusammengeknüllten blauen Zetteln, auf denen fiese Worte standen – **MIESE FREUNDIN** zum Beispiel oder **EIFERSÜCHTIGE IRRE**. Als ich aufwachte, fand ich genau diese Worte dick und fett auf meinen Beinen wieder. Sie juckten wie verrückt. Ich blieb noch volle zehn Minuten im Bett liegen, bevor ich endlich aufstand und an den dicken, schwarzen Buchstaben herumkratzte. Es war so unfair. Warum konnte ich nicht einfach Pickel bekommen wie alle anderen auch?

Als ich in der Schule ankam, war ich mürrisch, müde, und meine Haare sahen schlimmer aus als ein glitzernd pinker, mordlustiger Irokesenschnitt. Dies würde *kein* guter Tag werden.

Und auch kein leichter Tag, wie ich bald schon herausfand. Im Englischunterricht wartete bereits ein blauer Zettel auf mich. Er klebte direkt auf meinem Stuhl. Oh Mann.

> Elyse,
> vergiss nicht, deine Idee für die Exkursion vor den Ferien abzugeben! Ich bin sicher, du hast eifrig daran gearbeitet. Fühlt sich gut an, es einfach mal auszuprobieren, oder?

Ich drehte den Zettel um, suchte nach mehr. Ich war mir nicht sicher, was ich erwartete – vielleicht etwas wie: *Hey, danke, dass du gestern meine Anweisungen befolgt und Jeg und Kevin auseinandergebracht hast. Du bist ein wunderbarer Mensch und wirst garantiert Junior-Reiseleiterin.*

Aber da stand nichts Dergleichen.

Komisch.

Ich steckte den Zettel in meine Tasche, als Jeg hereinkam und ihren Platz neben mir einnahm. Ich musste sie gar nicht anschauen, ich spürte sofort, wie traurig sie war. Für den Bruchteil einer Sekunde blickte sie mich an, doch schon im nächsten Augenblick schoss Läster-Ami auf sie zu.

»Jeggie, oh mein Gott, was ist los?« Jetzt kamen alle Kreischmädchen herüber und umringten sie. Es gab jede Menge aufgeregtes Gerede und Geheule und schließlich zeigten jede Menge Finger in Kevins Richtung. Mein Mund wurde ganz trocken, fast so, als müsse ich mich übergeben, also versuchte ich, mich zu beruhigen. *Er hätte sich sowieso von ihr getrennt*, schärfte ich mir ein. Moment mal – wenn es sowieso passiert wäre, hätte ich nichts tun müssen!

Aber, dachte ich, vielleicht hatte der Zettelschreiber das nicht gewusst. Vielleicht hatte er geglaubt, Kevin sei ebenso verrückt nach Jeg wie sie nach ihm. Und dann dachte ich: *Hör auf zu denken! Du darfst nicht riskieren, etwas Schlechtes über dich selbst zu denken!* Also begann ich, mit Olivia zu reden. Aber die Gedanken an Kevin und Jeg, an blaue Zettel und Irokesen ließen sich nicht verscheuchen.

Das ist eben das Problem: Haben sich solche Gedanken erst mal in den Kopf eingeschlichen, kriegt man sie nicht mehr raus.

»Guten Morgen«, sagte Miss Sigafiss. »Bitte schlagt Seite neununddreißig in euren Büchern auf und lest das Kapitel. Wir reden jetzt erst mal nicht.«

»Aber Sie reden doch«, sagte Kevin.

Miss Sigafiss schoss ihm einen bösen Blick zu.

Ich musste ein Lachen unterdrücken. Sogar Jeg kicherte kurz. Mein Bein juckte etwas weniger. Vielleicht verblasste die **EIFERSÜCHTIGE IRRE** ja schon. Zu hoffen war es.

Bevor ich darüber nachdenken konnte, schrieb ich Jeg eine Nachricht und schob sie ihr unauffällig zu. *Ich hab das von Kevin gehört*, schrieb ich. *Tut mir leid. Bin für dich da, wenn du mich brauchst.*

Jeg faltete den Zettel auf und las ihn. Ihre Mundwinkel zogen sich nach oben, bildeten ein winziges Lächeln. Sie holte ihren Kuli mit der großen, lilafarbenen Blüte am Ende heraus, kritzelte ebenfalls etwas und schob mir den Zettel zurück.

Zur gleichen Zeit verließ Miss Sigafiss kurz die Klasse, und natürlich begannen alle, aus vollem Hals miteinander zu reden. Die meisten unterhielten sich gar nicht wirklich, sie quatschten nur wild drauflos, was dämlich, aber auch ziemlich lustig war.

Ich kicherte genau wie alle anderen und faltete Jegs Nachricht auseinander. *Danke. Tut mir leid, dass ich dich nicht zu meiner Party eingeladen habe. Meine Freundinnen wollten es nicht. Aber du kannst gerne kommen, wenn du magst.*

Woohooo! Sie kam nicht in einem glitzernden, pinkfarbenen Umschlag, aber eine Einladung war eine Einladung. Jeg war jetzt zwar eine arrogante Angeberin, und ich hatte unnötigerweise versucht, sie und ihren Freund auseinanderzubringen – und das für einen Posten, den ich womöglich gar nicht bekommen würde –, aber sie war immer noch meine Freundin. Irgendwie jedenfalls.

Miss Sigafiss kam zurück und im Raum wurde es wieder still.

»Na, geht doch«, sagte sie. »Welche Aufgabe habe ich euch gegeben?«

Ich seufzte und vergrub meinen Kopf wieder in meinem Buch. Ich konnte die nächsten Stunden kaum abwarten, die hoffentlich wenigstens ein bisschen Spaß machen würden. Miss Sigafiss schien mit Spaß nichts anfangen zu können. Das Einzige, womit sie etwas anfangen konnte, war, böse zu gucken und uns ruhig zu halten.

Immerhin hatte die Stillarbeit auch etwas Gutes. So konnte ich heimlich noch einmal Jegs Nachricht lesen und innerlich jubeln. *Ich gehe auf die Party! Grandiose Geburtstagstorte, mach dich bereit!*

Unauffällig schob ich meine Notizen in mein Buch, damit es aussah, als würde ich lesen, und fügte rasch noch ein paar letzte Details zu meiner Aktivitätsidee hinzu. Ich hatte neulich ein bisschen zu viel Discovery Channel geschaut (aus Recherchegründen!) und war darauf gekommen, dass es bestimmt cool wäre, wenn wir lernen würden, aus Stöcken, Seilen, Isomatten und anderen Outdoor-Sachen in der Wildnis einen Unterschlupf zu bauen. Das würde bestimmt viele Leute interessieren – auch Mr Todd. Ich schrieb extra noch hinzu, dass die Isomatten gerne auch blau sein durften.

Nach dem Ende der Stunde reichte ich meine Idee in seinem Büro ein. Ich hatte wirklich lange daran gearbeitet, und ich hoffte, dass man das auch sah. Mit einem Lächeln auf dem Gesicht und nervösem Herzklopfen ging ich anschließend nach Hause. Nun fingen die Weihnachtsferien an. Das bedeutete jede Menge Essen, Spaß, Familie und Freunde – und am Ende der Ferien die Megaparty bei Jeg. Aufregende Zeiten waren das. Ein bisschen Angst machte es mir schon, aber ich war definitiv bereit, alle Herausforderungen anzunehmen.

20

Partyvorbereitungen

Am Abend der Party fragte mich Mom ungefähr zwölftausend Milliarden Mal, ob ich das wirklich, wirklich durchziehen wolle. Langsam gingen mir die Antwortvarianten aus.

»Na klar. Auf jeden Fall. So was von. *Sí, Señora.*«

»Aber, Schätzchen, zwischen dir und Jeg gab es so viele Probleme in letzter Zeit. Du hast sie die ganzen Ferien über nicht gesehen. Mit wem willst du dich denn da unterhalten?«

»Mit Olivia. Oder den Hannahs. Oder mit dem *netten* Andy. Oder mit keinem.«

»Aber wirst du dich denn da nicht unwohl fühlen? Soll ich nicht lieber Dr. Patel anrufen und fragen, was er davon hält? Ich könnte auch für ein Weilchen mitkommen, nur so lange, bis du sicher bist, dass alles gut läuft.«

»Mo-om«, stöhnte ich. »Ich bin in der sechsten Klasse. Jetzt komm schon! Außerdem«, fügte ich hinzu, »das Einzige, was sicher ist im Leben, ist der Zweifel. Stöcke und Steine. Hakuna Matata. Carpe diem. Und so weiter.«

Mom musste lachen. »Ja. Du hast ja recht.« Sie drückte mich an sich. »Es wäre nicht cool, wenn ich mitkommen würde. Das weiß ich. Du wirst so schnell erwachsen.« Sie malte mit ihren Fingern Kreise auf meinen Rücken, genau wie früher, wenn ich vor Juckreiz nicht schlafen konnte. Etwas in mir wollte, dass sie damit aufhörte, aber ein anderer Teil von mir hätte bis in alle Ewigkeit so stehen bleiben können.

»Ich habe dir schon eine Tube extrastarke Anti-Juckreiz-Salbe in die Tasche gesteckt«, fügte sie hinzu. »Nur für den Notfall.«

Ich sagte nichts, aber nach einem Augenblick schaute ich flehentlich zu ihr auf. Es musste jetzt mal Schluss sein mit dem Umarmen, damit ich mich fertig machen konnte. Außerdem musste ich die Salbe aus meiner Tasche fischen und in ein ultrageheimes Versteck legen, wo sie die Tube niemals finden würde. Ich hatte nicht vor, mich an diesem Abend ins Badezimmer zu schleichen und mich mit dem Anti-Juckreiz-Schleim vollzuschmieren, nein, vielen Dank auch.

Mit ein bisschen Glück würde es sowieso nicht allzu stark jucken.

Endlich ließ Mom mich los, und ich legte letzte Hand an mein Outfit: ein glitzerndes, lila Stirnband, große Hängeohrringe, meine elegantesten, schwarz-weiß gestreiften Socken und glänzende, schwarze Stiefel. Ich überlegte, ob ich auch meine Kette mit dem halben Peace-Zeichen umlegen sollte, ließ sie aber auf meiner Kommode liegen – direkt neben dem einsamen Kaugummi.

Ich war immer noch nicht dazu gekommen, es wegzuschmeißen. Aber ich würde es tun.

»Wie sehe ich aus?«, fragte ich Dad, als wir in den Wagen stiegen.

Er musterte mich rasch von Kopf bis Fuß und lächelte.

»Du siehst, ähm, sehr glitzerig aus!«, sagte er.

Ich seufzte, als **GLITZERIG** auf meinem Bein auftauchte. Er hatte recht. Ich sah wirklich glitzerig aus. Aber fiel ihm gar nichts Besseres ein?

Zum Glück fand Mom jede Menge gute Worte.

»Du siehst wunderschön aus«, sagte sie. »Sehr glamourös. Oder, Schatz?« Sie stieß Dad sanft ihren Ellbogen in den Bauch und er zuckte auf dem Fahrersitz zusammen. **WUNDERSCHÖN** und **GLAMOURÖS** tauchten auf und fühlten sich gut an, was jedoch die Schmetterlinge in meinem Bauch nicht zur Ruhe brachte.

»Lass das, während ich fahre!«, entfuhr es Dad, und mit leiserer Stimme fügte er zu Mom gewandt hinzu: »Das ist gefährlich.« Dann atmete er tief ein und seine Stimme klang wieder ganz normal. »Aber ja, du hast recht. Was Elyse anbelangt, meine ich.«

»Greg«, sagte Mom in dem mitleidigen Tonfall, den sie auch anschlug, wenn ich Ärger hatte. Ich fragte mich, warum Dad Ärger hatte, aber es fiel mir schwer, auf die beiden zu achten. Wir kamen gerade am Riesenrad beim Navy Pier vorbei, das hieß, wir würden in wenigen Minuten im Zentrum ankommen. Ich rutschte auf meinem Platz herum. Konnte Dad nicht ein bisschen schneller fahren?

Mehrere Milliarden Jahre später hielten wir endlich vor dem Hotel auf der Michigan Avenue. Es hatte ungefähr tausend Stockwerke und vor dem Eingang standen zwei Muskelmänner in schwarzen Anzügen.

Mom drehte sich um, lächelte mich ganz breit an, was mich ziemlich nervös machte, und fragte: »Möchtest du, dass wir mit reinkommen?«

Ich hätte gern *Auf gar keinen Fall* gesagt, aber ich bekam die Worte nicht heraus. Es gab eigentlich gar keinen Grund, nervös zu sein. Ich war schon bei unzähligen ähnlichen Jeg-Partys gewesen. Und auch wenn diesmal fast hundertfünfzig Leute erwartet wurden (statt der üblichen fünfzig), würde alles gut werden. Und lustig! Nur das laute Hämmern meines Herzens schien anderer Meinung zu sein.

»Ich schaff das schon«, sagte ich mit zittriger Stimme. Ich rieb mir die Arme und versuchte angestrengt, an die Worte unter den Ärmeln zu denken. Es waren hauptsächlich angenehme. Und zwar aus gutem Grund! Ich würde das allein schaffen. Auf jeden Fall.

Also zwang ich mich, auszusteigen, bevor ich es mir noch anders überlegen würde.

»Bis dann«, rief ich und winkte.

Aber Mom und Dad rührten sich nicht vom Fleck, bis ich einem der Anzugmänner meinen Namen gesagt und durch die Eingangstür getreten war. Und selbst dann war ich mir nicht ganz sicher, ob sie wirklich davonfuhren. Aber ich ging einfach weiter, folgte den Schildern zum Fahrstuhl und stieg ein. Als sich die Türen schlossen, war ich endgültig auf mich allein gestellt.

Einen Augenblick dachte ich darüber nach, schnell auf die 1 zu drücken und direkt wieder zum Ausgang zurückzugehen. Ich stellte mir vor, wie ich an den Anzugtypen vorbeilief und wieder ins Auto sprang, das vermutlich immer noch vor der Tür auf mich wartete.

Aber genau das konnte ich unmöglich tun.

21

Um die ganze Welt mit Jeg

Die Fahrstuhltüren öffneten sich im fünfundsiebzigsten Stock – dort, wo neben den Knöpfen *Penthouse* stand. Sofort überkam mich eine riesige Erleichterung. Das hier war bloß eine Jeg-Party. Meine Freunde würden hier sein und es würde *eine fantastische Torte* geben. Schon beim Gedanken daran lief mir das Wasser im Mund zusammen.

Alles war im Stil der unterschiedlichsten Länder dekoriert und sah extrem schick aus. Direkt vor dem Fahrstuhl begann ein roter Teppich, der sich schier endlos in die Länge zog und sich in tausend verschiedene Richtungen verzweigte. Er war garantiert länger als die roten Teppiche, die echte Stars auf ihren Geburtstagspartys hatten. Rechts von mir befanden sich bodentiefe Fenster, durch die man eine unfassbare Aussicht hatte. Ich konnte die gesamte Stadt sehen, den See, die Fernseher, die in den Nachbargebäuden liefen, und die Menschen, die davorsaßen. Links von mir entdeckte ich Schilder, auf denen in riesigen Glitzerbuchstaben stand: »Um die ganze Welt mit Jeg!«

Ich steckte meinen Kopf in jeden Raum, an dem ich vorbeikam. Sie waren alle nach verschiedenen Ländern benannt. In Mexiko gab es eine Taco/Nachos-Bar, in Indien Henna-Tätowierungen, in Frankreich Crêpes und Line-Dance in Irland. Es war eine typische Jeg-Party. Genau genommen, war sie etwas weniger verrückt als sonst. Bisher hatte ich auch noch keine Prominenten gesehen.

Jeg oder Olivia konnte ich nicht finden, aber ansonsten sah ich so ziemlich alle anderen aus der Schule. Sie standen in ihren gewohnten Grüppchen zusammen, manche warfen mir komische Blicke zu, aber das war mir egal. Ich war zu sehr damit beschäftigt, um die ganze Welt zu jeggen. Und damit, nach der gigantischen Torte Ausschau zu halten. Wo zum Teufel hatten sie die nur versteckt?

Ich schlenderte nach China und öffnete einen mit Schokolade überzogenen Glückskeks. *Hüten Sie sich vor einem großen Fremden*, stand auf dem Zettel. Verrückt: Wo sollte ich denn einen großen Fremden kennenlernen? Aber den Keks würde ich auf jeden Fall essen.

Als ich mich umwandte, um ins nächste Land zu gehen, stand plötzlich Liam in der Tür, als würde er auf mich warten.

Sofort fiel mir die Glückskeks-Botschaft ein. Groß? Ja, das war er. Ein Fremder? Na ja, gewissermaßen schon. Selbst nach den sechs magischen Tagen, in denen wir ein Paar gewesen waren, gab es ziemlich viel, das ich nicht von ihm wusste. Klar konnte er ein Fremder sein. Aber hüten würde ich mich nicht. Ich würde Vollgas geben.

»Hey«, sagte er.

Beim Klang seiner Stimme lief mir ein Schauer über den Rücken.

»Wie sieht's aus?«

»Toll!« *Beruhig dich mal.* Das hatte wirklich viel zu euphorisch geklungen.

»Cool.«

Er musterte mich und ich hielt seinem Blick stand. In seinen Augen war ein Funkeln zu sehen. Man hätte glauben können, er versuche, den Sinn des Lebens zu entschlüsseln. Aber wahrscheinlich versuchte er nur, auf weitere Sachen zu kommen, mit denen er mich nervös machen konnte (falls es überhaupt möglich war, noch nervöser zu werden). Vielleicht dachte er aber auch bloß an Pommes-Kuchen. Ich würde es wohl nie erfahren.

Ich hasste es, wie er mich mit seinen blöden, funkelnden Augen anschaute. So schaute mich sonst keiner an. Er nahm nicht bloß mein Shirt wahr oder meine Frisur oder den winzigen Glückskekskrümel, der vermutlich noch zwischen meinen Zähnen steckte – die Sachen, die jeder andere auch sehen konnte. Mir kam es so vor, als würde er sich bemühen, bis unter meine Haut zu blicken und sich nicht von der coolen Elyse täuschen zu lassen, die ich zu sein versuchte.

»Hör auf«, sagte ich.

»Womit?«

»Mich so anzugucken!«

»Wie guck ich dich denn an?« Er grinste, als würde er meine Antwort schon kennen.

»Lass das, Mann!« *Heilige High Heels, hatte ich das gerade wirklich gesagt?*

Seine Lippen entspannten sich zu einem Lächeln.

»Du bist ziemlich frech geworden«, sagte er.

Oh, hey, **FRECH**. Dieses Wort schien selbst nicht zu wissen, ob es mir weh- oder guttun sollte. Es machte mich irgendwie bloß zittrig.

»Vieles hat sich geändert«, sagte ich und versuchte, meine Stimme unter Kontrolle zu halten. Sie spielte allerdings nicht besonders gut mit.

»Ja.« Er nickte. »Du hast das gut gemacht. Danke.«

Ich wusste nicht, was er meinte, aber ich nahm jedes Kompliment mit Freuden an, besonders, wenn es von ihm kam.

»Bitte schön!«

Wir standen da und schauten einander an. Es kam mir vor wie Stunden. Liam sagte nichts mehr, aber er ging auch nicht weg und redete auch nicht mit den anderen Leuten, die ständig an uns vorbeikamen.

Mein Herz klopfte so stark, dass ich glaubte, jeden Augenblick in Ohnmacht zu fallen. Trotzdem ein ziemlich gutes Gefühl.

Als er noch ein letztes Mal lächelte und davonspazierte, verschwand das Gefühl mit ihm. Es war vermutlich nur ein Zimmer weiter, aber ich wollte es unbedingt zurück.

Ich setzte mich einen Augenblick hin, um wieder zu Atem zu kommen. Mein Herz raste völlig unkontrolliert. Ich warf einen Blick auf meine schmale, silberne Armbanduhr.

Liam hatte gerade volle fünf Minuten mit mir verbracht! Vielleicht war das seine Art, mir mitzuteilen, dass er immer noch etwas für mich empfand. Warum sonst sollte er ausgerechnet mit mir so lange sprechen, wenn so viele andere Leute hier herumliefen und es so viele aufregende Sachen zu tun und zu essen gab? Warum hatte er mir dieses seltsame Kompliment gemacht, das überhaupt keinen Sinn ergab? Warum bedankte er sich bei mir – und wofür überhaupt? Vielleicht war er nervös. Vielleicht mochte er mich *endlich* wieder!

Ich grinste wie ein dämliches Honigkuchenpferd. Vielleicht konnten wir wieder zusammenkommen! Vorher musste ich natürlich noch die unangenehme Trennung vom *netten* Andy hinter mich bringen. Na ja, ein Mädchen muss tun, was ein Mädchen tun muss. Ich würde es schon irgendwie hinkriegen. Vermutlich.

Ich spurtete aus dem Raum und in den nächsten hinein.

»Hallo, Mates!«, verkündete ein riesiges, grünes Schild.

Oh, wie schön. Ich war nach Australien geraten, wo Olivia gerade mit einem aufblasbaren Känguru für ein Foto posierte.

»Weißt du schon das Neueste?« Sobald sie das Känguru an den Nächsten in der Schlange weitergereicht hatte, griff ich nach ihrem Arm. »Es ist noch nicht offiziell, aber ich glaube, Liam und ich kommen wieder zusammen. Verrat's aber keinem.«

»Wie aufregend!«, sagte sie. »Was ist denn passiert?«

»Ich weiß nicht. Wir haben ein bisschen geredet. Ich hatte so ein Gefühl.«

»Das ist ja so toll!«, kreischte sie. Wir hielten uns an den Händen und hüpften ein paarmal auf und ab. (Okay, wahrscheinlich eher hundert Mal. Egal.) Wir klangen genau wie die Kreischmädchen, aber ich war so aufgeregt, dass mir das nichts ausmachte.

»Hast du Lust, surfen zu gehen?«, fragte Olivia und deutete auf mehrere Surfbretter, die in einer Ecke des Raums vor einer grünen Leinwand aufgebaut waren. Ein Kameramann filmte, wie man auf dem Brett stand, und anschließend wurden die Videos so bearbeitet, dass es aussah, als wäre man tatsächlich auf Ozeanwellen geritten. Ich war fast überrascht, dass Jegs Eltern sich nicht gleich die Mühe gemacht hatten, für die Party ein ganzes Meer nach Chicago zu verlegen.

»Klar, hab ich«, sagte ich, und schon liefen wir los.

»Surfin' USA!«, sang Olivia, während sie auf dem Brett balancierte.

Ich stimmte mit ein.

»Surfin' USA!« Wir wussten beide nicht, wie der Song weiterging, also wiederholten wir bloß die beiden Worte wieder und wieder, bis wir zu sehr lachen mussten, um weiterzusingen.

Als unsere Zeit auf den Brettern um war, kehrten wir Australien den Rücken zu.

»Wo sollen wir als Nächstes hin?« Olivia zog ihre Karte der beiden Stockwerke zurate, auf denen die Party stattfand. Darauf standen alle Länder mit den dazugehörigen Zimmernummern und den angebotenen Aktivitäten.

»Nicht drüber nachdenken«, sagte ich, schnappte mir ihre Karte und knüllte sie zusammen. »Lass uns einfach losgehen …« Ich schaute mich um. »Da lang!« Ich deutete auf die Treppe rechts von mir. »Komm schon! Surfin' USA!«

»Okay!« Olivia musste lachen. »Surfin' USA!«

»Müsste es nicht eigentlich Surfin' Australia heißen?«, fragte ich, als wir ins untere Stockwerk hinunterschlenderten.

»Keine Ahnung«, erwiderte sie. »Nicht drüber nachdenken!«

Ich lächelte.

Im unteren Stock ging es ziemlich wild zu. Ein DJ hatte sein Mischpult in Holland aufgebaut, in einem der riesigen Konferenzsäle des Hotels. Bevor wir dort hineingingen, lernten Olivia und ich noch einen coolen Fußballtrick in Brasilien, entwickelten unsere eigenen Anime-Figuren in Japan, schauten uns in Italien beeindruckende Kunstwerke an und aßen in der Schweiz fantastischen Käse und Schokolade. Dann stürmten wir auf die Tanzfläche. Ich konnte nicht fassen, was ich hier alles unternahm – und das ohne auch nur ein bisschen nachzudenken! War es möglich, dass ich auf einer Party tatsächlich *Spaß* hatte, und das ohne meine frühere beste Freundin oder meinen ganz persönlichen Popstar?

Gerade als wir uns richtig eingegroovt hatten, wurde die Musik langsamer.

»Jetzt ist es an der Zeit, euch jemanden ganz Besonderen zu suchen«, verkündete der DJ mit schmalziger Stimme. Nein! Ich wollte mir niemanden Besonderen suchen. Ich wollte weiter tanzen. Es sei denn, Liam wäre zufällig in der Nähe …

Die Menge dünnte sich aus, und der *nette* Andy kam auf mich zu – fast, als würde er sich in Zeitlupe bewegen. *Denk nicht drüber nach*, schärfte ich mir ein. *Sei nett und tanz mit dem* netten *Andy. Er hat dir Suppe gekauft. Er findet dich toll und sagt es auch. Er hat dir nach allen CAV-Präsentationen Bilder gemalt. Du schuldest ihm was!*

Als er näher kam, wurde mir klar, dass ich – *bah!* – auf keinen Fall mit dem *netten* Andy tanzen wollte. Selbst wenn er mir alle Beef Stews, Käsesticks und Bilder der ganzen Welt schenken würde.

Als mein Blick auf das leuchtende rote Ausgangsschild fiel, wusste ich, dass ich mich verdrücken musste. Als der *nette* Andy den Kopf für eine Sekunde abwandte, schoss ich los und hörte nicht auf zu rennen, bis ich sicher in der Antarktis auf der anderen Seite des Flurs angekommen war.

Vielleicht *würde* das ja der Abend meines ersten Engtanzes werden. Aber dann sollte er mit Liam stattfinden. Im Stillen jubelte ich auf. Wir kamen *so was von* wieder zusammen!

Olivia holte mich ein und schleifte mich zwei Räume weiter nach Jamaika, auch bekannt als der gigantomanische Swimmingpool des Hotels. Es war dunkel hier, aber überall waren bunte Lichterketten aufgehängt, sodass es aussah wie in einem romantischen Paradies. Allerdings blieb es immer noch ein Pool. Ich erstarrte.

»Lass uns schwimmen!«, sagte Olivia und warf einen Blick auf die Badeanzüge, die neben den Umkleidekabinen bereitlagen. Die meisten Gäste hatten ihre eigenen Schwimmsachen mitgebracht, aber Jeg war wohl davon ausgegangen, dass manche Leute es vergessen würden, und hatte nicht gewollt, dass jemand auf den Spaß verzichten musste.

Ich stieß ein leises Stöhnen aus. Ich gehörte zu denen, die es vergessen hatten. Nein, eigentlich hatte ich absichtlich keinen Badeanzug mitgebracht, denn sonst hätte ich Olivia zum ersten Mal meine mit Worten bedeckten Arme und Beine zeigen müssen. Vielleicht wusste sie es ja bereits, aber sie hatte nie etwas gesagt, also konnte es gut sein, dass sie keine Ahnung hatte. Zwar waren die meisten meiner Worte im Augenblick ziemlich cool, aber die ganze Sache erklären zu müssen, war nicht ohne. Außerdem würde es bedeuten, all die anderen aus meinem Jahrgang an meinen Zustand zu erinnern, den viele anscheinend längst vergessen hatten. Aber ich hatte mir schließlich vorgenommen, unternehmungslustig zu sein und nicht so viel nachzudenken. Hieß das also, dass ich mir einen der Badeanzüge schnappen und ins Wasser springen sollte? Ich wollte nicht. Auch wenn es warm aussah und so schön funkelte und mir nach meinem Kurzaufenthalt in der Antarktis immer noch ein bisschen kalt war.

Mein Handy summte. Es war eine SMS von Dad.

Bin gleich da. Es heißt, man würde sechs Monate seines Lebens nur vor roten Ampeln warten. Bin auf dem Weg. Hoffe, du hast Spaß.

Ich wollte nicht wirklich gehen, aber ich wollte auch nicht unbedingt bleiben. Wahrscheinlich war das wirklich die beste Gelegenheit, um mich zu verabschieden.

»Ich muss nach Hause«, sagte ich zu Olivia und versuchte, möglichst traurig zu klingen. »Mein Dad kommt. So ein Mist. Ich wäre so gern schwimmen gegangen.«

Von wegen.

In Rekordzeit ließ ich den Poolbereich hinter mir und sprang in den Fahrstuhl. *Ich wäre schwimmen gegangen, wenn die Zeit gereicht hätte*, versicherte ich mir selbst, während der Lift zum Erdgeschoss hinuntersauste. *Selbst wenn Olivia dadurch meine Worte gesehen hätte. Ich hätte es getan. Natürlich musste Dad wieder dazwischenkommen.* Trotzdem lächelte ich. Abgesehen von ein paar Kleinigkeiten, war der Abend absolut perfekt gewesen. Auf dem Weg nach draußen lief ich Jegs Mutter in die Arme.

»Hey, Kleine! Wie geht's dir?«, sagte sie und gab mir Luftküsse auf beide Wangen.

»Gut.« Ich lächelte zu ihr hinauf. Sie war noch mal zehn Zentimeter gewachsen, seit ich sie das letzte Mal gesehen hatte – was allerdings nur an ihren Schuhen lag. *Heilige High Heels*, wie konnte sie auf diesen Dingern bloß laufen? Oder stehen? Ansonsten sah sie aus wie immer. Ihre welligen, schwarzen Haare reichten ihr bis zu den Hüften. Ihr

Make-up war perfekt, inklusive ihrer dunkellilafarbenen Lippen und der silbernen Glitzersteinchen auf den Wimpern. Für dieses Styling musste sie länger gebraucht haben, als ich auf der Welt war.

»Dein Outfit ist der Hammer, Schätzchen. Du bist einfach 'ne Sensation! Küsschen.« Sie nahm einen Schluck von ihrem Drink und schaute in eine andere Richtung. Ich nahm an, dass das Gespräch damit beendet war. Mich hätte das nerven sollen – Jegs Mutter hörte sich schließlich ähnlich abgehoben an wie Läster-Ami –, aber ich war immer noch zu begeistert von diesem grandiosen Abend. Außerdem, wenn man berühmt und schick ist, kann man wahrscheinlich reden, wie man will – man kommt immer damit durch. Zudem war es sehr interessant, **DER HAMMER** und **SENSATION** auf meinem Körper zu spüren.

»Und, wie war's?«, fragte Dad, als ich in den Wagen stieg. Ich ließ mich auf den Beifahrersitz sinken und schnallte mich an. Erst jetzt wurde mir bewusst, dass ich völlig erschöpft war.

Aber glücklich. Der Hammer. Eine Sensation. Und wahrscheinlich würde ich wieder mit Liam zusammenkommen.

Heilige High Heels. Liam. Ich spürte, wie meine Wangen zu glühen begannen. Das war vermutlich kein Thema für ein Gespräch mit Dad. Also versuchte ich, über Sachen zu reden, die ihn interessierten.

»Es war gut. Das Wetter ist heute auch nicht schlecht, was? Bist du bei den ganzen Ampeln gut durchgekommen?«

Wie aufs Stichwort schaltete die Ampel vor uns von Gelb auf Rot und wir hielten an. Dad schaute zu mir herüber. Er lächelte, aber er hatte große, traurige Augen. Warum sollte er traurig sein?

»Ja, ich bin gut durchgekommen. Nur diese Ampel hier macht Probleme.« Er lachte verlegen.

Danach schwiegen wir. Ich lehnte mich auf meinem Sitz zurück, schloss die Augen und tat so, als hätten mich das Brummen des Wagens und der friedliche Abend in den Schlaf gewiegt.

Und dann waren wir zu Hause. Sanft rüttelte Dad mich wach, und ich ging direkt ins Bett. Tatsächlich schlief ich sofort ein und träumte davon, dass Liam und ich wieder zusammenkamen und gemeinsam durchgeknallt waren und um die ganze Welt reisten. Erst als ich am nächsten Morgen aufwachte, fiel mir auf, dass ich kein einziges Stück Torte gegessen hatte.

22

Ein Projekt

Am Montag war die Tatsache, dass ich keine Torte bekommen hatte, mein geringstes Problem.

Der erste Schultag nach den Weihnachtsferien ist immer der schlimmste. Aber an diesem Montag wachte ich nicht nur mit dem niedergeschlagenen Arrgh-ich-muss-früh-aufstehen-und-zur-Schule-Gefühl auf, sondern auch noch mit einem anderen, das ziemlich merkwürdig war. Als würde irgendetwas *nicht stimmen*, wie an dem Tag, an dem Liam mit mir Schluss gemacht hatte. Als ich zur Schule kam, sah ich, wie Jeg angehüpft kam. Sie trug ungefähr ein Dutzend Perlenarmbänder, ihre dumme Kette mit dem Viertel-Peace-Zeichen und auf ihrem Gesicht ein gigantisches Grinsen. Wahrscheinlich war sie einfach nur glücklich, dass ihre Party so ein Erfolg gewesen war.

Extrem glücklich.

Aber nun tauchte auch noch Liam mit einem ganz dicken Grinsen auf dem Gesicht auf. Dann schauten sie einander an und grinsten immer noch ganz dumm. Und dann nahm Liam Jegs Hand und hielt sie die ganze Zeit fest, bis sie bei ihrem Platz angekommen waren. Erst jetzt ließ er sie wieder los, aber er grinste immer weiter, bis er endlich auf seinem Stuhl am anderen Ende des Raums saß.

Ich hatte das Gefühl, mich übergeben zu müssen, aber irgendwie passierte es doch nicht. Was ein ziemliches Glück war, weil ich auf meinem Pfannkuchen heute Morgen Regenbogenstreusel gehabt hatte. Es wäre ziemlich peinlich gewesen, wenn das bunte Zeug wieder hochgekommen wäre.

Durch den ganzen Raum ging ein Raunen, aber ich konnte weder etwas hören noch sehen noch denken. Ich konnte gar nichts tun. Nur vereinzelte Worte drangen an mein Ohr. »Gehen miteinander!« »Seit der Party.« »Er hat schon ewig auf sie gestanden!« »So cool!« »Tolles Paar!«

Meine Wangen glühten immer mehr. Wie konnte das passieren? Liam sollte doch wieder mit mir zusammenkommen und nicht mit ihr anbändeln! Und sie sollte doch eigentlich eine Freundin sein, die darauf Rücksicht nahm, was in mir vorging! Warum hätte sie mich sonst zu ihrer Party einladen sollen?

Den Rest des Tages konnte ich keinen der beiden ansehen. In der Mittagspause saß ich wieder mit meinem Buch auf dem Mädchenklo. Ich konnte den beiden unmöglich gegenübertreten, wenn sie so glücklich durch die Gegend stolzierten, als wären sie die Königin und der König von England, und ich wollte auch mit sonst keinem reden. Vor allem wollte ich nicht mit dem *netten* Andy reden und sein nettes Gesicht vor mir haben und zusehen müssen, wie er auf seine nette Weise sein Essen aß und mir ebenso nett erklärte, wie cool und toll ich war, obwohl ich ihn in Amsterdam hatte sitzen lassen. Wie cool und toll konnte ich schon sein, wenn Liam lieber etwas mit Jeg anfing als mit mir? Nicht einmal, als Mr Todd über Lautsprecher bekannt gab, dass er noch in dieser Woche seine Entscheidung verkünden würde, wer nun tatsächlich Junior-Reiseleiter wurde, konnte mich das aufheitern.

Gegen Abend war mein Gesicht nicht bloß verquollen, sondern völlig aufgedunsen vom endlosen Heulen. Es sah richtig widerlich aus. Noch widerlicher als widerlich.

WIDERLICH machte es sich auf meinem Arm gemütlich (und mich todunglücklich). Mom steckte meine Hände in Ofenhandschuhe, damit ich mich nicht kratzen konnte, und dann zwang sie mich, zur Ablenkung Milliarden alte Fotos anzuschauen. Aber sie erinnerten mich bloß daran, dass ich älter war als früher und eigentlich ein ganz tolles Teenagerleben führen sollte, statt meine Abende mit den Händen in Ofenhandschuhen zu verbringen.

Mich selbst glücklich zu sehen, hätte mich glücklich machen sollen, tat es aber nicht. Wir schauten uns das gesamte Fotoalbum mit den Bildern von der Cupcake-Party an, die wir zu meinem neunten Geburtstag in einer Bäckerei veranstaltet hatten. Alle hatten sich hübsch gemacht. Ich trug ein ärmelloses Kleid mit rosa- und lilafarbenen

Streifen. Und auf fast jedem Foto hatte ich die Arme so um Jeg gelegt, dass die Worte darauf verdeckt waren. **TOLL**, **LUSTIG**, **COOL** konnte man trotzdem erkennen, und das, was ich am meisten geliebt hatte: **FANTABULÖS**. Jeg nannte mich früher ständig fantabulös. In unserer Welt war das das größte Kompliment von allen gewesen. Aber damals interessierte es niemanden, wie viele Komplimente auf meinem Körper standen – oder wie viele nicht so tolle Worte. Sie waren einfach da, wie Muttermale und Sommersprossen.

Diese Geburtstagsparty hatte so viel Spaß gemacht. Ich meine, es war keine Jeg-Party gewesen, aber all meine Freunde waren gekommen. Wir hatten endlos viele Cupcakes gegessen und ich war glücklich gewesen.

Irgendwie hatte ich wohl geglaubt, es würde immer so bleiben. Diese Bilder zu sehen, machte mir noch einmal klar, dass ich mich auch in dieser Hinsicht geirrt hatte.

Es ist schon verrückt, wie man an einem Tag das Gefühl haben kann, dass die ganze Welt einem zu Füßen liegt, und am nächsten Tag schon denkt, dass einen genau dieselbe Welt unter sich begraben wird.

Nachdem Mom ins Bett gegangen war, stand ich noch einmal auf und ging zu meinem Schreibtisch hinüber. Der Zeitpunkt schien nicht verkehrt, um den monatlichen Brief an mich selbst zu schreiben.

El,

bitte sag mir, dass du das hier liest. Ich muss wissen, dass du überlebt hast, dass du das „WIDERLICH" endgültig losgeworden bist und dass das Ganze vielleicht nur ein böser Traum war. Denn eigentlich ist es ja unmöglich, dass Jeg und Liam wirklich miteinander gehen.
Dieses ganze Aktiverwerden und Sachenanpacken ist im Grunde für die Katz gewesen. Es war eine gute Ablenkung vom Nachdenken, aber mein Leben hat es nicht wirklich verbessert, und Junior-Reiseleiterin bin ich bis jetzt auch noch nicht geworden. Und es hat auch nicht verhindert, dass sich schlimme Sachen in meine Gedanken einschleichen und dann auf meiner Haut auftauchen. Ich würde also sagen: So viel dazu.
Ziele:
Keine. Wozu auch?

Deine
Januar-Elyse

Ich legte mein Heft wieder auf den Tisch und genau in diesem Augenblick sah ich ihn.

Hier, bei mir *zu Hause*.

Na ja, um genau zu sein, lugte er aus dem kleinsten Reißverschlussfach meines Rucksacks heraus. Aber mein Rucksack hing hier bei mir zu Hause. In meinem Zimmer. An meinem Schreibtischstuhl.

Und das bedeutete, dass jemand an meinem Rucksack gewesen war.

Wie war das möglich? Und wann und wo war das passiert?

Aber natürlich schoss mir noch eine viel dringendere Frage durch den Kopf: Was zum Henker würde diesmal auf dem blauen Zettel stehen?

Elyse,
»Denn an sich ist nichts weder gut noch böse, unser Denken macht es erst dazu.«

(Das Zitat kann ich nicht für mich beanspruchen, Shakespeare hat sich das ausgedacht. War ein ziemlich cleverer Typ, oder?)
Aus welchen Gründen auch immer – der heutige Tag war schwer für dich, aber versuch, nicht schlecht über dich selbst zu denken. Sei einfach du selbst.
Morgen wird ein besserer Tag.

Hmmm. Ich faltete den Zettel wieder zusammen und verstaute ihn sorgfältig in dem Fach, aus dem ich ihn herausgenommen hatte.

Das war überraschend nett von meinem mysteriösen Zettelschreiber. Keine kniffligen Aufgaben diesmal, nur ein freundlicher Rat. Trotz allem war es gut zu wissen, dass es immer noch einen Menschen gab, der auf meiner Seite stand.

Ich zupfte an meinen Ärmeln, zog sie bis zu den Daumen, die ich durch die eigens dafür vorgesehenen Löcher steckte. Keine Ahnung, warum, aber im Winter machten sich grundsätzlich mehr Worte auf meinen Armen breit als sonst, so viele, dass sie gar keinen Platz mehr hatten und bis zu meinen Händen hinunterwanderten. Fäustlinge sahen im Haus ein bisschen merkwürdig aus, aber leicht verrückte Langarm-Shirts nicht. Genau genommen, waren sie im Augenblick sogar ziemlich angesagt, zumindest laut *Girly*-Magazin. Das war wenigstens mal eine Erleichterung. Mein Blick wanderte zum Puzzle im Wartezimmer hinüber. Vielleicht, wenn ich mich total beeilte …

»Elyse Everett?«

Mist.

Mom und ich eilten ins Behandlungszimmer und ließen uns auf unseren üblichen Stühlen nieder, als Dr. Patel hereinkam.

»Wie geht's dir denn heute?« Er lächelte.

Mom und ich tauschten einen Blick.

»Nicht so toll«, sagte ich. »Riesenüberraschung, oder?«

Er hob die Augenbrauen. »Zeig mal her.«

Ich schob meine Hosenbeine und Ärmel hoch. Die beiden guten Worte von meiner kurzen Unterhaltung mit Jegs Mutter hatten sich noch gehalten. Sie waren aber schon so gut wie verblasst, und man musste die Augen zusammenkneifen, um sie zu entziffern. Die schlimmen Worte hatten wieder die Oberhand gewonnen.

»Hmm.« Dr. Patel kratzte sich am Kopf. »Als du das letzte Mal hier warst, hast du überlegt, ob du an dieser Talentshow teilnehmen sollst. Ich nehme an, das ist nicht so gut gelaufen.«

»Ganz im Gegenteil!«, sagte Mom. »Sie hat sich großartig geschlagen.«

»Ja«, stimmte ich zu. »Das hab ich wohl.«

»Schön zu hören«, entgegnete er. »Wie kommt es denn dann zu der Verschlimmerung?«

Ich schaute auf meine Schuhe hinunter. Ich wollte meinem alten Arzt nicht wirklich erklären, dass all das an einem Jungen und einer miesen Freundin lag. Es war so peinlich.

»Es hat im sozialen Umfeld einige Schwierigkeiten gegeben«, sagte Mom, als wäre sie die große Fachfrau. Ich tat mein Bestes, um freundlich zu bleiben und nicht die Augen zu verdrehen.

»Hmmm«, machte Dr. Patel erneut und musterte mich

eingehend. »Und diese ganzen negativen Worte, kamen die von anderen? Oder direkt von hier?« Er tippte sich mit seinem Kuli gegen die Stirn.

»Ähm … sie könnten aus diesem Bereich stammen. Zum großen Teil.«

Er und Mom schauten mich an, als würde ich ihnen leidtun. Ich hätte mich am liebsten in Luft aufgelöst. Diese Blicke halfen mir überhaupt nicht, so viel stand fest.

»Vielleicht wäre es gut, wenn du dich auf etwas anderes konzentrierst«, schlug Dr. Patel vor. »Auf irgendein Projekt. Etwas, das dich von den Problemen ablenkt, die du mit deinen Freunden hast.«

»Du weißt ja immer noch nicht, ob du nicht doch Junior-Reiseleiterin wirst«, fügte Mom hinzu. »Das ist eine besondere Ehrenposition an ihrer Schule«, erklärte sie Dr. Patel. »In dieser Woche wird die Entscheidung bekannt gegeben. Und, Elyse, selbst wenn du nicht das große Los ziehst, beim Komitee bist du auf jeden Fall dabei. Du wirst trotzdem eine wichtige Helferin sein. Aber ich glaube wirklich, du wirst es werden, ganz gleich, wie sehr du an dir selbst zweifelst.«

»Ich weiß nicht«, murmelte ich. »Ich glaube nicht, dass Mr Todd mich für die geeignetste Kandidatin hält.« Es stimmte. Er bezweifelte, dass ich die Hörner des Stiers packen konnte – oder wie dieses Sprichwort lautete. Er hatte es mir ja selbst gesagt.

Aber immerhin bestand noch die Hoffnung, dass meine Aktivitätsidee – oder der Zettelschreiber oder beide –

Mr Todd umstimmten. Genau. Und dann würde ich die beliebteste Schülerin des sechsten Jahrgangs sein und mich großartig fühlen.

Ich lächelte ein wenig. Das konnte wirklich passieren. Es könnte alles laufen wie geschmiert.

»Gut, ich weiß es nicht mit Sicherheit«, fügte ich hinzu. »Aber vielleicht klappt es ja. Und wenn nicht, ist es auch cool, zum Komitee zu gehören.«

Sie nickten beide und lächelten mich an, als wäre ich ein ganz besonders braves Mädchen, weil ich ihnen zustimmte. Aber ich hatte etwas anderes im Sinn, ein anderes, besseres Projekt, das sich langsam zu einem echten Plan entwickelte.

Ich würde endlich herausfinden, wer mir diese Nachrichten schrieb. Und dann würde ich dem- oder derjenigen ordentlich Dampf machen, auf Mr Todd einzuwirken. Aber ich musste mich beeilen.

»Na, dann ist doch alles geritzt«, sagte ich und schob mir wieder die Hose und die Ärmel herunter. »Können wir jetzt los, Mom?«

»Ich denke schon. Es sei denn, es gibt irgendwelche neuen Entwicklungen, von denen Sie uns berichten könnten – Salben, Fortschritte in der Forschung, irgendwas ...«

Dr. Patel schüttelte den Kopf. »Heute nicht, fürchte ich.«

Ich schaute ihm direkt in die Augen. »Aber vielleicht an einem anderen Tag?«

Er tätschelte mein Bein. »Vielleicht an einem anderen Tag«, sagte er. »Das kann sein.«

23

Bomben platzen lassen

Am nächsten Tag marschierte ich mit einer Mission in die Schule. Statt bloß meine Bücher aus dem Schließfach zu holen und wie immer direkt in den Unterricht zu gehen, suchte ich den Boden nach blauen Zetteln ab und schaute allen direkt ins Gesicht, um festzustellen, ob jemand nervös wurde. Aber das war nur der Anfang.

Als ich es endlich ins Klassenzimmer geschafft hatte, kramte ich rasch meinen Block und meine Stifte hervor und zog meine Ärmel so weit wie möglich herunter, damit niemand **WERTLOS** und **NIETE** auf meinen Handgelenken sehen konnte. Dann machte ich mich ans Werk. Vielleicht war der Zettelschreiber ja jemand aus meiner Klasse. Allerdings schrieb hier niemand auf blauem Papier. Das würde schwerer werden als gedacht.

»Elyse, Mr Todd möchte dich sprechen«, sagte Miss Sigafiss.

Alle machten »Ohhhhhh« und schauten mich groß an. Ich merkte, dass mein Gesicht brannte – vermutlich war es knallrot wie eine Erdbeere.

Ich sammelte mein ganzes Zeug ein und ließ mindestens fünfhundert Sachen fallen. Und das, obwohl ich gar keine fünfhundert Sachen dabeihatte.

Wieder machten alle »Ooooooh«.

Großartig.

TOLLPATSCH machte sich unverzüglich auf meinem rechten Ellbogen breit. Es brannte, als hätte mich ein Insekt gestochen. Hätte es doch bloß ein spezielles Spray gegeben, um diese dämlichen Worte fernzuhalten.

Ich huschte aus dem Raum, den Flur hinunter und in Mr Todds Büro. Auf seiner blauen Couch brach ich fast zusammen, weil mich nicht nur all die Worte, sondern auch die ganze Situation völlig fertigmachten.

Aber es war auch aufregend. War dies der Moment, auf den ich gewartet hatte?

»Geht's dir nicht gut?«, fragte Mr Todd mit leiser Stimme.

»Doch, super«, sagte ich.

LÜGNERIN.

Autsch!

Er betrachtete mich misstrauisch. Als könne er das Wort durch meinen Ärmel hindurch sehen und wisse genau, dass ich es unbedingt kratzen wollte. Hatte er denn gar keine wichtigen Rektorensachen zu tun? Irgendein Schüler stellte doch garantiert gerade irgendwo hier im Gebäude irgendwas ganz Schlimmes an. Aber er saß lieber hier und wollte, dass ich zugab, dass es mir nicht gut ging.

»Nun, selbst wenn du gerade ein bisschen durchhängen solltest …« Wieder warf er mir so einen eindringlichen

Blick zu. »… ich glaube, was ich dir jetzt sagen werde, könnte deinen Tag versüßen.«

Jetzt war ich interessiert. Sogar sehr interessiert. Ich setzte mich aufrecht hin, um ihm zu zeigen, dass ich ganz Ohr war – und kein bisschen durchhing.

»Mir ist aufgefallen, dass du in letzter Zeit etwas …« Er hielt inne, lehnte sich in seinem großen, schwarzen Stuhl zurück und kratzte sich am bärtigen Kinn. »Dass du etwas aktiver geworden bist. Dein Auftritt bei unserer Spendenshow hat mich schwer beeindruckt. Und wie es aussieht, hast du dich seitdem in deinem Freundeskreis und im gesamten Jahrgang deutlich stärker eingebracht.«

»Ja«, sagte ich. »Schön, dass Ihnen das aufgefallen ist.«

»Außerdem war ich ungeheuer beeindruckt von der Idee, die du für die Exkursion eingereicht hast. Sie war gut ausgearbeitet und passt perfekt zu unserer Art von Reise. An alledem habe ich erkennen können, dass du wirklich unsere Reiseleiterin werden möchtest, und ich denke, dass du diese Aufgabe sehr gut meistern wirst.«

Ich konnte nicht glauben, was ich hörte.

»Moment.« Ich beugte mich so weit vor, dass ich beinahe von der blauen Couch fiel. Ich war wirklich ein Tollpatsch. Mein Gesicht schien zu glühen, aber auf eine super-mega-verrückt-begeisterte Weise. »Ist das Ihr Ernst? Sie wollen mich zur Junior-Reiseleiterin machen? *Mich*, Elyse Everett? *Ernsthaft?*«

Er lächelte. »Ist das ein Problem?«

»Nein! Nein!« Jetzt fiel ich doch noch von der Couch.

Der **TOLLPATSCH** wurde größer und juckte noch stärker, aber ich merkte es kaum, weil auf meinem linken Knie **SIEGERIN** aufblühte und sich sensationell anfühlte. »Das ist überhaupt kein Problem. Ich schaffe das. Ich schaffe das auf jeden Fall.«

»Freut mich zu hören.« Er erhob sich. »Wir werden uns noch mal zusammensetzen, um deine Pflichten durchzusprechen, du solltest wissen, dass viel Arbeit auf dich zukommt. Ich verlasse mich darauf, dass du Aktivitäten und Mahlzeiten planst. Aber du und das Komitee habt bis Februar noch ganz viel Zeit, um das gemeinsam zu erarbeiten. Hier sind ein paar Dinge, die dir vielleicht helfen werden – ein grober Ablaufplan, ein paar Artikel zum Thema Gruppenleitung und nützliche E-Mail-Adressen und Telefonnummern.« Er reichte mir einen gigantischen Papierstapel. »Oh – und noch eins, bevor du gehst: Ich möchte, dass du weißt, dass ich einen sehr viel stärkeren Haarwuchs habe als die meisten Leute.« Er deutete auf die stark behaarten Arme, die unter seinem Kurzarmhemd zum Vorschein kamen. Aus den ganzen Haaren hätten sich die Kreischmädchen tausend kleine Zöpfe flechten können.

»Ähm, das ist schön.«

Was soll man denn bitte schön auf so etwas antworten?

Er schaute mich an, als würde er versuchen, mir etwas ganz Wichtiges mitzuteilen, aber es ist schwer, sich auf wichtige Dinge zu konzentrieren, wenn man sich lieber die Seele aus dem Leib jubeln will.

»Es ist nicht wirklich schön, Elyse. Es ist ziemlich oft peinlich. Ich könnte etwas dagegen tun, die Haare entfernen lassen, aber das würde viel Zeit und Energie erfordern. Stattdessen habe ich mich damit abgefunden. Es gehört eben zu mir, so bin ich. Und so soll es eben sein.«

»Ähm, ja«, sagte ich. Mein Herz raste, weil ich aus dem Zimmer laufen und allen die Neuigkeiten erzählen wollte. Ich wippte mit dem Fuß und zappelte auf meinem Platz herum. *Jetzt lassen Sie mich endlich laufen, Sie haariger Mann!*

»Nun«, sagte er und schaute mich mit seinen winzigen Pupillen an, »ich denke, das genügt. Wir sprechen uns bald wieder. Hab noch einen schönen Tag.«

Ich stürzte aus seinem Büro und den Flur hinunter. Ich war Junior-Reiseleiterin! Es geschah wirklich! Es kam mir nicht real vor, aber das war es! Dies war mein Leben. Mein grandioses, wundervolles Leben.

Mit jedem Schritt fühlte ich mich glücklicher und leichter. Die schrecklichen Worte verschwanden und wurden von anderen ersetzt, von **COOL** und **FANTASTISCH** und **DIE BESTE**. Nur die coolste, fantastischste und beste Kandidatin wurde für diese Aufgabe ausgewählt. Und diese Kandidatin war ich! Schon jetzt stellte sich die gute Wirkung ein, auf die ich gehofft hatte, dabei wusste es noch niemand. Und das bedeutete, dass es noch besser werden konnte.

Als ich in den Flur kam, in dem nun wieder die Poster der Reiseleiter hingen, verlangsamte ich meinen Schritt.

Das Fragezeichen auf dem leeren Gesicht war kein Rätsel mehr. Ich hatte die Lösung und die Lösung war ich. Ich!

Ich öffnete langsam die Tür zu meiner Klasse und versuchte, mich wieder an meinen Platz zu schleichen, ohne die anderen allzu sehr zu stören. Aber es war schwer. Ich stand kurz vorm Platzen. Es gab schließlich etwas, das ich aus vollem Hals in die Welt posaunen musste. Zumindest wollte ich es der ganzen Klasse mitteilen.

»Möchtest du uns erzählen, warum Mr Todd dich zu sich gerufen hat, Elyse?«

Miss Sigafiss' Stimme ließ mich zusammenzucken. Ich war mir nicht sicher, ob es daran lag, dass sie mich ansprach, oder daran, dass sie es mit einer netten, freundlichen Stimme tat, obwohl keine Eltern im Raum waren. Die Stimme war fast zu nett. War das eine Falle? Und woher wusste sie, dass ich gern verraten hätte, was Mr Todd mir zu sagen hatte?

Vielleicht hatte er es den Lehrern ja schon vorher anvertraut. So musste es sein. Aber es spielte auch keine Rolle, denn hier war nun meine Chance, es der Klasse feierlich zu verkünden, und die würde ich ganz bestimmt nicht verstreichen lassen.

»Ähm«, sagte ich, und als sich alle Blicke mir zuwendeten, lief ich vermutlich schon wieder knallrot an. »Er hat mir mitgeteilt, dass … dass … ich die neue Junior-Reiseleiterin bin.«

Eine Sekunde lang blieb es still im Raum. Erst jetzt wurde mir klar, dass manche hier nicht gerade begeistert sein würden. Läster-Ami zum Beispiel. Und vielleicht sogar der *nette* Andy. Sie hatten den Job unbedingt gewollt.

Natürlich irrte ich mich beim *netten* Andy. Kaum war die Stille gebrochen, sprangen er und Olivia von ihren Stühlen auf und umarmten mich stürmisch.

»Junior-Reiseleiterin Elyse!«, brüllte Kevin, stand ebenfalls auf und begann wie verrückt zu klatschen. Bald stimmten auch andere mit ein. Ich musste lachen. Den Leuten war es natürlich viel wichtiger, den Unterricht zu sprengen, als mich zu feiern, aber cool war es trotzdem. Richtig cool.

Ich warf einen Blick zu Jeg und Liam hinüber. Sie schauten einander an – ekelhaft –, aber sie klatschten ebenfalls. Mich überkam ein gewaltiges Ich-liebe-euch-alle-Gefühl. Ich wollte alle in meine Arme schließen – abgesehen von den beiden. Okay, und Läster-Ami und Paige und Lindsey und die anderen Kreischmädchen auch nicht. Und Miss Sigafiss auch nicht. Aber ansonsten alle.

»Aufhören!«, rief Miss Sigafiss. Es ging jetzt ziemlich wild zu im Raum. »Hört sofort auf. Dieser Lärmpegel ist nicht akzeptabel.«

»Ja, kriegt euch ein«, zischte Läster-Ami, als sich die anderen etwas beruhigt hatten. »So was Tolles ist das nun auch nicht.«

»Eifersüchtig, was?«, entgegnete der *nette* Andy.

»Nein.« Läster-Ami stand auf. »Aber das war doch klar. Bloß weil Elyse diese …«

»Ja, gut, ich habe keine Erfahrung«, warf ich schnell dazwischen. Ich wusste, dass sie es auf die CAV schieben wollte. Ich konnte meinen Zustand nicht ewig verstecken, aber musste sie ihn ausgerechnet jetzt ins Gespräch bringen? Damit wollte ich sie nicht durchkommen lassen. »Aber ich werde mein Bestes tun, um eine grandiose Exkursion zu organisieren!«

Einige der anderen schauten mich komisch an. Aber immerhin hatte ich Läster-Ami erst mal den Wind aus den Segeln genommen.

»Herzlichen Glückwunsch, Elyse«, sagte Miss Sigafiss und lächelte mich kurz an. Dann redete sie allerdings sofort wieder über irgendwas anderes, und es kam mir vor, als hätte es dieses Lächeln nie gegeben. Aber es war da gewesen. *Vielleicht ist sie doch gar nicht so übel*, entschied ich.

Ich setzte mich an meinen Platz und fuhr durch den Stoff meiner Ärmel die Buchstaben ab. **F-A-N-T-A-S-T-I-S-C-H**, **C-O-O-L**, **D-I-E B-E-S-T-E**, **A-U-S-S-E-R-G-E-W-Ö-H-N-L-I-C-H**, **A-S-S**. Gar nicht mal schlecht. Nein, kein bisschen.

Ich beugte mich runter, um meinen Block aus dem Rucksack zu ziehen (Elyse, der Junior-Reiseleiterin, war es egal, was Miss Sigafiss da vorne vor sich hin redete, aber sie würde sich trotzdem Notizen machen und weiterhin gute Noten bekommen). Da fiel mir ein zusammengeknüllter blauer Zettel auf dem Boden auf (die richtige Sorte diesmal, kein Post-it). Mir sackte die Kinnlade runter und Panik stieg in mir hoch. Stammte der vom mysteriösen Zettelschreiber? Was würde draufstehen? Gab es eine weitere Aufgabe für mich: etwas Cooles vielleicht, wie die Sache mit der Spendenshow – oder wieder etwas Schreckliches, wie Jeg und Kevin auseinanderzubringen? (Vielleicht würde ich diesmal dafür sorgen müssen, dass Jeg und Liam miteinander Schluss machten. Hmmm – das wäre natürlich gar nicht so schlecht.) Aber was sollte mir das bringen? Ich hatte ja mein großes Ziel erreicht. Vielleicht wollte der Zettelschreiber bloß Hallo sagen und mir gratulieren oder mir einen Rat geben für die Exkursionsplanung. Das wäre cool. Oder er würde sich mir endlich zu erkennen geben, damit ich nicht länger grübeln musste? Dann müsste ich nicht einmal meinen Plan ausführen.

Es schien schon ewig her zu sein, dass ich Jeg und Kevin auseinandergebracht hatte. Ich wünschte mir so sehr, ich hätte es nicht getan. *Aber*, erinnerte ich mich, *es war ja gar nicht deine Schuld.* Kevin wollte sich sowieso trennen. Ich hatte bloß ein wenig nachgeholfen.

Doch mein Bauch rumorte und unangenehme Fragen kamen mir in den Sinn. Was wäre passiert, wenn ich die Nachricht einfach ignoriert hätte? Was, wenn sich Kevin ohne meine Mail doch noch dazu entschieden hätte, weiter mit Jeg zu gehen? Was, wenn sie heute immer noch mit ihm zusammen wäre und nicht mit Liam? Wenn er womöglich doch wieder ein Auge auf mich geworfen hätte? Außerdem – was zum High-Heels-Teufel hatte das alles überhaupt damit zu tun, dass ich Junior-Reiseleiterin wurde?

All das schoss mir durch den Kopf, als ich den neuen Zettel vom Boden aufhob und auseinanderfaltete. Zu meiner großen Überraschung war er vollkommen leer.

Ich drehte ihn um. Nichts. Nun war ich zum ersten Mal einigermaßen vorbereitet gewesen und der Zettel war bloß ein falscher Alarm. Ich war mir nicht sicher, ob ich enttäuscht oder erleichtert sein sollte, aber als sich **JAMMERLAPPEN** auf meinem Unterarm ausbreitete, war mir klar, dass irgendwas faul war.

Doch Elyse, die Junior-Reiseleiterin, ignorierte das Gefühl und auch das Wort. Sie entschied sogar ganz offiziell, an diesem Tag ihren Plan in die Tat umzusetzen. Sie würde endlich herausfinden, wer der Zettelschreiber war, und den **JAMMERLAPPEN** ebenso wie all die anderen nervtötenden Worte ein für alle Mal loswerden. Dann würden all die großartigen Junior-Reiseleiter-Komplimente so viel Platz haben, wie sie brauchten – und mehr.

Ich holte einen dicken, schwarzen Filzstift heraus und schrieb »Wer bist du?« auf den Zettel. Dann hielt ich inne. Der große Unbekannte hatte etwas Ungeheuerliches für mich zustande gebracht und ich hatte nichts weiter zu sagen als: »Wer bist du?« Das würde ich doch besser hinbekommen.

> Danke für deine Hilfe und deinen Rat. Ich weiß es wirklich zu schätzen, dass du mir dabei geholfen hast, das zu tun, was nötig war, um Exkursionsleiterin zu werden und um mich ein wenig besser zu fühlen. Du bist großartig! Wenn du mir sagen würdest, wer du bist, wäre das fantastisch.

Jetzt war nur die Frage, wie dieser Brief sein Ziel erreichen sollte. Ich hatte noch nicht alle Einzelheiten meines Plans zu Ende gedacht. Ich konnte den Zettel ja nicht einfach an irgendein x-beliebiges Schließfach heften. Was nun?

Ich dachte darüber nach, wie die Nachrichten mich erreicht hatten: Die ersten beiden hatten an meinem Schließfach geklebt, eine in meinem Arbeitsheft gesteckt, eine im Postfach meiner Lehrerin gelegen, eine in der Mittagspause unter meinem Tisch, eine auf meinem Platz im Englischunterricht und eine in meinem Rucksack. Das bedeutete, dass der Schreiber einen ähnlichen Stundenplan haben musste wie ich. Die Person wusste immer genau, wo ich mich aufhielt, und sorgte dafür, dass die Zettel immer zum richtigen Zeitpunkt dort auftauchten, wo ich sie auch bemerken würde.

Ich musste also nur meinen eigenen Zeitplan durchgehen.

Oder ... Mir wurde klar, dass es noch eine andere Möglichkeit gab. Der Zettelschreiber musste überhaupt nicht auf meine Schule gehen. Vielleicht kannte der oder die Unbekannte auch jemanden aus meinem direkten Umfeld. Jemanden, der als Bote unterwegs war. Ich kannte ziemlich viele Leute außerhalb der Schule. Meine Eltern. Meinen Arzt. Meine früheren Lehrer. Ich konnte niemanden ausschließen.

So oder so, ich musste der Sache auf den Grund gehen, ganz gleich, was es mich kostete. Allerdings schien es mir zu aufregend, um die Sache ganz allein anzugehen. Also nahm ich Olivia nach dem Unterricht auf dem Flur beiseite.

»Ich muss dir was total Verrücktes erzählen«, sagte ich und schilderte ihr die ganze Geschichte in allen Einzelheiten. Na ja, in fast allen Einzelheiten. Dass der Unbekannte wusste, dass ich CAV habe, ließ ich aus.

»Wow! Das ist ja völlig irre!«, sagte Olivia, als ich fertig war. »Das hättest du mir viel früher erzählen sollen. Ich frage mich, warum diese Person unbedingt wollte, dass du Reiseleiterin wirst? Du hast da einen Riesenfan. Oder einen heimlichen Verehrer.«

Ich lachte verlegen. »Ich wollte es dir früher erzählen«, sagte ich und ging über ihre Vermutungen hinweg. »Ich war mir nicht sicher, ob du mir glauben würdest, und ich dachte, mit einer Verrückten willst du bestimmt nicht befreundet sein.«

»Wir sind alle ein bisschen verrückt, Elyse«, sagte sie. »Bloß auf unterschiedliche Art.«

War das ein Hinweis? Wusste sie von der CAV? Es wäre ein guter Zeitpunkt gewesen, ihr davon zu erzählen, aber ich schaffte es einfach nicht. Trotz all ihrer Brüder und Schwestern und ihrer vielen verschiedenen Freunden gab es keine Garantie, dass sie es nicht doch für völlig krank halten würde.

Es ihr zu verschweigen, fühlte sich allerdings auch merkwürdig an. Und falsch.

»Du nicht«, sagte ich schließlich. »Du bist nicht verrückt.«

Sie lachte. »Oh doch. Wir alle.«

Ich war mir nicht sicher, ob ich ihr glauben sollte, aber

ich beließ es dabei und erzählte ihr von meinem Plan, den Zettelschreiber ausfindig zu machen. Gleichzeitig versprach ich mir selbst im Stillen, dass ich ihr das mit meiner CAV anvertrauen würde, sobald ich eine bessere Gelegenheit fand.

»Also«, sagte ich schließlich, »ich muss nur noch den besten Zeitpunkt und den besten Ort finden, um meine Nachricht fallen zu lassen. Dann muss ich mich auf die Lauer legen und warten, bis sie jemand aufhebt. Und du musst mir dabei helfen.«

»Oh Mann.« Sie nickte. »Lass es uns morgen machen, in der Mittagspause. Da werden alle in der Cafeteria sein. Irgendwer wird ihn aufheben. Ich weiß es. Außerdem, nur falls du es vergessen hast … du bist die neue Junior-Reiseleiterin!«

Wir sprangen ein bisschen auf und ab und das Wort **F-R-E-U-N-D-I-N** formte sich auf meinem Handgelenk. Es fühlte sich weich und geschmeidig und wunderbar an. Beinahe hätte ich meinen Ärmel hochgekrempelt und es Olivia gezeigt, aber dann traute ich mich in letzter Sekunde doch nicht. Ich würde es tun. Bloß nicht jetzt. So verrückte Bomben ließ ich besser nur nacheinander platzen, nicht alle gleichzeitig.

24

Ninjas

Den ganzen nächsten Morgen konnte ich mich nicht konzentrieren. Als endlich Mittagspause war, gehörten Olivia und ich zu den Ersten, die sich ihr Essen holten, aber ich bekam gar nichts herunter – dabei gab es Makkaroni, mein Lieblingsgericht, das hieß also einiges. Ich ließ meine Blicke durch die Cafeteria wandern und fragte mich unentwegt, wer mir geholfen hatte, diesen unfassbaren Job zu bekommen. Immer noch sah niemand verdächtig aus, aber das machte nichts, denn Olivia und ich würden es schon bald herausfinden.

»Okay, ich lasse ihn jetzt fallen«, raunte ich ihr zu, als wir unsere Tabletts zurückbrachten. Dann ging ich dicht an den drei Stufen vorbei, die aus der Cafeteria herausführten. »Wer es auch ist, hier muss er auf jeden Fall vorbeikommen. Und wenn er oder sie das tut …«

Sie schaute mich erwartungsvoll an. »Was dann?«

Gute Frage. Meine Plan-Planung war wohl doch nicht die beste gewesen. Ich hatte dem mysteriösen Zettelschreiber einen eigenen, nicht ganz so mysteriösen Zettel geschrieben, aber danach hatte ich die Sache nicht wirklich zu Ende gedacht. Das war einerseits gut, denn ich wollte ja nicht mehr so viel nachdenken. Aber jetzt nicht weiterzuwissen, war auch nicht gerade ideal.

Ich erwiderte Olivias Blick. »Keine Ahnung.«

Was sollten wir tun, nachdem der oder die Unbekannte den Zettel aufgehoben hatte?

»Wir werden denjenigen wohl ansprechen müssen, denke ich. Ihn fragen, warum er mir schreibt.«

»Bist du bereit?« Olivia schaute den Zettel in meiner Hand an.

»Also los.« Als wir die Treppe erreichten, entspannte ich langsam meine Finger, sodass das blaue Stück Papier zu Boden fiel. Für mich sah es aus, als würde es in Zeitlupe hinabsegeln, wie im Film, kurz bevor der Schurke geschnappt wird.

Olivia zog mich am Ärmel in die nächste Ecke. Wir kauerten uns auf den Boden, auch wenn das eigentlich gar nicht nötig war. Der Unbekannte hätte uns sowieso nicht sehen können, selbst wenn wir zwei Meter groß gewesen wären.

»Wir hätten uns heute ganz in Schwarz anziehen sollen«, flüsterte sie. »Ich komme mir vor wie ein Ninja.«

»Stimmt!«, entgegnete ich. »Und dann wären wir mit einem Radschlag und 'ner Rolle rückwärts hier in unsere Ecke gewirbelt.«

»Kannst du Rad schlagen?«

»Nein, du?«

»Nein.«

Wir lachten.

»Na gut, vielleicht beim nächsten Mal«, sagte Olivia.

Vorsichtig und so unauffällig wie möglich spähten wir um die Ecke. Wir konnten den Zettel kaum erkennen, der auf dem Boden lag und darauf wartete, aufgehoben zu werden.

Bald begann sich die Flut aus Beinen in Bewegung zu setzen. Wir beobachteten, wie ein Fuß nach dem anderen über den Zettel hinwegtrat (manche latschten auch direkt darauf). Niemand hielt an. Wir sahen immer bloß Füße, niemals Hände. Niemand machte sich die Mühe, ihn aufzuheben.

Bis es schließlich doch jemand tat.

»Es ist so weit!« Ich krallte mich an Olivias Arm fest, und wir beobachteten, wie ein stark behaarter Arm nach unten griff und den Zettel aufhob. Keine Kinderhand würde jemals so behaart sein. Zumindest war ich mir sehr sicher, dass kein derartig behaarter Junge auf unsere Schule ging. Mom sagte immer, in Sachen Haarwuchs würden die Veränderungen noch ein oder zwei Jahre auf sich warten lassen, was immer das bedeuten sollte.

»War das …«, fing ich an.

»Mr Todd!«, flüsterte Olivia aufgeregt.

Wir vergaßen ganz, dass wir geheime Ninja-Spioninnen waren, sprangen aus unserem Versteck und sahen gerade noch, wie er den Zettel auffaltete und las.

Zwar rührte er sich nicht von der Stelle, aber seine Augen wanderten hin und her. *Links, rechts, links, rechts.* Ich sah, wie er den Zettel zusammenknüllte, aber dann faltete er ihn noch einmal auseinander und las ihn erneut. Schließlich warf er ihn in den Altpapierkorb neben der Treppe, schaute sich um und rannte – *ja, er rannte in der Schule* – den Flur hinunter.

Heilige High Heels.

25

Die Sitzung

»Reichst du mir mal die Chips rüber, bitte?«

Layla lächelte und schob die Tüte über den Tisch. Ständig entdeckte ich neue Vorteile am Junior-Reiseleiterin-Sein, aber die vielen Snacks bei unseren Komiteesitzungen standen ganz oben auf der Liste. So. Viele. Snacks.

Mr Todd – wenn das überhaupt sein echter Name war – nahm sich einen Keks von einem Teller, der gerade herumgereicht wurde, und beugte sich in seinem Stuhl vor.

»Dann kommen wir mal zum Wesentlichen, Leute. Wir müssen heute einiges planen. Junior-Reiseleiterin Elyse – dann schieß mal los!«

Ich holte meinen Ordner hervor (er war blau, genauso wie die mysteriösen Zettel) und schaute Mr Todd eindringlich an, um zu sehen, ob er irgendeine Reaktion zeigte. Nach allem, was Olivia und ich in der Mittagspause beobachtet hatten, war es verdammt schwer, sich auf die Sitzung zu konzentrieren. Ich konnte nicht aufhören, daran zu denken. Ich meine: *Mr Todd.* Ernsthaft, wie viel überschüssige Zeit hatte dieser Mann eigentlich?

Irgendetwas passte allerdings nicht richtig ins Bild. Er war ziemlich schräg, aber diese Aktion war fast zu schräg, selbst für seine Verhältnisse. Wenn er meinte, dass ich nicht gut genug für die Aufgabe war, warum gab er sie dann nicht jemand anderem? Oder sagte es mir einfach: *Hey, Elyse, du musst dringend noch ein bisschen cooler werden. Warum sorgst du nicht erst einmal dafür, dass sich deine frühere beste Freundin von ihrem Freund trennt? Das würde mir zeigen, dass du echt was draufhast.*

Der Mann war ein Rätsel.

Aber ich war jetzt Reiseleiterin, und es war an der Zeit, mich entsprechend zu verhalten.

»Also, heute konzentrieren wir uns auf die Aktivitäten«, sagte ich zur Gruppe gewandt. »Wir wollen Sachen machen, bei denen man lernt, wie man sich in freier Wildbahn durchschlagen kann. Aber wir wollen auch, dass alle miteinander ins Gespräch kommen und gut zusammenarbeiten. Was habt ihr denn für Ideen mitgebracht?«

»Wir könnten über wichtige aktuelle Themen diskutieren. Zum Beispiel darüber, was alle in den Frühjahrsferien vorhaben und was sie für Musik hören«, sagte Läster-Ami.

Der *nette* Andy und ich schauten uns an. Das konnte sie auf keinen Fall ernst meinen. Aber als Leiterin einer Gruppe soll man niemandem sagen, dass er eine schlechte Idee vorgebracht hat, selbst wenn man es gerne tun würde. Zumindest stand das in einem der Artikel aus der Info-Mappe, die Mr Todd mir in die Hand gedrückt hatte.

»Ähm, interessante Idee«, sagte ich, »Ich bin mir nur

nicht sicher, wie wir dann den Bogen zu dem Outdoor-Aspekt unserer Reise schlagen sollen.«

»Wir machen es draußen.« Läster-Ami warf sich die Haare über die Schulter.

»Ich hab noch eine andere Idee«, sagte JaShawn. *Puh.* »Wie wäre es mit so einer Vertrauensübung, wo man sich fallen lassen muss und die anderen einen auffangen? Die sollen ziemlich cool sein, hab ich gehört, und das geht draußen am besten, wo es ja besonders drauf ankommt, weil man auf Steine und Stöcke und Dreck fallen kann.«

Viele nickten und ich schrieb den Vorschlag auf.

»Das ist eine tolle Idee«, sagte ich.

Läster-Ami verdrehte die Augen, aber alle anderen schienen einverstanden.

Ich atmete tief ein und stellte eine eigene Idee vor. »Wie wäre es denn mit einer Schnitzeljagd? Die Leute könnten mit einem Partner oder in Teams zusammenarbeiten und Hinweise suchen, die vorher draußen versteckt wurden. Wir könnten jedem einen Kompass geben und einiges von dem anwenden, was wir in Erdkunde gelernt haben.«

Überall wurde genickt und aufgeregt gemurmelt. Meine Wangen glühten, aber auf die glückliche Art. Ich leitete eine Sitzung, und die Leute mochten meine Idee und wollten wissen, wie ich ihre Vorschläge fand.

Als könne er meine Gedanken lesen, beugte sich Hector vor und flüsterte mir zu: »Du bist echt mega, Elyse.«

M-E-G-A fühlte sich großartig an auf meinem Bein.

Das Wort machte mich vermutlich nicht stärker, aber es fühlte sich zumindest so an.

Die Gruppe steuerte weitere Ideen bei, bis ich volle zwei Seiten mit Aktivitäten vollgeschrieben hatte, die wir tatsächlich umsetzen konnten. Alle beteiligten sich, aber ich war es, die alles aufschrieb, die Diskussion leitete *und* meinen Hauptverdächtigen im Auge behielt – und das alles gleichzeitig.

Um ehrlich zu sein, hätte ich mir das gar nicht zugetraut.

Als unsere Sitzung vorbei war, schlenderten wir gemeinsam hinaus. Nur Läster-Ami lief schon voraus zu einem Wagen, in dem ungefähr eine Milliarde Teenager saß. Auch alle AGs endeten um diese Zeit, daher war der Parkplatz brechend voll. Und obwohl ich gerade eine sehr erfolgreiche Sitzung gehabt hatte, wäre ich am liebsten in dem rissigen Betonboden versunken, als ich sah, wie Liam und Jeg Hand in Hand auf den Wagen von Liams Bruder zuspazierten.

So schnell sich **MEGA** und **CLEVER** und **COOL** eingestellt hatten, so rasch tauchten nun **WERTLOS** und **NICHT GUT GENUG** und **UNGEWOLLT** auf. Ich konnte nichts dagegen tun, die Worte kamen mir einfach in den Sinn. *Meine* Hand hatte Liam nie gehalten, nicht ein einziges Mal während der ganzen sechs Tage. Dabei hätte ich es mir *wirklich* gewünscht.

Jeg musste ihn anscheinend nicht lange bitten. Sie musste ihn nicht mit großen *Bitte-halt-meine-Hand*-Augen angucken wie ich. Allerdings war das sowieso nie Jegs Stil gewesen. Was war denn bitte so schlimm an meiner Hand?

»Hey, Leute, habt ihr Lust, noch mit zu uns zu kommen und Tamales zu essen?«, fragte Hector. »Meine Mutter kocht sie nach dem Rezept von meiner Großmutter. Das beste mexikanische Essen, das ihr jemals kriegen werdet.«

Die Tamales rissen mich sofort in die Realität zurück. Es war nicht gerade meine starke Seite, so zu tun, als wäre alles gut, wenn mir gerade die Eingeweide herausgerissen wurden und man mit High Heels darauf herumtrampelte. Aber ein paar Dinge gab es schon, die den Schmerz etwas lindern konnten. Die meisten davon hatten mit leckerem Essen zu tun.

Aber vielleicht war es nicht nur der Gedanke an die Tamales, der mich aus meinem Tief herausholte. Ich zwang mich, meinen Blick von Liam und Jeg abzuwenden und JaShawn, Hector, Layla und den *netten* Andy anzusehen. Meine Freunde. Warum waren mir Leute so wichtig, denen ich nicht wichtig war? Vier tolle Freunde wünschten sich, dass ich mit ihnen zusammen zu Abend essen und weiter über unsere Reise reden würde.

Und als der Wagen von Liams Bruder mit Liam und Jeg davonfuhr, wurde mir klar, dass es nichts gab, was ich lieber tun würde.

26

Spaß oder so was in der Art

Liebe Exkursionsleiterin Elyse,

kannst du das fassen? Wenn du das hier liest, hast du das große Sechste-Klasse-Abenteuer schon hinter dir. Die ganze Planung, die ganze harte Arbeit - alles schon erledigt. Ich hoffe, dass du nicht in Minnesota verloren gegangen bist, aber ich wäre gar nicht böse, wenn du versehentlich Miss Sigafiss dort vergessen hättest. Aber mal im Ernst: Ich kann nicht abwarten, zu erfahren, wie alles gelaufen ist. Sind alle Aktivitäten gut über die Bühne gegangen? Finden die anderen, dass du dich gut geschlagen hast? Findest du, dass du dich gut geschlagen hast? Hier sind jedenfalls meine weiteren Ziele. Ich will:

Herausfinden, ob der Zettelschreiber wirklich Mr Todd ist. Wenn ja, dann muss ich etwas unternehmen. Ich kann nicht zulassen, dass er in der Gegend herumläuft und so tut, als wäre alles in Ordnung, obwohl er mir eine Erklärung schuldig ist, was das mit der Trennungsnachricht sollte. Na ja, alle Nachrichten hat er zu erklären, aber die ganz besonders.

Eine großartige Junior-Reiseleiterin werden. Mr Todd hat mich ausgewählt, auch wenn das nur daran liegt, dass ich all seine Anweisungen befolgt habe (wenn er der Zettelschreiber war). Alle schlimmen Worte hat das zwar nicht vertrieben, aber immerhin sind nun jede Menge gute hinzugekommen.

Weiterhin unternehmungslustig bleiben, denn so macht das Leben mehr Spaß, und die Leute mögen mich auch mehr. Sie applaudieren mir. Sie jubeln. Sie lachen, und zwar mit mir, weil ich auch lache. Denn so machen das normale Leute und zu denen gehöre ich jetzt. Hurra!

Okay, wünsch mir Glück da draußen. Hoffentlich werde ich nicht von einem Bären gefressen.

Deine
Februar-Elyse

Leute die es schaffen, nach dem Packen ihrer Klamotten für eine Schulexkursion ihren Koffer zuzukriegen, sollten einen Preis bekommen. Es kam mir vor, als hätte ich stundenlang mit aller Gewalt meine Sachen platt gedrückt, aber mein Koffer ging immer noch genauso wenig zu wie am Anfang.

»Das wird nichts mit der Fahrt für mich«, rief ich Mom zu. »Das ist unmöglich!«

Innerhalb von zwei Sekunden kam sie die Treppe hinaufgespurtet.

»Mom, beruhig dich, das ist kein echter Notfall.«

»Komm, wir versuchen es noch einmal. Wir könnten aber auch den größeren Koffer von oben holen. Oder schnell noch einen neuen kaufen. Oder du nimmst einfach zwei mit.«

»Ich weiß nicht.« Ich betrachtete meinen kleinen, roten Reisekoffer. Wir hatten eine Liste bekommen mit Sachen, die wir einpacken sollten, aber es war eine echte Herausforderung, für all das nur einen Koffer einer bestimmten Größe mitnehmen zu dürfen. Außerdem kamen ja noch die Sachen dazu, auf die man selbst nicht verzichten konnte: Ich hatte zwei Pullis eingepackt, obwohl nur einer empfohlen worden war. Aber das ging nicht anders, denn garantiert würde ich den einen vollkleckern, also brauchte ich den zweiten als Ersatz. Genau wie ich meine grünen, superflauschigen Kniestrümpfe brauchte, eine Vorratspackung Chocolate-Chips-Müsliriegel, ein paar Frage- und Antwortspiele, vier Rollen Klopapier (das ultrasofte) und sechzehn Fläschchen Nagellack. Die alte Elyse hätte sich vermutlich mit dem ganzen Zeug nicht abgeschleppt, aber Elyse, die Junior-Reiseleiterin, war ganz auf Mädchengespräche und lustige Spiele auf dem Zimmer eingestellt.

»Brauchst du wirklich diesen ganzen Kram, Schätzchen?«, fragte Mom, holte drei langärmlige Shirts aus dem Koffer, faltete sie auseinander, wieder zusammen (auf genau dieselbe Art, wie ich es vorher getan hatte) und stopfte sie sorgfältig wieder hinein.

»Ja, brauche ich«, sagte ich.

Etwas später ließ ich mich doch dazu überreden, eine Rolle Toilettenpapier, vier Nagellacke und die flauschigen, grünen Kniestrümpfe zu Hause zu lassen. Entschuldigung, dass ich mir in der eiskalten Wildnis ein Mindestmaß an Komfort sichern wollte!

Mom legte die Strümpfe zusammen und legte sie behutsam auf mein Bett.

»Ich verspreche dir, du bekommst sie, falls du sie doch brauchst.«

»*Mo-om.* Ich bin keine drei Tage weg. Wenn der Postbote sie mir in Minnesota bringt, werde ich schon wieder zurückfahren müssen.«

»Ich finde schon eine Möglichkeit«, sagte sie und grinste. **KLEINKIND** machte es sich auf meiner Wade gemütlich. Autsch. Vielleicht benahm ich mich ja wie ein Kleinkind, aber wenn das bedeutete, dass Mom mir die flauschigen, grünen Kniestrümpfe schickte, wenn ich sie brauchte, dann meinetwegen. Dann war ich eben ein Kleinkind. Auch wenn es ziemlich schlimm juckte.

Eine Stunde später lenkte Mom den Wagen auf den Schulparkplatz und fuhr eine Ewigkeit im Kreis, bis sie einen Parkplatz gefunden hatte, der ihr zusagte. Mr Todd stand mit einem Klemmbrett in der Hand vorm Bus und sah sehr offiziell aus. Ich warf ihm meinen allerstrengsten Hoffentlich-haben-Sie-da-keinen-blauen-Zettel-an-Ihrem-Klemmbrett-klemmen-Blick zu.

Ich bin dir auf der Spur, Freundchen.

»Hi, Rodney!« Mom lächelte breit, als wir von unserem Wagen zum Bus gingen. Ich zuckte zusammen. Mütter sollten Schulrektoren nicht beim Vornamen nennen. Mütter sollten den Vornamen des Rektors nicht mal *kennen*, wenn's irgendwie ging.

Ich warf einen Blick auf mein Handy, während Mom mit Mr Todd plauderte, als wären sie die allerdicksten Freunde. Dad hatte mir eine SMS geschickt.

Viel Glück. Genieß es. Trag eine Mütze. Hab dich lieb.

Ich fuhr für drei Tage weg und mehr hatte er nicht zu sagen? Heute Morgen, bevor er zur Arbeit gefahren war, hatte er auch nicht viel mehr herausbekommen. Manche Leute waren wohl von Natur aus keine Plaudertaschen. Vielleicht war es an der Zeit, zu akzeptieren, dass Dad dazugehörte.

»Schön, dass Sie alle gekommen sind!«, sagte Miss Sigafiss. »Jetzt müssen wir aber los, bitte drücken Sie Ihre Kinder noch einmal und geben Sie ihnen einen Kuss. Dann müssen sie nämlich in den Bus steigen.«

»Tja.« Ich drehte mich zu Mom um und plötzlich schlug mein Herz ganz schnell. Ich trat von einem Fuß auf den anderen, als sich plötzlich ein fettes **VERUNSICHERT** auf meinem Knöchel bemerkbar machte. Ich spürte das Prickeln unter meinen Strümpfen, dann das vertraute Jucken der einzelnen Buchstaben. Aber was war schon dabei, wenn ich jetzt ein wenig nervös wurde? Wenn ich mich verschiedene Dinge fragte? Zum Beispiel, wie die ganze Reiseleitungsnummer ablaufen würde. Wie nervtötend es mit Liam und Jeg sein würde und wie es sich wohl anfühlte, zum ersten Mal von zu Hause weg zu sein. Außerdem wusste ich ja auch nicht, wie die Zimmer aussahen und ob die Betten gemütlich waren oder das Essen gut. Ich hatte mich die ganze Woche darauf gefreut – eigentlich fast das ganze Jahr –, und nun wollte ich im Grunde bloß zurück nach Hause, mich zwischen Mom und Dad auf der Couch einkuscheln und einen Film anschauen. Na und? Das hieß noch lange nicht, dass ich kein Selbstvertrauen hatte. Es bedeutete nur, dass ich in diesem Augenblick ein winzig kleines bisschen besorgt war. Ja. Das war alles.

Aber wenn das alles war, warum hatte ich dann das Gefühl, ich müsste jeden Augenblick in Tränen ausbrechen?

Ich erwartete, dass Mom mich auf ihre typische Weise an sich drücken würde, so als wolle sie meine ganze Angst wegpressen. Aber stattdessen sagte sie: »Ich bin gleich wieder da!«, und spurtete davon, bevor ich sie fragen konnte, was los war.

»Na schön, Leute, ihr habt gehört, was Miss Sigafiss gesagt hat!«, rief Mr Todd. »Alle einsteigen!« Er wandte sich mir zu.

»Wie geht's dir, Elyse? Bereit für deinen Job als Reiseleiterin? Jetzt kommt's drauf an. Das ist dein großer Moment! Vergiss nicht, wenn's Probleme geben sollte, kannst du jederzeit mit mir reden. Auch wenn ich auf dieser Reise natürlich meine Couch nicht dabeihabe. Ich hab sie leider nicht in meinen Koffer hineinbekommen.«

»Mm-kay.« Ich lächelte nicht.

Mom kam mit einer riesigen Reisetasche in der Hand zum Bus zurückgelaufen. *Moment mal, was wollte Mom denn mit dieser Tasche?* Ich hatte ihr doch gesagt, dass ich nur einen Koffer mitnehmen durfte.

Dann fiel es mir wie Schuppen von den Augen. Die Tasche war nicht für mich bestimmt.

»Überraschung!« Mom schlang ihren freien Arm um meine Schulter. »Ich komme mit!«

»Du ... *was*?«

»Rodney – ähm, Mr Todd – hat mich gestern angerufen. Anscheinend haben sich nicht genug Eltern als Begleitpersonen angemeldet, und er dachte, das wäre vielleicht was für mich.«

Ich funkelte Mr Todd böse an. Was sollte das denn jetzt? Es ergab doch keinen Sinn, dass er sich solche Mühe machte mit den ganzen Zetteln, um mich zur Junior-Reiseleiterin zu ernennen, und dann Mom einlud. Er musste seine Meinung über mich geändert haben. Vielleicht glaubte er ja nun doch nicht mehr, dass ich die Aufgabe allein bewältigen würde.

Er stand immer noch vor dem Bus, lächelte vor sich hin

und überprüfte alle Namen auf seinem Klemmbrett, als hätte er noch nie in seinem Leben so viel Spaß gehabt. Als er meinen Blick auffing, winkte er mir grinsend zu, als wären wir die besten Freunde.

»Ich dachte, das wäre bestimmt eine schöne Überraschung ... Ich dachte, du würdest dich bestimmt freuen, wenn ich mitkomme.« Mom seufzte. »Das ist eine beängstigende, neue Erfahrung für dich. Ich habe mit Dr. Patel telefoniert, und er meinte auch, es wäre eine gute Idee. Ist das nicht schön, dass ich immer in der Nähe bin – nur für den Fall? Ich werde dich schon nicht blamieren.«

Wenn sie sagte, dass sie mich nicht blamieren würde, bedeutete das normalerweise, dass sie mich garantiert blamierte. Und zwar gewaltig. Aber ich schaute ihr in die Augen. Sie sah so hoffnungsvoll aus und auf gar keinen Fall wollte ich ihre Gefühle verletzen.

Außerdem war da die ärgerliche Tatsache, dass ein winziges, mikroskopisch kleines Teilchen in mir sie tatsächlich gerne in der Nähe gehabt hätte – zumindest ganz manchmal ein kleines bisschen. Eine Stunde vielleicht. Oder zwei. Zweieinhalb – allerhöchstens. Nur bis dieser nervtötende Kloß in meinem Hals verschwunden war.

»Schön.« Ich zuckte mit den Schultern. »Wenn du das gerne möchtest.«

Ihr Gesicht hellte sich auf. »Das wird so viel Spaß machen, Schätzchen!«

Ja, Spaß. Oder so was in der Art.

27

Zimmergenossen

»Wie's aussieht, ist meine Mutter in letzter Minute als Begleitperson eingesprungen«, sagte ich zu Olivia und schob mich auf den Platz neben ihr.

»Oh«, erwiderte sie voller Mitgefühl. »Tut mir leid.«

Mir fiel auf, dass sie nicht mein Bein tätschelte. Das war schon mal gut. Dann änderte sie das Thema und fing an, über eine lustige Sendung zu reden, die sie gestern Abend im Fernsehen gesehen hatte. Das war auch ziemlich gut.

Es war schwer, Jeg nicht mehr als beste Freundin zu haben, aber so langsam hatte ich das Gefühl, dass Olivia einen guten Ersatz abgeben würde, auch wenn es nicht ganz dasselbe war.

Auf dem Rest der Fahrt nach Minnesota spielten wir eins meiner Kartenspiele, bei dem man nach und nach herausfindet, wie die eigene Zukunft aussieht. Am Ende wussten wir, dass Olivia in einer großen Villa auf Hawaii leben würde, und zwar mit ihrem Ehemann (dem *netten* Andy – ha! ha!) und siebzehn Kindern sowie einem zahmen Lama namens Ferdinand Wellington, der Dritte. Ich wiederum würde in ein Apartment am Nordpol ziehen, mit meinem Ehemann (Kevin – uh), unseren dreiunddreißig Kindern und zwei zahmen Einhörnern namens Fifi und Gigi. Unsere Zukunft sah also ziemlich abgefahren aus.

Es waren mehrere Stunden vergangen, als der Bus schließlich seine Fahrt verlangsamte und auf einen staubigen Kiesweg bog. Links und rechts von der Straße standen jetzt hohe, mit Schnee bedeckte Bäume. Der Bus wurde immer langsamer, aber jedes Mal, wenn ich dachte, dass er anhalten würde, fuhr er doch noch weiter.

Nach einer gefühlten Milliarde Jahre kam er auf einem leeren Parkplatz zum Stehen.

»Alle sitzen bleiben!«, rief Mr Todd uns zu, als er selbst ausstieg, aber niemand hielt sich daran. Wir waren alle viel zu kribbelig. Die Fahrt hatte schließlich *sechs Stunden* gedauert.

Ich schüttelte meinen linken Fuß aus. Das **VERUNSICHERT** juckte immer noch. Nachdem ich davon erfahren hatte, dass Mr Todd Mom eingeladen hatte, war nun auch noch ein fieses **UNFÄHIG** dazugekommen. Er glaubte eben doch nicht, dass ich es allein schaffen würde. Und Mom auch nicht.

Vielleicht hatten sie ja sogar recht.

Vermutlich würde ich es bald herausfinden.

Kevin stand auf und rannte im Mittelgang des Busses auf und ab. Mike streckte die Hand aus und Kevin klatschte ihn ab und dann machten es auch alle anderen. Ich reckte und streckte meine Arme, wobei ich darauf achtete, sie niemandem ins Gesicht zu knallen. Ich war eben ein höflicher Mensch. Liam dagegen breitete sich ziemlich rücksichtslos aus. Er machte so eine komische Yogaübung (der alte Angeber), bei der er ein Bein zur Seite abwinkelte, sich eine Hand hinter den Kopf legte und Olivia beinahe seinen Ellbogen ins Ohr rammte.

»Okay«, sagte Mr Todd, als er wieder in den Bus kletterte. »Ich weiß eure Geduld zu schätzen. Wir werden uns jetzt zu unseren Hütten begeben. In jedem Raum schlafen zwei Personen, in jeder Hütte acht – sowie eine Aufsichtsperson. Also: Jeg und Elyse, Hütte eins, Raum eins. Hannah und Hannah, Hütte eins, Raum zwei …«

Sein Mund bewegte sich weiter, aber nichts drang mehr an mein Ohr. Ich kniff die Augen zu, in der Hoffnung, dass niemand die Tränen bemerkte, die sich sofort gebildet hatten. Ich war fest davon ausgegangen, als Junior-Reiseleiterin meinen eigenen Raum zu bekommen. Gut, niemand hatte das je *offiziell* behauptet, aber war das nicht eine Selbstverständlichkeit? Die Königin und der König des Schulballs bekamen eine Krone. Die Kapitäne der Sportmannschaften bekamen spezielle Trikots. Und Junior-Reiseleiter von Outdoor-Abenteuern bekamen ihr eigenes Zimmer. Das war doch wohl klar.

Und von allen Zimmergenossinnen auf der ganzen Welt bekam ich ausgerechnet – Jeg? Das würde so unangenehm werden. Wir hatten seit ihrer Party fast kein Wort miteinander gesprochen. Drei Tage im selben Raum eingesperrt zu sein, bedeutete die reinste Folter. Außerdem hieß es, dass ich mich vor ihr umziehen musste. Sie hatte seit letztem Jahr meine Worte nicht mehr gesehen und damals war sie ja noch nett gewesen. Nun würde sie sich garantiert darüber lustig machen, damit drohen, den anderen von ihnen zu erzählen, und sie immer weiter verschlimmern. Und das mit Absicht.

Ich spürte, wie vom anderen Ende des Busses Moms Blick auf mich fiel. Sie wusste nicht alles, aber ihr war natürlich aufgefallen, dass Jeg und ich nicht mehr viel Zeit miteinander verbrachten – eigentlich gar keine. Mom bahnte sich den Weg bis zu mir und setzte sich neben mich, sodass Olivia ganz ans Fenster rücken musste.

»*Mom!* Was machst du denn?« Fast alle blickten uns an, während sie sich hintereinander aufstellten, um den Bus zu verlassen. Mom war so auffällig wie ein orangefarbener Strumpf in einem Korb voller grüner Socken.

»Ich schaue nur, wie's dir geht, Schätzchen«, flüsterte sie. »Ich weiß, das mit der Zimmerbelegung hat dich kalt erwischt. Möchtest du, dass ich Mr Todd frage, ob sich das noch mal ändern lässt?«

Ich schniefte. Ich wollte es, aber hätte das nicht genau das bewiesen, was beide glaubten – dass ich nichts allein auf die Reihe bekam? Und das, obwohl ich Junior-Reiseleiterin war?

Ja, sagte ich im Stillen. »Nein«, flüsterte ich und schniefte erneut.

Mom schaute mich lange an, stand aber schließlich auf und ging zum vorderen Teil des Busses zurück.

Sobald sie weg war, wandte Olivia sich mir zu. »Alles klar? Ich weiß, Jeg und du, ihr seid keine besten Freundinnen mehr, aber es ist ja nur für ein paar Tage. Und die meiste Zeit sind wir eh draußen unterwegs.«

Sie hatte leicht reden. So nett Olivia auch war, sie kannte immer noch nicht die Wahrheit über mich. Sie verstand nicht, warum das so ein großes Problem war. Und ich hatte immer noch zu große Angst, um es ihr zu erklären.

Ich versuchte zu lächeln. »Ja, du hast recht, ich weiß.«

Als alle ausgestiegen waren, schleifte Läster-Ami Jeg zu Mr Todd. Ich hatte nicht erwartet, dass andere ebenso wenig begeistert über die Raumaufteilung sein würden wie ich. Läster-Ami wusste nicht, dass sie mir einen Gefallen tat, aber genau so war es. Ich war ihr fast dankbar.

»Es hat einen Fehler gegeben«, sagte sie mit Nachdruck, während Jeg zustimmend nickte. Ich war nicht weit weg von ihnen und beobachtete alles genau. Ich hatte Läster-Ami noch nie so aufgebracht erlebt. Ihr Gesicht war knallrot. Sie sah aus, als würde jeden Moment Dampf aus ihren Ohren schießen. »Es kann nicht sein, dass ich mit irgendeiner x-beliebigen Person, die ich kaum kenne, ein Zimmer teilen soll. Jeggie sollte mit mir aufs Zimmer und nicht zu dieser … ollen Nervensäge.« Sie murmelte die letzten Worte nur leise vor sich hin, schaute aber zu mir herüber.

Ich senkte den Blick, weil ich nicht wollte, dass jemand bemerkte, wie ich den Mund verzog, als sich die **NERVENSÄGE** in meinen Oberschenkel brannte. *Natürlich* konnte Läster-Ami mir nicht einfach einen Gefallen tun. Es war eine Selbstverständlichkeit, dass man zur Junior-Reiseleiterin nett war, aber für Läster-Ami galt diese Regel natürlich nicht.

»Alles klar?« Mom tauchte aus dem Nichts auf und streichelte meinen Arm. »Ich habe gesehen, wie du zusammengezuckt bist. Wie hat sie dich genannt? Ich werde mal ein Wörtchen mit der Mutter dieses Mädchens reden, wenn wir zurück sind. Hier, ich hab dir die extrastarke Sorte mitgebracht.« Sie zog aus ihrer Handtasche eine riesige Tube, die gleichzeitig ekelhaft und extrem peinlich war.

»Mom!« Ich wich einen Schritt zurück. Mir war nur allzu bewusst, dass alle zu uns schauten, dass alle sehen würden, wie die Exkursionsleiterin von ihrer Mommy mit Glibbersalbe eingeschmiert wurde. Ein paar Minuten neben ihr im Bus zu sitzen, war ja noch in Ordnung, aber das hier war nicht mehr lustig. »Mir geht's gut. Ich bin daran gewöhnt. Ich will keine Salbe.«

»Es hat alles seine Richtigkeit«, sagte Mr Todd zu Läster-Ami. »Deine Zimmergenossin ist deine Zimmergenossin. Alles bleibt, wie es ist. Kein Grund, Trübsal zu blasen – oder gemein zu werden. Ich glaube, wir zwei müssen uns mal in Ruhe unterhalten, wenn wir wieder in der Schule sind.«

Läster-Ami rauschte beleidigt ab. Dieses eine Mal hätte ich wirklich gewünscht, dass sie ihren Willen bekam.

»Wollen wir?« Jeg kam zögerlich zu mir herüber und zeigte auf eine der großen, braunen Hütten.

»Okay.« Ich schaffte es nicht, sie anzuschauen. Außerdem machte mich die **NERVENSÄGE** verrückt, und ich war ganz auf den Moment konzentriert, an dem ich mich in unserer Hütte ins Badezimmer verziehen, einige Lagen Stoff hochkrempeln und daran herumkratzen konnte.

Miss Sigafiss hatte sich inzwischen um das Gepäck gekümmert. Also schnappten wir uns unsere Koffer und marschierten schweigend zur Hütte. Jeg hielt mir die Tür auf, und ich ging hindurch, ohne mich zu bedanken – was in meinem Leben wohl noch nie vorgekommen war. Ich war einfach nicht in Dankeschön-Stimmung.

Die Hütte war riesig. Sie hatte einen großen Eingangsbereich und ein gigantisches Wohnzimmer, von dem in alle Richtungen die Zimmer abgingen. Wir fanden rasch die Tür, auf der ein großes »Raum 1«-Schild prangte, und gingen hinein. Hier war es enger, der Raum war etwa so groß wie mein Kinderzimmer. An der einen Wand stand ein schmales Stockbett für zwei Personen und an der anderen zwei Kommoden. Der ganze Raum – eigentlich die ganze Hütte – schien zu verkünden: *Wenn ihr vergesst, die Tür abzuschließen, werdet ihr von einem Bären gefressen. Viel Spaß!*

Ich schaute mich um. Vielleicht wäre es doch nicht so schön gewesen, allein in einem Zimmer zu schlafen. Es hätte sogar sehr gut die gruseligste Sache aller Zeiten werden können.

»Ich find's schön hier«, sagte Jeg. »Gemütlich.«

»Jep.« Mir fiel keine andere Antwort ein, also tat ich so, als wäre ich ganz auf meinen Koffer fixiert. Ich machte den

Reißverschluss auf und überlegte, ob ich Jeg den ein oder anderen Nagellack zeigen sollte, den ich mitgebracht hatte.

Aber stattdessen lag etwas ganz anderes oben in meinem Koffer.

Eine Sekunde lang starrte ich völlig ungläubig darauf.

Noch einer?

Ich war so überrascht, dass ich nicht einmal merkte, dass Jeg sich hinter mir näherte.

»Alles klar?« Sie spähte über meine Schulter. »Oh, mein Gott, das ist doch nicht noch einer von diesen unheimlichen Zetteln, oder? Wie der, den du zu Beginn des Jahres bekommen hast?« Sie stieß mich an. »Du hast mir übrigens nie erzählt, was draufgestanden hat.«

Und das werde ich auch nie.

Obwohl sie sich im Augenblick gar nicht so eingebildet aufführte. Und womöglich wäre es ja auch in Ordnung, es jemandem zu erzählen. Vielleicht fiel ihr etwas ein, das Olivia und mir entgangen war. Außerdem stand ich kurz vorm Platzen. Es war einfach zu irrsinnig, dass diese Sache immer noch weiterging.

Schnell las ich die Nachricht einmal für mich durch, dann drehte ich mich zu ihr um. Das war entweder eine grandiose Idee oder ein gewaltiger Fehler.

»Ich habe das ganze Jahr über solche Zettel bekommen. Es stehen nette Sachen drauf. Manchmal bekomme ich einen Auftrag.«

Ich hielt den Zettel hoch, damit sie ihn lesen konnte:

Ich wünsche dir eine schöne Reise,
Elyse! Du hast hart gearbeitet und
hast es verdient, jede Minute zu
genießen.
Denk daran, es wird immer jemanden
geben, der dir etwas Schlechtes
sagen wird. Aber kannst du dich an
all das Gute erinnern? Und wie gut
DU BIST?

»Olivia und ich glauben, dass Mr Todd dahintersteckt«, sagte ich, als sie zu Ende gelesen hatte.

Ausnahmsweise war Jeg vollkommen sprachlos. »Oh … ähm …«, begann sie, wurde aber unterbrochen, als die Tür zu unserem Zimmer aufgerissen wurde.

Es war Miss Sigafiss, die in ihrem langen, dunklen Wintermantel aussah wie ein Bär. Bären konnte man allerdings aussperren, *sie* leider nicht.

»Unsere erste Aktivität beginnt in zwei Minuten«, knurrte sie.

Jeg und ich schauten einander an und lächelten.

»Oh Mann«, flüsterte sie mir zu, als wir Miss Sigafiss durch die Tür folgten.

Und damit hatte sie wirklich recht.

Jeg und ich teilten zum ersten Mal seit Monaten wieder ein Geheimnis.

Und das fühlte sich richtig, richtig gut an.

28

Gesichtsfrost

Draußen hatten sich alle um einen hohen, silbernen Fahnenmast versammelt. Abgesehen von den Dutzenden kleinen Hütten, die in der Gegend verstreut waren, gab es hier keinerlei Häuser – nur freies Gelände, bedeckt mit fluffigem Schnee. Wenn ich bessere Laune gehabt hätte, wäre ich bestimmt begeistert gewesen. Es hätte mich an die perfekten, weißen Winterlandschaften aus den Schneekugeln und Filmen wie *Frosty, der Schneemann* erinnert.

»Also gut, Leute.« Mr Todd stellte sich vor uns auf. »Willkommen zu unserem großen Minnesota-Abenteuer! Wir haben für euch jede Menge tolle Aktivitäten geplant an diesem Wochenende. Aber unsere erste Aktivität soll euch unsere Junior-Reiseleiterin erklären.«

Alle jubelten wie verrückt, nur Läster-Ami nicht. Sie verzog das Gesicht, als hätte ihr jemand gesagt, dass sie nie wieder shoppen gehen dürfe. Ein kleines Lächeln huschte über meine Lippen und mein Fußgelenk fühlte sich wieder wie ein Fußgelenk an und nicht wie ein einziger großer Mückenstich. Angefeuert von der allgemeinen Begeisterung, eilte ich an Mr Todds Seite. Auch wenn keiner wirklich glaubte, dass ich das schaffen würde – hier war ich nun und legte los.

»Hi«, sagte ich. »Ähm …«

»Sprich lauter, Schätzchen!«, rief Mom, und wahrscheinlich konnte jedes einzelne Tier im Wald *ihre* Stimme hören.

Ich warf ihr einen bösen Blick zu.

Nun schauten mich alle besonders erwartungsvoll an.

»Na, komm, Elyse!« Jeg fing an zu applaudieren und alle anderen stimmten mit ein.

Okay. Ich schaffe das.

»Wir werden auf eine Schnitzeljagd gehen«, sagte ich mit lauterer Stimme. »Der Camp-Ranger hat überall auf dem Gelände Spuren versteckt. Ihr werdet mit einem Partner zusammenarbeiten. Wer es sein wird, entscheidet das Los. Ihr müsst den Spuren folgen, und wer zuerst zurückkommt, hat gewonnen. Oh, und …« Ich lächelte. »Ihr dürft nur ein Funkgerät mitnehmen für den Notfall, ein bisschen Proviant, einen Kompass und eine Wasserflasche. Das war's. Kein Handy.«

Alle stöhnten. Ich hatte gewusst, dass sie diesen Teil hassen würden.

»Wie sollen wir denn ohne Handy wissen, wo wir sind?«, jammerte Läster-Ami. Sie hatte bei unseren Sitzungen offensichtlich nicht aufgepasst.

»Darf ich vorstellen? Dein Kompass«, sagte Miss Sigafiss und drückte ihr das kleine Gerät direkt in die Hand. »So hieß Google Maps früher.«

Läster-Ami schmollte und ich musste ein Kichern unterdrücken. Wer hätte gedacht, dass Miss Sigafiss so schlagfertig war?

Mr Todd holte einen blauen Baseballhelm hervor, der mit kleinen Zetteln gefüllt war.

»Hier stehen all eure Namen«, sagte er. »Viel Glück! Liam, warum beginnen wir nicht mit dir?«

Einige der Jungs feuerten Liam an, der leise aufstöhnte. Jeg flüsterte ihm etwas ins Ohr und dann warfen sie mir beide einen Blick zu. Sie erzählte ihm doch nicht etwa von den blauen Zetteln, oder? Ich hätte wissen sollen, dass Jeg meine Geheimnisse nicht mehr für sich behalten konnte (oder wollte). Sie klammerte sich an ihn, als solle er an Alligatoren verfüttert werden, aber schließlich machte er sich los und näherte sich dem Helm. Ich hätte die Hand des *netten* Andy niemals so festgehalten, selbst wenn wirklich Alligatoren auf ihn gewartet hätten.

Nun fuhr Liams Arm in den Helm. Der Arm, mit dem er sein albernes Yoga im Bus ausgeführt hatte, derselbe, der früher einmal auf meiner Schulter gelegen hatte. Der Arm, der zu der Hand führte, die ich nie hatte halten dürfen.

Es ist verrückt. Man sollte meinen, es wäre überhaupt nichts Besonderes, Händchen zu halten. Aber stattdessen ist es so viel leichter, bloß jemandem den Arm um die Schultern zu legen. Vielleicht hatte ich von Romantik einfach keine Ahnung.

Er holte einen kleinen blauen Zettel hervor und starrte ihn eine Sekunde lang groß an, bevor er etwas sagte.

»Elyse.« Er klang so niedergeschlagen, als sei sein Alligatorentod nun wirklich beschlossene Sache. Aber nein: Für Alligatoren hatte ich bei der Planung nicht gesorgt. Moment mal. Hatte er Elyse gesagt?

Oh-oh.

»Na los!« Olivia schob mich vor und schaute mich aufmunternd an.

»Viel Glück!« Mr Todd reichte mir einen kleinen blauen Zettel, auf dem vermutlich unser erster Hinweis stand.

»Also, bringen wir's hinter uns?« Liam kam auf mich zu und seine Haare wehten im Wind. »Die Wildnis wartet.«

»Ja, gut«, entgegnete ich und faltete den Zettel auseinander. Vielleicht konnte ich einfach so tun, als wäre er gar nicht da. Dann musste ich nicht darüber nachdenken, dass ich ihn gleichzeitig mochte und hasste und dass mich diese Mischung völlig durcheinanderbrachte. Vielleicht konnte ich ja trotzdem Spaß haben. Irgendwie.

Folgt dem Schnee achthundert Schritte weit
und haltet euch genau westlich.
Wendet euch nach rechts, schaut auf.
Werdet ihr diesen Test bestehen?

»Ich dachte, Tests gibt's nur in der Schule«, sagte ich mit wackliger Stimme. So langsam bereute ich unsere Entscheidung, dass die Lehrer die Hinweise für die Schnitzeljagd schreiben sollten. Meine Achseln waren nass, und selbst die ungefähr neunundzwanzig Stofflagen, die ich trug, hielten den Schweiß nicht im Zaum. Liam machte die Sache auch nicht leichter, indem er mir ein gequältes Lachen zuwarf.

»Na los«, sagte er und schaute mich an, als wäre *ich* die Verrücktere von uns.

Wir begannen, uns von der Gruppe zu entfernen, was keine leichte Aufgabe war. Der Schnee reichte uns bis zu den Knien und jeder Schritt war mühevoll.

»Gehen wir in die richtige Richtung?«, fragte ich.

Liam starrte den Kompass an, als würde er erwarten, dass das Ding jeden Moment ein Kunststück aufführte. »Jep.«

»Okay.«

Ich watete hinter ihm her. Bei seinen langen Beinen war es schwer zu sagen, ob er absichtlich vorausging oder ob es ihm einfach passierte. Ich beeilte mich, um nicht den Anschluss zu verlieren, aber es war nicht leicht.

»Geh langsamer!«, keuchte ich.

Er hörte nicht auf mich.

»Liam! Hallo! Ich rede mit dir!«

»Ich will den Hinweis finden«, murmelte er.

»Und was, glaubst du, habe *ich* vor? Kuchen backen?«

Er schnaufte und marschierte weiter. Es schneite jetzt ziemlich stark. Ich fing ein paar Flocken mit der Zunge. Es war bestimmt klug, für ausreichend Flüssigkeitszufuhr zu sorgen, schließlich sah es ganz so aus, als stünde mir ein Marathonlauf bevor, wenn ich mit meinem Partner mithalten wollte.

»Ganz im Ernst, kannst du langsamer gehen? Bitte? Ich

bin hier diejenige, die sauer sein sollte. Aber ich bin ganz schlecht im Sauersein, also hast du nichts zu befürchten.«

»Ist mir egal, ob du sauer bist«, sagte er und wickelte sich seinen dicken, braunen Schal fester um den Hals.

»Was dann? Was ist los mit dir? Warum benimmst du dich so?«

»So bin ich halt«, sagte er. »Tut mir leid, wenn's dich nervt. Jeg scheint es nicht so viel auszumachen. Vielen Dank dafür.«

Ich hatte keine Ahnung, was er meinte. Vielleicht hatte ich ihn falsch verstanden. Er war mir schließlich ein großes Stück voraus. Ich folgte ihm, so gut ich konnte, aber es wurde immer schwerer, weil der Schnee schneller und schneller herabgestöbert kam. Außerdem war immer noch kein Hinweis zu sehen.

Genau genommen, war so gut wie *nichts mehr* zu sehen.

»Bist du dir sicher, dass du weißt, wo wir hingehen?«, fragte ich.

Dann dachte ich noch einmal über seine Worte nach. Es hatte sich eindeutig so angehört, als hätte er sich bei mir bedankt. Aber das ergab doch keinen Sinn. Ich musste wieder an Jegs Party denken. Da hatte er mir auch gedankt. Entweder stand er ganz plötzlich total auf Höflichkeit oder es spielte sich hier irgendwas völlig Abgefahrenes ab.

»Warte. Warum hast du mir gedankt?«

»Weil du es möglich gemacht hast.« Endlich blieb er stehen und schaute mir direkt in die Augen. Sein normalerweise so blasses Gesicht war leicht gerötet, doch seine

Augen hatten dasselbe grünliche Braun wie immer. Wenn überhaupt, schienen sie im Kontrast zum grauen Himmel nur noch etwas heller zu leuchten.

Der Schnee fiel und fiel und es wurde immer schummriger. Die hübschen Flocken von eben hatten sich in harte, wütende Brocken verwandelt. Ich zitterte in meinen neunundzwanzig Stoffschichten. Das Wetter schlug um und wurde definitiv nicht angenehmer.

»Was meinst du damit, ich hätte es möglich gemacht? Wovon redest du überhaupt?«

»Du hast doch getan, was ich gesagt habe, oder nicht?«, fragte er. »Was ich auf den Zettel geschrieben habe.«

»Was für ein Zettel?« Es traf mich wie ein Schneeball, der mit voller Wucht gegen meinen Kopf geschleudert wurde. Ich blieb wie angewurzelt stehen.

Das war unmöglich.

Die Zettel stammten doch von Mr Todd. Sie waren auf seinem blauen Lieblingspapier geschrieben. Er hatte die Nachricht aufgehoben, die ich als Köder hatte fallen lassen. Er war den Flur hinuntergestürmt. Sie *mussten* von ihm sein. Es gab doch Beweise!

Es sei denn – es sei denn, Liam besaß auch blaue Papierbögen. Nicht alle blauen Zettel der Welt gehörten Mr Todd.

Und Mr Todd konnte den Köder auch nur deshalb aufgehoben haben, weil er einfach der Typ war, der Müll vom Boden aufhob und entsorgte, wie Olivia gesagt hatte. Es *war* vollkommen verrückt, dass er mich aufgefordert hatte,

Jeg und Kevin auseinanderzubringen. Diese eine Nachricht hatte mir von Anfang an Bauchschmerzen bereitet.

Mein ganzer Körper fühlte sich hohl an, als hätte jemand mit dem Staubsauger alle Luft herausgesaugt. Es war, als würde Liam noch einmal mit mir Schluss machen.

»Die Nachricht, die ich dir geschrieben habe.« Er lachte, dann drehte er sich um und ging weiter. »In der ich dir gesagt habe, dass du Jeg und Kevin auseinanderbringen sollst. Und jetzt sieh dich an: Du bist Junior-Reiseleiterin. Und ich gehe mit dem coolsten Mädchen der Schule. Ich bin endlich beliebt. Wir haben beide bekommen, was wir wollten. Wir haben beide gewonnen.«

Ich konnte es nicht glauben. Wie konnte er so etwas tun?

»Du hast die Nachricht in der Cafeteria fallen lassen?«, fragte ich. »Warum da? Warum in dem Moment?«

»Keine Ahnung.« Er zuckte mit den Schultern. »Hatte den Zettel schon seit Ewigkeiten in der Tasche. Du warst in der Nähe, und ich dachte, es wäre 'ne gute Gelegenheit.«

»Aber was ist mit den anderen?«, fragte ich.

»Mit welchen anderen?«

Mein Bauch schien sich völlig zu verknoten, als mir etwas einfiel, über das ich viel nachgedacht hatte – wie der Zettel mit der Trennungsaufgabe ausgesehen hatte. Es war ein Post-it gewesen und kein normaler Papierbogen und es war die einzige handgeschriebene, nicht ausgedruckte Nachricht gewesen.

»Die anderen Nachrichten. Es waren doch so viele.«

»Ach ja, stimmt. Die. Die waren nicht von mir. Ich habe

nur eine an deinem Schließfach kleben sehen und gelesen. Da ist mir die Idee gekommen.« Er lächelte, als wäre er ziemlich stolz auf sich.

Keiner von uns sagte ein Wort. Liam schaute auf den Schnee.

»Weißt du, wer die anderen geschrieben hat? War es Mr Todd?«

»Keine Ahnung«, sagte er. »Ich hab keinen gesehen, nur die Zettel. Aber ich glaube nicht, dass Mr Todd so was machen würde. Passt nicht zu ihm.«

Wir blieben einen weiteren Moment stumm stehen, schauten beide zu Boden.

»Also ... willst du dich jetzt entschuldigen, oder so?«, fragte ich.

Aber er hörte nicht zu. Er musterte den Kompass in seiner Hand. Seine Schultern hoben und senkten sich angestrengt. Er schien sich Sorgen zu machen.

»Ich glaube, wir sind falsch gelaufen«, sagte er und schluckte.

»Wir haben ein Funkgerät.« Ich bekam nur ein Flüstern heraus. »Wir können die Lehrer rufen, die werden uns helfen.«

Der Himmel war nun pechschwarz. Die anderen Teams waren vermutlich bereits mit all ihren Hinweisen im Schlepptau auf dem Weg zurück oder machten sich schon für ein großartiges Abendessen mit gegrillten Käse-Sandwiches und Tomatensuppe und Dreifach-Schoko-Cupcakes zum Nachtisch bereit. (Meine Idee, herzlichen Dank – damit war übrigens selbst Läster-Ami einverstanden gewesen.)

Die anderen Teams hatten vermutlich auch einfach ihr Gehirn eingeschaltet und waren nicht bloß blindlings irgendwelchen Typen hinterhergelaufen, die groß waren und süß und Augen wie kleine Kiwis hatten und mit ihrem dicken Schal und ihren Wanderstiefeln und Daunenjacken aussahen wie echte Nordpol-Entdecker. Typen, die behauptet hatten, sie würden wissen, wo's langgeht.

Wut kochte in mir hoch. *Wie konnte er nur?*

Aber noch wütender als auf Liam war ich auf mich selbst – dafür, dass ich ihm vertraut und ihn gemocht hatte. Dass ich seiner Nachricht gefolgt war, obwohl es sich von Anfang an falsch angefühlt hatte.

Ich schaute auf und stellte fest, dass Liam nirgendwo zu sehen war. Der dunkle Himmel hatte ihn vollständig verschluckt mitsamt seinen schicken Wanderstiefeln.

»Liam?«, rief ich, bekam aber keine Antwort.

Ein Schaudern lief mir über den Rücken, und nicht nur, weil es eiskalt war. Mein Herz klopfte wie wild und trotz der Kälte brach mir am ganzen Körper der Schweiß aus.

»Liam?«, brüllte ich erneut, diesmal lauter. Dann noch einmal: »LIAM!«

Nichts.

Es wurde immer dunkler und dunkler. Der Schnee stürmte herunter und selbst mit hundert Zungen hätte ich niemals alle Flocken auffangen und mir freie Sicht verschaffen können. Ganz gleich, in welche Richtung ich mich wandte, es war, als würde ich in einen wütenden Marshmallow starren.

Wieder schauderte ich und Gedanken an flauschige Strümpfe schossen mir durch den Kopf. Würde ich meine grünen Kniestrümpfe jemals wiedersehen? Würde ich überhaupt jemals wieder etwas anderes sehen als Schnee?

Ich konnte nichts dagegen tun; ich fing an zu weinen. Aber selbst das klappte nicht, denn sobald die Tränen auf meine Wangen gefallen waren, froren sie ein. *Gesichtsfrost*. Es klang eigentlich ganz lustig, aber ich hatte zu große Angst und war zu verzweifelt, um über mein neues Wort zu lachen.

»Okay. Alles wird gut.« Ich bibberte bei jeder Silbe, während ich mir Mut zusprach. »Es ist kalt und dunkel und unheimlich, und du hast die ganzen Outdoor-Sachen nicht dabei, aber dir wird nichts passieren. Du musst einfach nur den Weg zurückgehen, den du gekommen bist.«

Bloß sahen alle Wege gleich aus. Selbst wenn ich noch gewusst hätte, aus welcher Richtung ich gekommen war, ich hätte den Weg nicht wiedererkannt, schließlich hatte ich immer nur Liams dicke, braune Jacke angestarrt.

Ich fuhr mit einem eiskalten Finger über das **UNGEWOLLT**. Selbst durch neunundzwanzig Stoffschichten schafften es die Buchstaben, zu jucken wie Ausschlag aus der Hölle. Ich stieß ein lautes Wimmern aus. Meine Beine pochten und der ganze Rest meines Körpers fühlte sich schwer und leer zugleich an. Was hätte ich in diesem Augenblick nicht alles gegeben für etwas von Moms fiesem

Anti-Juckreiz-Glibber? Ich hatte Hunger, Durst, war müde und absolut und total allein.

Ausnahmsweise hasste ich die Stille. Sie machte mir erschreckend deutlich, dass niemand kam, um mich zu retten.

»Hilfe!«, schrie ich, so laut ich konnte. Ich stellte mir vor, wie der Schnee sarkastisch antwortete: *Na, viel Glück damit.*

Ich war Liam immer egal gewesen. Er hatte sich bloß an Jeg heranmachen wollen.

Nur Leuten wie dem *netten* Andy lag ich wirklich am Herzen.

Leute wie Liam würden mich niemals mögen. Niemals.

Und warum sollten sie auch? Gut, ich war Junior-Reiseleiterin, aber Mom und Mr Todd glaubten ja auch nicht, dass ich der Aufgabe gewachsen war.

Und sie hatten recht.

Ich brach wieder in Tränen aus und diesmal war mir auch der Gesichtsfrost egal.

An Ort und Stelle ließ ich mich in den Schnee fallen. Sofort fror mir der Hintern ein. Der Schnee drang durch meine Schneehose und vermutlich auch noch durch die Jeans darunter und vielleicht sogar durch meine Unterwäsche.

Es war wirklich strunzdumm, sich hier hinzusetzen.

Ich weinte noch mehr.

Alles, was ich machte, war **strunzdumm**.

Das Wort bildete sich, ich spürte genau, wie es auf meiner Haut Formen annahm, aber es war mir völlig egal. Als es mich zu stechen begann, stach ich mit meinen Fingern zurück, wodurch nur alles noch mehr juckte.

Eine Weile saß ich bloß da wie ein nasser Sack. Kratzte mein Bein. Heulte. Fühlte mich wie die größte Versagerin in der gesamten Versager-Geschichte.

Nach einem Weilchen wurde der Wind etwas schwächer, und der Schnee trieb nicht mehr so dicht, wurde wieder flockiger. Ich zwang mich, aufzustehen, und dann klopfte ich so viel Schnee wie möglich von meinem kalten, nassen Körper herunter.

Ich würde mich bewegen müssen. Ich musste es versuchen. Für immer hier an derselben Stelle zu bleiben, würde sicher nichts bringen.

Ich blickte zum dunklen, dunstigen Himmel hinauf. In Erdkunde hatten wir über den Polarstern gesprochen und wie man sich an ihm orientieren kann, wenn man sich verlaufen hat.

Wir hatten damals allerdings nicht geklärt, was man tat, wenn das Wetter zu schlecht war, um ihn zu erkennen. Ganz toll, Schneesturm, super Aktion.

Ein gewaltiger Windstoß fegte mir ins Gesicht, sodass mir das Haar um den Kopf wehte. Vorhin hatte der Wind auch schon geweht, aber auf die nette Art, als wollte er mir bloß auf den Rücken klopfen und mich vorwärtstreiben.

Moment! Das war es!

Wenn Liam und ich Richtung Westen aufgebrochen waren und mir kein Wind ins Gesicht geweht war, er jetzt aber von vorne kam, musste ich mich umgedreht haben. Das hieß, dass ich in die richtige Richtung blickte. Um zurückzukommen, musste ich dem Wind entgegengehen. Was ziemlich schrecklich war, aber nicht mal ansatzweise so schrecklich wie verlassen zu werden.

Als ich einen Schritt nach dem anderen machte, dachte ich daran zurück, was Liam mir erzählt hatte. Dass er nur einen Zettel geschrieben hatte, nachdem er von jemand anderem – *nicht von Mr Todd*, seiner Meinung nach – auf die Idee gebracht worden war.

So langsam glaubte ich es auch. Die Nachrichten passten nicht wirklich zum Rektor. Und wenn das stimmte, bedeutete das, dass es dort draußen jemanden geben musste, der wirklich gewollt hatte, dass ich Junior-Reiseleiterin werde. Der trotz aller Widerstände geglaubt hatte, dass ich es schaffen könnte. Dass ich alles schaffen konnte.

Und diese Person ließ ich gerade im Stich.

Ich ließ *mich selbst* im Stich.

Dabei hatte ich mich doch bis jetzt als Reiseleiterin ziemlich gut geschlagen. Ich hatte bei den Sitzungen die Verantwortung übernommen. Ich hatte jede Menge Details in meinem schicken Reiseleiter-Ordner festgehalten, um nichts zu vergessen. Ich hatte tolle Aktivitäten organisiert. Und vor zwei Wochen hatte Mr Todd endlich mein Bild in das leere Poster mit dem Fragezeichen eingefügt und sofort hatten die anderen Komplimente daraufgeschrieben.

Vielleicht hatten sie das ja nicht bloß getan, weil ich den Job bekommen hatte oder weil sie wollten, dass ich mir ihre Ideen anhörte. Vielleicht meinten sie die Komplimente ernst. Ich hatte sie doch verdient, oder nicht?

»Du hast eine tolle Reise geplant«, sagte ich laut vor mich hin. Es hörte mich ja keiner, abgesehen von den schneebedeckten Bäumen, und die würden es niemandem weitererzählen. »Es ist sehr tapfer von dir, in einem Zimmer mit Jeg zu bleiben und Mom nicht zu erlauben, Mr Todd um eine Änderung zu bitten. Du bist nett zu Menschen, selbst wenn sie nicht nett zu dir sind. Und in deiner Schneeausrüstung siehst du ziemlich niedlich aus, auch wenn sie dir das Gefühl gibt, total aufgequollen zu sein.«

Ich machte größere Schritte, während ich mit mir selber redete, und es ging mir schon besser, als sich **TAPFER**, **NETT** und **NIEDLICH** bildeten und der Juckreiz abnahm. Ich watete weiter, machte einen Schritt nach dem anderen, und irgendwann hörte ich undeutlich Stimmen in der Ferne. Ich konnte sie nicht verstehen, aber sie waren eindeutig da. Ich atmete erleichtert auf. Ich ging in die richtige Richtung. *Heilige. High. Heels.*

Ich trabte weiter auf die Stimmen zu und musste daran denken, wie Mr Todd mir damals von seinem Haarproblem erzählt hatte.

Was hatte er gesagt?

Es ist nicht wirklich schön, Elyse. Es ist ziemlich oft peinlich.

Er bekam sein Haarproblem nicht in den Griff.

Und ich hatte Worte auf meiner Haut.

Und manchmal waren es schlimme Worte.

Und dann dachte ich plötzlich: Na und?

Ich bewegte mich weiter auf die Stimmen zu, und als ich sah, dass ich es irgendwie geschafft hatte, ganz allein den Weg zurück zum Camp zu finden, hörte beinahe das gesamte Jucken auf. Ich hatte es geschafft. Ich, Elyse. Ohne Hilfe, ohne Handy, ohne blaue Zettel, ohne einen Jungen, ohne Freunde. Ich ganz allein.

Statt des Juckens spürte ich etwas anderes, etwas Außergewöhnliches. Ich wusste nicht, was es war, aber ich wünschte, es würde nie mehr aufhören.

Ein Energieschub wirbelte durch meinen gesamten Körper, und ich merkte gar nicht mehr, dass meine gesamte Kleidung klitschnass war. Ich lächelte durch klappernde Zähne und begann, durch die riesigen Schneehügel zu rennen – zu rennen! –, immer weiter auf die Stimmen zu.

Bald konnte ich einzelne Worte verstehen, also sprintete ich mit letzter Kraft auf sie zu. Ich würde es schaffen. Ich war so weit gekommen und nun war ich beinahe am Ziel.

Mit einem letzten Anstoß kämpfte ich mich an einigen Bäumen vorbei und fand mich unmittelbar vor dem Fahnenmast wieder – ein Anblick, der noch vor wenigen Stunden völlig normal für mich gewesen war. Jetzt war dies der beste, grandioseste Fahnenmast, den ich in meinem ganzen Leben erblickt hatte. Ich umarmte ihn so fest ich konnte.

»Elyse!« Moms Augen waren rot und geschwollen und

auch sie hatte Gesichtsfrost. Und wie! Sie umarmte mich, und ich ließ mich in ihre Wärme hineinfallen und seufzte, und es war mir völlig egal, wer das sah oder was die anderen dachten.

Ich hatte den richtigen Weg gefunden.

29

Glücklich

Als ich mich aus der Umarmung löste, sah ich überall um mich herum Erwachsene, die in Funkgeräte brüllten und Nachrichten in ihre Handys tippten, als stünden ihre Finger in Flammen.

»Sie ist okay«, hörte ich jemanden sagen. »Sie ist zurück!« Es war schön, zu wissen, dass sie sich alle Sorgen um mich gemacht hatten, aber ich konnte nur an einen Menschen denken – an Liam.

Er stand da und starrte mich mit weit offenem Mund an. War er überrascht, mich zu sehen? Was hatte er erwartet? Dass ich für immer da draußen darauf warten würde, dass er kam und mich rettete? Dass ich mich in einen menschlichen Eiswürfel verwandeln und den Rest meines Lebens in der Wildnis von Minnesota herumstehen würde?

Jeg, Olivia, Hannah und Hannah kamen mir entgegengerannt. Sie hatten jede Menge gegrillte Käsesandwiches und Cupcakes bei sich.

»Wir haben uns solche Sorgen gemacht!«, sagte Hannah Z. Sie reichte mir einen der wundervollen, warmen Kuchen.

»Das ist ganz reizend von euch, aber ich glaube, Elyse braucht jetzt erst einmal eine warme Decke«, wandte Mr Todd ein.

»Nein, nein, Cupcakes tun's auch«, bibberte ich, und alle lachten laut.

»Ich sehe schon, das schlimme Erlebnis hat deinem Sinn für Humor nicht geschadet!«, kicherte Mr Todd. »Aber ganz im Ernst, Elyse, geht's dir gut? Wir haben uns große Sorgen gemacht. Deine Mom war kurz davor, die Polizei zu alarmieren. Was ist denn passiert?«

»Ich bin okay«, sagte ich. Ich kuschelte mich wieder in Moms Arme. »Und eigentlich weiß ich gar nicht, was passiert ist … Ich nehme an, ich bin einfach ein bisschen vom Kurs abgekommen. Mein Partner war nicht so gut darin, den Kompass mit mir zu teilen. Oder bei mir zu bleiben.«

Mr Todd sah Liam an, und es war klar, dass ihm Ärger drohte. Liam senkte rasch den Blick. »Wir reden später darüber. Und zwar sehr ernsthaft, Liam. Ich organisiere jetzt erst einmal ein paar Decken und du ziehst dich um, Elyse. Dann treffen wir uns alle in der Haupthütte zum Abendessen.«

Mom brachte mich in die Hütte, ohne ein Wort zu sagen. Sie zündete den Kamin an und half mir dabei, eine nasse Klamottenschicht nach der anderen auszuziehen, bis schließlich meine kalte, gerötete Haut zum Vorschein kam.

Sie ging zu ihrer Reisetasche hinüber und holte etwas heraus. Ich machte mich auf eine dicke Schicht Ekelsalbe gefasst. So viele schlimme Worte waren gar nicht mehr übrig, aber Mom würde mich vermutlich trotzdem einschmieren. Aber dann öffnete sie ihre Hände und zeigte mir, was sie mitgebracht hatte: meine flauschigen, grünen Kniestrümpfe!

»Ich dachte, wir sollten sie hierhaben«, sagte Mom. »Nur für den Fall.«

»Danke.« Ich grinste von einem Ohr zum anderen, als ich spürte, wie sich ein neues Wort über meinen gesamten Arm ausbreitete, von der Hand bis hinauf zur Schulter: **GLÜCKLICH**.

Ich zog mir einen Pulli über, schlüpfte in eine Jogginghose und zog mir meine flauschigen Strümpfe an. Als ich endlich in der Haupthütte erschien, hatten die anderen bereits gegessen. Aber alle umringten mich, als ich schließlich drei gegrillte Käsesandwiches, zwei riesige Schüsseln Tomatensuppe (hhhm – *Suppe!*) und zweieinhalb klebrige Schoko-Cupcakes verdrückte. Hey, das hatte ich mir verdient.

»Hattest du Angst?«, fragte Paige.

»Hast du irgendwelche Bären gesehen?«, fragte Kevin.

»Ich wünschte, du hättest mir gesagt, dass du später kommen würdest«, stellte Miss Sigafiss fest. »Ich hätte gern vorher gewusst, dass ich so spät noch mal anfangen muss, neue Käsesandwiches zu grillen.«

»Meine Pläne sahen eigentlich auch anders aus!«, sagte

ich, und alle mussten lachen, sogar Miss Sigafiss. Ich fragte mich, ob ihr Kommentar über die Sandwiches ein Versuch gewesen war, witzig zu sein.

»Rückt Elyse mal nicht ganz so auf die Pelle«, sagte Mr Todd. »Sie hatte einen sehr anstrengenden Abend. Und es wird langsam spät. Ich würde sagen, wir ziehen uns jetzt in unsere Hütten zurück.«

Die anderen machten sich in kleinen Grüppchen davon, bis nur noch Mom und Jeg bei mir waren.

»Du solltest wirklich schlafen gehen, Schätzchen«, sagte Mom. Ihr Arm lag immer noch auf meiner Schulter. Er fühlte sich langsam etwas schwer an. »Sag mir Bescheid, wenn du heute Nacht irgendwas brauchen solltest, okay? Du kannst mich jederzeit wecken. Ich schlafe nur ein paar Hütten entfernt von dir.«

»Okay«, sagte ich. Ich sprang auf und schüttelte ihren Arm ab.

Zu meiner Überraschung nutzte Jeg die Chance und hakte sich bei mir unter, genau so, wie wir es immer getan hatten, als wir noch klein gewesen waren. Und wie sie es das ganze Jahr über mit Läster-Ami getan hatte.

»Ich passe gut auf sie auf, Mrs Everett«, versprach sie.

Dann traten wir ins Freie. Es war kalt, dunkel und windig, aber ich hatte keine Angst. Es war schwer vorstellbar, dass ich vor Kurzem noch ganz allein da draußen gewesen war und nicht gewusst hatte, ob ich jemals wieder ein Käsesandwich essen würde. Es schien alles wahnsinnig lange her zu sein.

Eine Zeit lang hörten wir nur das Knirschen unserer Stiefel im Schnee.

»Weißt du«, sagte ich schließlich, als ich auf ein kleines Stück Eis trat, das unter meinem Fuß zerbrach, »Liam ist nicht wirklich nett. Er hat mich da draußen einfach stehen lassen.«

»Ich weiß«, murmelte Jeg.

»Und irgendwie hatte ich das Gefühl, du hättest ihm von den blauen Zetteln erzählt, bevor wir zu der Schnitzeljagd aufgebrochen sind. Stimmt das?«

»Nein!« Sie zog sich ihren Schal aus dem Gesicht. »Natürlich nicht. Ich habe ihm nur gesagt, dass ich froh bin, dich als Zimmergenossin zu haben. Und dass ich ihn vermissen würde.« Sie errötete. »Es tut mir wirklich leid, Elyse. Dass wir ein Pärchen geworden sind. Ich wollte einfach nur mit einem Jungen zusammen sein. Ami und die anderen haben ja alle feste Freunde und meinten, ich bräuchte auch einen, und er war interessiert. Ich dachte, ich würde für immer mit Kevin zusammenbleiben, aber das war wohl nichts.«

Wir stießen die Tür zu unserer Hütte auf und begannen sofort, unsere Wintersachen auszuziehen und in alle Richtungen von uns zu schmeißen. Die Hitze des Feuers, das Mom vorhin im Kamin angezündet hatte, war unglaublich.

Ich sah, wie sich Jegs Sachen häuften. Ihre Winterklamotten waren ganz anders als die, die sie früher getragen hatte. Als wir klein waren – aber eigentlich bis zum letzten Jahr –, hatte sie die verrücktesten Schneesachen angehabt, die man sich vorstellen konnte: Hosen mit Zebramuster, Regenbogenmäntel, Paillettenfäustlinge – so was.

Aber jetzt waren ihre Klamotten ganz schlicht, völlig normal. Sie passten überhaupt nicht zu Jeg.

Wieder kroch ein komisches Gefühl in mir hoch, und ich wusste, dass ich ihr sagen sollte, welche Rolle ich bei ihrer Trennung von Kevin gespielt hatte. Sie verdiente meine Entschuldigung vielleicht nicht so ganz, aber ich würde es trotzdem tun.

»Jeg«, sagte ich, »es ist eine ziemlich lange Geschichte, aber ich habe Kevin gegenüber erwähnt, dass es vielleicht eine gute Idee wäre, sich von dir zu trennen. Es stand in einer dieser geheimnisvollen Nachrichten, dass ich es tun sollte, aber ich habe selbst die Entscheidung getroffen, und ich möchte, dass du weißt, dass es mir total leidtut.«

Ich erwähnte nicht, dass ich inzwischen sehr genau wusste, wer diese spezielle Nachricht geschrieben hatte. Ich hatte bereits eine ihrer Beziehungen ruiniert, über die aktuelle würde ich kein weiteres Wort verlieren. Ich konnte nur hoffen, dass sie Liam selbst auf die Schliche kam, bevor er sie unglücklich machen konnte.

Ich schlüpfte aus meinem Pulli und warf ihn auf das untere der beiden Betten. Bevor ich es selbst so richtig merkte, trug ich nur noch ein dünnes, dunkelgraues T-Shirt, und sie konnte das riesige **GLÜCKLICH** sehen, das sich meinen Arm hinunterwand. Ich wusste selbst nicht, warum, aber es machte mir nichts aus.

»Wow«, sagte Jeg und schaute mich an. Vielleicht lag es

an den seltsamen Schatten hier in der Hütte, aber ich hätte schwören können, dass unsere Beste-Freundinnen-Kette unter ihrem Shirt steckte.

Sie wandte sich von mir ab, zog sich ihren Schlafanzug an und kletterte auf das obere Bett. »Ich habe deine Worte ’ne ganze Weile nicht gesehen. Du siehst echt cool aus!« Dann seufzte sie. »Es ist okay, El. Ich habe Kevin selbst gesagt, dass ich Pierre geküsst habe, und deshalb hat er mit mir Schluss gemacht. Es hatte mit dir nichts zu tun. Allerdings ist es echt merkwürdig, dass Mr Todd dich mit einem Zettel dazu auffordert. Was schert es den Rektor, wer mit wem geht?«

»Keine Ahnung«, sagte ich. »Vielleicht wäre er lieber Partnervermittler als Schulrektor.«

Jeg kicherte. »Er könnte ja seine eigene Fernsehshow kriegen: Middle-School-Herzblatt.«

Ich lachte und atmete glücklich ein. Ich war immer noch nicht Jegs größter Fan, aber es war doch schön zu wissen, dass sie nicht sauer auf mich war. Vielleicht sagte sie anschließend noch was, aber ich bekam nichts mehr mit, denn kaum hatte mein Kopf das Kissen berührt, schlief ich auch schon ein.

Nachdem ich mein Abenteuer bei der Schnitzeljagd überlebt hatte, waren alle ganz besonders nett zu mir. Jeg lud mich ein, mit ihr und den anderen Kreischmädchen beim Frühstück zusammenzusitzen. Und als Läster-Ami zu Hannah B. am Nebentisch hinüberschaute und uns fragte: »Glaubt ihr, dass sie den BH trägt, weil sie ihn braucht oder weil sie gerne einen brauchen würde?«, wandte sich Jeg ganz höflich mir zu: »Was meinst du denn, Elyse?«

Ich hatte keine Ahnung und ich wollte nichts Gemeines über Hannah sagen. Also lächelte ich nur kurz und zuckte mit den Schultern. Aber das schien genau die richtige Reaktion zu sein, denn Läster-Ami sagte: »Ja, ganz genau«, und dann lächelten mich alle an, als würde ich mich ziemlich gut anstellen.

Dann verbrachte ich Zeit mit Hannah, Hannah und Olivia, was gut war, weil ich einfach eine Weile entspannen und über ganz normale Sachen wie Cupcakes und Bücher reden konnte und mir keine Sorgen machen musste, ob ich die richtigen Antworten gab oder nicht.

Danach saß ich eine Weile ganz für mich allein am Kamin. Ich schlich mich nicht heimlich davon, wie sonst so oft in der Mittagspause, sondern sagte den anderen einfach, dass ich ein wenig allein sein wollte, und sie meinten, das sei okay. Ich weiß immer noch nicht, ob sie mich komisch fanden oder nicht. Vielleicht schon. Aber das war eben ihre Meinung, nicht meine.

Diese Gedanken fühlten sich gut an.

Dann, als wir das Vertrauensspiel spielten, bei dem man sich fallen lassen musste, stritten sich die anderen tatsächlich darum, wer mein Partner sein durfte. Ich wählte den *netten* Andy.

»Du bist so toll und so cool!«, sagte er, bevor er sich in meine Arme fallen ließ.

»Danke«, sagte ich. Dann fing ich ihn auf, machte »Uff!« und stolperte ein wenig nach hinten (okay, eigentlich ganz schön weit). **TOLL** und **COOL** standen immer noch auf meinen Armen, und dort schienen sie auch zu bleiben, ob er sie nun wiederholte oder nicht.

Nach dem Vertrauensspiel machte Mr Todd eine Riesenaktion daraus, mir vor allen anderen mein offizielles Exkursionsleiter-Poster zu verleihen. Es war seltsam – das Poster war mir immer so wichtig vorgekommen, aber nun hatte ich es fast vergessen, bis er es entrollte und in der Luft schwenkte wie eine große Fahne.

Und da war es nun. Mein Gesicht. Umgeben von all den wunderbaren Worten, nach denen ich mich so gesehnt hatte. **WITZIG**. **CLEVER**. **HILFSBEREIT**. **FREUNDLICH**. **KREATIV**. **GUT ORGANISIERT**. **SUPER JOB**. So ging es ewig weiter.

Das Poster sah genauso aus, wie ich es mir erhofft hatte, aber etwas verwirrte mich daran. All diese Worte, diese tollen Eigenschaften, die mir der Job als Junior-Reiseleiterin verschaffen sollte – nun ja, hatte ich nicht viele davon schon vorher gehabt?

Also, ohne mich selbst aufspielen zu wollen, hatte ich sie nicht eigentlich alle vorher schon gehabt?

Ich lächelte und ließ mir von Mr Todd das Poster aushändigen, während alle anderen applaudierten. Plötzlich kam mir alles so offensichtlich vor: Die mysteriösen Zettel, das Junior-Reiseleiterin-Sein – das war toll, aber all das verwandelte mich nicht von Zauberhand in das Mädchen auf dem Poster, um dessen Kopf die Komplimente kreisten. Sie war der Mensch, der ich immer gewesen war. Alles andere half mir nur dabei, es selbst zu merken.

Und mit dem Poster unter dem Arm und all den Worten im Kopf wusste ich, dass ich es nie vergessen würde.

»Ich wünschte, ich hätte so ein Poster«, sagte Läster-Ami mit leiser Stimme, als der Applaus langsam schwächer wurde. Ich warf ihr über die Schulter einen Blick zu und stellte fest, dass sie es bloß vor sich hin gesprochen hatte. Sie senkte den Blick und schaute niemanden an. Sie sah nicht mal annähernd so cool aus wie normalerweise, wenn sie von allen anderen umgeben war. Jetzt sah sie eigentlich ganz normal aus. Und ein wenig traurig.

Sie sah aus wie ein Mädchen, das dringend ein paar Komplimente gebrauchen konnte.

Ich flüsterte Mr Todd etwas zu und er nickte. Dann verschwand er für eine Minute in einer der Hütten und kehrte mit einem Haufen Stifte und einem dicken Stapel blauer Papierbögen zurück.

»Eine ganz spontane neue Aktivitätsidee von unserer Junior-Reiseleiterin«, rief er.

Nachdem sich alle an die Picknicktische gesetzt hatten, erklärte ich meinen Plan. Ich konnte selbst gar nicht fassen, dass ich solch einen Geistesblitz gehabt hatte und mutig genug gewesen war, um ihn Mr Todd vorzuschlagen. Und nun setzten wir ihn auch schon um.

Zehn Minuten später waren wir fertig. Die anderen Poster waren nicht so groß und schick wie meines, aber was auf ihnen stand, war viel wichtiger. Alle schrieben ganz oben ihren Namen auf ihren jeweiligen Papierbogen, ließen ihn auf dem Tisch liegen, und dann gingen alle herum und schrieben Komplimente darauf. Nun besaß jeder sein eigenes Miniposter voller guter Worte von einem ganzen Haufen verschiedener Leute.

Es machte solch einen Spaß, die Ergebnisse zu betrachten, dass ich versehentlich sogar mein eigenes Poster liegen ließ, als es Zeit war, in der Haupthütte eine Stärkung einzunehmen.

Läster-Ami – vielleicht aber auch nur die ganz normale Ami – lief mir nach und reichte es mir.

»Das hast du vergessen«, sagte sie mit einer Stimme, die gar nicht nach Lästern klang.

»Danke«, sagte ich,

»Ja, ich danke dir auch«, sagte sie.

Und dann lächelte sie.

30

Olivia und die Worte

Ich warf einen Blick zu den Erwachsenen hinüber. Sie standen dicht beieinander und sprachen mit leisen, ernsten Stimmen – wie Mom und Dad, wenn sie etwas Wichtiges zu besprechen hatten und nicht wollten, dass ich es mit anhörte.

Nachdem sie eine Weile die Köpfe zusammengesteckt hatten, verkündeten sie, dass wir das Camp einen Tag früher als geplant verlassen würden, weil die Wetterbedingungen weitere Aktivitäten in der Umgebung unmöglich machten. Mir war es ganz recht. Dank Minnesotas Schneechaos verbrachten wir einen ganzen Tag in der *Mall of America*, entsprechend dem Ersatzplan, an dem ich mitgearbeitet hatte. Wir liefen also alle zwischen den Geschäften, dem Freizeitpark, dem Aquarium, dem Kino und den ganzen Restaurants und Cafés hin und her und hatten jede Menge Spaß.

Am Ende dieses langen Tages ruhten Olivia, Hannah, Hannah und ich uns auf einer Bank aus, als mir ein extrem süßer Pulli an einer Schaufensterpuppe auffiel.

»Lasst uns da mal reingehen«, schlug ich vor. Ich nahm mir einen der Pullover vom Stapel neben der Schaufensterpuppe und wir gingen alle gemeinsam in die große Umkleidekabine. Es freute mich so sehr, mit meinen Freundinnen shoppen zu gehen und diesen extrem süßen Pulli anzuprobieren, dass ich keine Sekunde daran dachte, was passieren würde, wenn ich meinen rosafarbenen Kapuzenpulli auszog. Da waren sie – meine Arme – überdeutlich zu sehen im scheußlichen, künstlichen Ladenlicht. *Ups.*

Hannah und Hannah fielen die Kinnladen herunter bis zum Boden. Ich hatte zu viel Spaß gehabt, und überhaupt nicht daran gedacht, vorsichtig zu sein. Hannah und Hannah hatten meine Arme seit beinahe einem Jahr nicht gesehen.

Aber Olivia hatte sie noch nie zu Gesicht bekommen.

Eine Sekunde lang starrte sie sie an, als hätte sie ein Gespenst erblickt oder eine Maus, die quer durchs Geschäft huschte. Ihr Gesicht sah aus, als könne sie sich nicht entscheiden, ob sie schreien oder einfach nur wie erstarrt und mit offenem Mund an Ort und Stelle stehen bleiben sollte.

Ich betrachtete meine Arme. Sie sahen gar nicht schlecht aus. Genau genommen, sahen sie ziemlich grandios aus. **GLÜCKLICH** lief meinen ganzen linken Arm hinunter und **TOLL** und **COOL** teilten sich den Platz auf meinem rechten. Außerdem waren da noch die ganzen Worte von meinem Poster. Ohne angeben zu wollen, hatte ich das Gefühl, noch nie so fantastisch ausgesehen zu haben. Und schon kam auch noch **FANTASTISCH** dazu. Es fühlte sich unglaublich an und juckte kein bisschen.

Endlich begann Olivia zu sprechen. »Sind das Tattoos oder so?«, fragte sie und zeigte mit dem Finger auf die Worte, für den Fall, dass ich nicht verstand, was sie meinte. Klar, als wäre das möglich.

»So in der Art«, erwiderte ich ehrlich. »Es ist eine Art Krankheit, die ich von Geburt an habe. Hat dir nie einer davon erzählt?«

Sie zog ein Gesicht, als würde sie einen viel zu engen Pulli anprobieren. »Na ja, kann schon sein ... Ich weiß nicht. Ich habe Gerüchte gehört, aber ich dachte immer, wenn es wirklich so wäre, hättest du mir längst davon erzählt.«

»Oh.« Jetzt fühlte ich mich schlecht.

Wovor hatte ich solche Angst gehabt? Olivia war ja nicht einfach irgendwer, der keine Ahnung von CAV hatte. Sie war meine *Freundin*. Und zwar meine wirkliche Freundin, die mich nicht für die Kreischmädchen hatte sitzen lassen, obwohl sie das leicht hätte tun können.

»Ich hätte es dir erzählen sollen«, sagte ich. »Es ist so: Immer, wenn jemand etwas besonders Krasses zu mir sagt – oder auch wenn ich selber bestimmte Sachen über mich denke –, tauchen die Worte auf meinen Armen und Beinen auf. Die schönen Worte sind toll, aber die schlimmen jucken wie verrückt.«

»Wow«, sagte sie mit leiser Stimme. Sie starrte mich eine ziemlich lange Zeit an.

»Wow«, sagten auch Hannah und Hannah.

»Elyse«, begann Olivia zögerlich. »Das ist, glaube ich, das Coolste, was ich je gesehen habe.«

»Im Ernst?« Ich trat einen Schritt zurück, damit ich Olivia richtig anschauen konnte. Sie sah aus, als würde sie es tatsächlich ernst meinen, und nicht, als würde sie jeden Moment loslachen und rufen: *Nee, war bloß ein Witz!* Das war also schon mal ein gutes Zeichen.

»Manchmal sind es aber keine so netten Worte wie gerade«, fuhr ich fort. »Manchmal sind sie richtig schlimm.«

»Ich finde sie auf jeden Fall cool«, sagte sie. »Es ist eine ziemliche Überraschung, aber ich finde sie einfach nur grandios.«

GRANDIOS und **COOL** trug ich sowieso schon auf der Haut, aber in diesem Augenblick fühlten sie sich besonders gut an. Ich hatte gar nicht gemerkt, dass ich vor Anspannung die Luft angehalten hatte, und nun atmete ich erleichtert aus. Es tat so gut, sie das sagen zu hören. Ich war **GLÜCKLICH**, und wenn sie meine Freundin bleiben würde, umso glücklicher.

Auf dem Weg zurück zum Bus war Ami wieder ganz die Alte.

»Ich hatte so eine tolle Zeit in der Mall«, kreischte sie derartig laut, dass man sie auch noch im hintersten Winkel von Minnesota hören konnte. »Ich hab mir Hammerklamotten gekauft. Und ich hab mit den coolsten Leuten überhaupt abgehangen. Auch mal schön, keine Freaks um sich herum zu haben.«

Das richtete sich vermutlich gegen mich, aber ich bekam es kaum mit. So ist das, wenn man von seinen eigenen Freunden umgeben ist und von den eigenen glücklichen Gedanken.

Bevor ich selbst so recht wusste, was ich tat, ließ ich Hector, Olivia, Andy, Layla und JaShawn stehen, ging zu Ami hinüber und tippte ihr auf die Schulter.

»Frage«, sagte ich.

Sie verzog das Gesicht, als wäre ihr gerade ein schlimmer Gestank in die Nase gestiegen, aber das beachtete ich nicht weiter.

»Mr Todd hat mir gesagt, ich soll die Musik für die Rückfahrt aussuchen, aber ich bin mir nicht sicher, was gerade angesagt ist. Ich dachte, vielleicht könntest du die Auswahl übernehmen.«

Sie schaute mich einen Augenblick böse an, aber dann wurden ihre Züge weicher. »Na ja, ich weiß natürlich viel besser, was cool ist, als du«, sagte sie.

»Eben.« Ich nickte. »Übernimmst du die Sache?«

»Ja, mach ich«, entgegnete sie.

»Danke.«

Ich wusste, dass sie gerne Komplimente bekam – wer nicht? –, aber manchmal genügten Worte einfach nicht. Worte konnte man lesen und hören, aber man musste sie auch spüren. Mysteriöse Zettel, ein toller Job und ein gefährliches Abenteuer in der Wildnis hatten mir dabei geholfen, meine Worte wirklich zu verstehen. Das konnte ich Ami nicht geben, aber zumindest konnte ich ihr die Verantwortung über die Musikauswahl übertragen.

Als meine Freunde und ich in den Bus einstiegen, schaute ich zu ihr hinüber. Sie sprach mit Mr Todd und dem Busfahrer und dabei grinste sie von einem Ohr zum anderen.

Es war bloß Musik. Aber für sie war es womöglich sehr viel mehr.

31

Albern

Liebe Elyse,

ich bin gerade von unserer Exkursion zurück und sie war fantastisch. Aber kommen wir gleich zur Sache. So viel Zeit hast du nicht mehr in der sechsten Klasse und Folgendes musst du noch tun:

Den Unterricht bei Miss Sigafiss lebend überstehen.
Liam ein für alle Mal auf die Schliche kommen.
Klarere Meinungen über Nagellacke und BHs entwickeln, für den Fall, dass Jeg mich mit ihren Freundinnen zu irgendwas einlädt und ich schwierige Fragen beantworten muss.
Sachen unternehmen. Und vielleicht auch über Sachen nachdenken. Oder über Sachen nachdenken und sie dann nicht machen. Ich glaube, es ist okay, nur die Sachen zu machen, die sich richtig anfühlen.

Rausfinden, wer die anderen Zettel geschrieben hat. Und noch eines: Es könnte sein, dass du mit dem „netten" Andy Schluss machen musst.

Bis später,
März-Elyse

Ich schloss mein Heft und begann, meinen Koffer auszupacken, als Dad mich zu sich nach unten rief.

»Was ist denn los?«, fragte ich.

Dad saß mit gefalteten Händen an unserem großen, braunen Esstisch. Er sah aus, als versuche er, ganz still zu sitzen, aber einige seiner Finger tanzten immer wieder aus der Reihe und klopften gegeneinander.

»Hey.« Er schaute auf. »Tut mir leid, dass ich dich vom Auspacken abhalte. Ich weiß, wie gern du für Ordnung sorgst.«

Wir kicherten beide nervös. Warum war das so unangenehm?

»Also … was gibt's?«

»Ähm …« Dad wackelte mit seinen Daumen. »Mom meinte, ich sollte dir etwas sagen … Nein, ich meine, ich wollte dir etwas sagen … Na ja, dass du auf der Exkursion unter so beängstigenden Umständen die Nerven behalten und dich selbst wieder in Sicherheit gebracht hast … Das war wirklich mutig. Und ich bin sehr stolz auf dich.«

Ich wusste nicht, woran genau es lag, aber Dads Worte sorgten dafür, dass sich mein Lächeln übers ganze Gesicht ausbreitete. Wann hatte Dad das letzte Mal etwas so Großartiges zu mir gesagt? Ähm, *noch nie*.

»Ja, ich bin die geborene Entdeckerin«, sagte ich mit einem kleinen Lachen.

»Ha!« Diesmal kicherte Dad nicht bloß nervös, er musste richtig lachen. Es war *soooo* cool, mit meinem Dad zusammen zu lachen. »Du bist ja total albern«, sagte er. Dann wurde er ganz weiß im Gesicht und schlug sich beide Hände vor den Mund, als hätte er etwas Schreckliches gesagt. Aber als **ALBERN** auf meinem Ellbogen auftauchte, musste ich bloß noch mehr lachen. Es kitzelte wie verrückt!

»Hat dir das nichts ausgemacht?« Dads Augen wurden groß wie Pizzas.

»Nein.« Ich schaute ihn komisch an. »Da hab ich schon schlimmere Sachen hören müssen als *albern*, Dad. Ich bin in der sechsten Klasse.«

Bevor ich wusste, was los war, stand Dad auf und schloss mich fest in seine Arme. Es war die Art von Umarmung, in der man fast keine Luft mehr bekommt, es einem aber gar nichts ausmacht.

Als wir uns schließlich wieder voneinander lösten, fragte ich: »Redest du deshalb nie mit mir über irgendwas Wichtiges? Weil du denkst, dass du mich albern nennst und ich dann tot umfalle?«

Dad lachte, aber sein Gesicht blieb ernst. »Erinnerst du dich noch an das erste Wort, das jemals auf deiner Haut gejuckt hat, Elyse?«

»Klar«, sagte ich. »Kackbirne.«

Er seufzte. »Nein. Das stimmt nicht. Du warst damals erst zwei. Wir spielten zusammen, und du hast versehentlich eine Vase umgeschmissen, die mir viel bedeutet hat, weil sie meiner Mutter gehört hat, deiner Großmutter, die du nie kennengelernt hast. Ich wusste, dass du es nicht absichtlich getan hattest, aber ich war sauer, und in der Hitze des Augenblicks habe ich dich ausgeschimpft und gesagt, du seist der reinste Elefant im Porzellanladen.« Dad atmete tief ein. »Und schon bedeckten die Worte fast deinen gesamten, zwei Jahre alten Arm. Dir ging es ganz schlecht. Du hast geschrien wie am Spieß. Hast dich auf den Boden geworfen, um dich getreten, geheult. Wir haben dich in die Notaufnahme gebracht und sie mussten dir eine Spritze zur Beruhigung geben. Danach bist du dann viel häufiger zu Dr. Patel in die Praxis gegangen. Und ich ... Ich hatte Angst, versehentlich etwas zu dir zu sagen, das dir wehtun würde, du weißt schon, etwas, das dich womöglich bis an dein Lebensende zeichnen würde. Also habe ich beschlossen, lieber überhaupt nicht mehr über allzu ernste oder persönliche Dinge mit dir zu sprechen.« Er kicherte. »Mom versucht mich schon seit Jahren zu einer Therapie zu überreden. Ich weiß nicht. Vielleicht ist es an der Zeit. Ich hasse es, dass du mit mir nur über Staus und das Wetter reden kannst.«

Ich atmete tief ein, während ich all das sacken ließ.

»Du hast mich Elefant im Porzellanladen genannt?« Ich hob in gespielter Empörung meine Augenbrauen.

»Ja.« Dad seufzte.

»Dad … ich *bin* ein Elefant im Porzellanladen. Manchmal bin ich so ungeschickt. Jeder ist das manchmal.«

Dad sah ängstlich aus, aber ich bemühte mich, besonders ruhig zu bleiben. Wir sahen beide zu, wie **ELEFANT IM PORZELLANLADEN** und **UNGESCHICKT** an meiner Schulter aufblühten.

»Mir geht's gut. Siehst du?« Ich lächelte. Der **ELEFANT IM PORZELLANLADEN** und das **UNGESCHICKT** juckten wie kleine Mückenstiche. Nichts, womit ich nicht klargekommen wäre.

Auf Dads Gesicht tauchte ein breites Grinsen auf und er zog mich noch einmal in seine Arme.

»Ich hab dich lieb«, sagte er. »Dafür, dass du so bist, wie du bist und wie du sein wirst. Du bist in jeder Hinsicht wundervoll, Elyse.«

»Danke«, sagte ich. »Du bist auch ziemlich cool.«

Als ich schließlich die Treppe hinaufstieg, sah ich mich noch einmal nach Dad um. Er hatte einen komischen Blick im Gesicht, als hätte er gerade eine ultrakitschige Glückwunschkarte gelesen und wäre kurz davor, vor lauter Freude ein paar Tränen zu verdrücken.

Mir war auch ein bisschen danach.

Als ich in mein Zimmer kam, sah ich, dass der *nette* Andy mir eine SMS geschickt hatte.

Wie geht's, wie steht's? Du sahst so reizend aus heute in der Schule! ☺☺☺

Uhh. Reizend? Ihm gingen wohl so langsam die Komplimente aus, wenn er jetzt schon auf **REIZEND** zurückgreifen musste. Das Wort brach an meinem Handgelenk hervor, direkt zwischen **TOLL** und **COOL**. Es war nett, aber ich brauchte es nicht wirklich. **FANTASTISCH** und **COOL** und **SUPER** genügten mir im Augenblick vollkommen.

32

Operation Laufpass

Am nächsten Tag teilte ich Olivia in der Schule mit, dass ich vorhatte, mich von dem *netten* Andy zu trennen.

»Aber er ist doch so nett!«, wandte sie ein.

»Aber viele Dinge sind nett«, erwiderte ich und zeigte ihr die Liste, die ich extra angelegt hatte, um das zu beweisen.

Dinge, die nett sind neben dem netten Andy:

1. Süßigkeiten
2. Bücher
3. Pflegestifte, die man mit viel Fantasie für echte Lippenstifte halten könnte
4. Flauschige, grüne Strümpfe (und überhaupt alle Strümpfe)
5. Cupcakes
6. Mit den eigenen Eltern lachen
7. Selbst aus der Wildnis von Minnesota herauszufinden
8. Gegrillte Käsesandwiches

9. Miss Sigafiss dazu zu bringen, noch mal Extra-Käsesandwiches zu grillen. Außerdem Suppe. Mmmm, Suppe.
10. Listen

»Wow, das sind ja ziemlich viele Sachen«, sagte Olivia. »Kann ich auch eine Liste schreiben?«

Ich riss einen Bogen Papier aus meinem Block. Einige Minuten später klebten wir Olivias Liste an meine, sodass wir eine Riesenliste bekamen. Auf ihrer stand:

1. Welpen
2. Kätzchen
3. Regentage
4. Sonnentage
5. Sachen, von denen man einen blauen Mund bekommt (Wassereis, Heidelbeeren etc.)
6. Eis
7. Freunde
8. Brüder und Schwestern
9. Peinlich rumtanzen
10. Die Mall of America

»Was macht ihr denn da?« Jegs Kopf tauchte hinter der nächsten Ecke auf. Ich hatte gar nicht bemerkt, dass sie uns beobachtet hatte. Ihr Gesicht war irgendwie feucht, als habe sie versucht, Wasser zu trinken, aber irgendwie ihren

Mund nicht getroffen. Vielleicht war es aber auch nur ein verrückter, neuer farbloser Lippenstift. Vielleicht war es ein Fashion Statement. Da ich mir nicht sicher war, hielt ich lieber die Klappe.

»Wir machen eine Liste mit Sachen, die wir gut finden«, sagte ich. »Willst du auch eine schreiben?«

»Aber so was von«, entgegnete Jeg, also gab ich ihr einen Zettel. Bald war unsere Liste noch länger geworden.

1. Partys
2. Jungs
3. Filme, die ab 16 freigegeben sind
4. Make-up
5. Übernachten bei Freundinnen
6. Geheimnisse teilen
7. Wahrheit oder Pflicht spielen
8. Mit Freunden abhängen
9. Klamotten
10. Küssen

»Küssen?«, stießen Olivia und ich gleichzeitig aus.

Jeg wurde schlagartig rot.

»Na ja, da war bloß dieser eine Typ in Frankreich Anfang des Jahres«, sagte sie. »Und Kevin. Und … ähm … Liam.«

»Liam?«, riefen wir wieder gleichzeitig.

Anschließend war ich ein wenig traurig. Ich hatte mir immer gewünscht, dass ich meinen ersten Kuss mit Liam erleben würde, aber er wollte ja noch nicht mal der Erste sein, der mit mir Händchen hielt. Aber als ich darüber nachdachte, fiel mir ein, dass es wahrscheinlich ganz gut war, dass ich meinen ersten Kuss nicht an jemanden verschwendet hatte, der mich im Schneesturm stehen lassen würde. Mein erster Kuss würde romantisch sein, mit jemandem, den ich mochte und der mich auch mochte.

»Na ja, er hat mich geküsst«, gab Jeg zu. »Gerade eben, übrigens. Ich habe mit ihm Schluss gemacht und das hat ihn anscheinend ziemlich fertiggemacht. Da habe ich ihm erlaubt, mir einen winzig kleinen Kuss zu geben.« Sie lachte. »Leute, das hab ich sonst noch keinem erzählt. Es war voll eklig. Er hat mir das ganze Gesicht vollgesabbert. Er hat nicht mal meinen Mund getroffen. Ich habe bisher nur zwei andere Jungs geküsst, aber ich bin mir ziemlich sicher, dass man beim Küssen die Lippen treffen und dem anderen nicht das Gesicht ablecken sollte.«

Sie schaute mich erwartungsvoll an, und ich konnte nicht anders – ich musste kichern.

Bald fing auch Olivia an zu prusten, und dann konnte auch Jeg nicht mehr, und aus unserem Kichern wurde ein lautes Lachen, und das laute Lachen wurde zu einem Lachen, bei dem man sich den Bauch halten und heulen und nach Luft schnappen und versuchen muss, sich nicht in die Hosen zu machen. Ich wollte, dass es niemals aufhörte.

»Er hat dich völlig zugespeichelt!«, keuchte Olivia zwischen einzelnen Lachsalven. Tränen strömten über ihre Wangen.

»Er ist voll der Schleimbeutel!«, kreischte ich. »Im wahrsten Sinne des Wortes!«

»Das ist nicht lustig!«, jammerte Jeg, aber dabei lachte sie so sehr, dass sie von der Bank fiel. »Ich bin vollgeschleimt worden!«, rief sie, und wir mussten noch lauter lachen.

Eine Sekunde später hörte Jeg plötzlich auf zu lachen, als wäre ihr plötzlich aufgefallen, dass ihr Gesicht tatsächlich voller Schleim war und wir nicht bloß rumalberten.

Aber das war es nicht. Ami stand vor uns, die Hände in die Hüften gestützt, und musterte uns von Kopf bis Fuß.

»Was ist so lustig?«, fragte sie.

»Oh, wir haben bloß Sachen aufgeschrieben, die wir gut finden«, erklärte ich. »Und dann hat Jeg uns eine irrsinnig witzige Geschichte erzählt. Willst du auch eine Liste machen?«

Sie sah aus, als würde sie darüber nachdenken, aber dann schüttelte sie den Kopf und hakte sich bei Jeg ein. »Nicht jetzt. Aber die Geschichte würde ich gern hören.«

»Du wirst ausflippen«, sagte Jeg.

Als die beiden gemeinsam davongingen, schaute sich Ami noch einmal zu mir um und lächelte kurz. Dann schaute auch Jeg zu mir und formte »Schleim« mit ihrem Mund, worauf Olivia und ich schon wieder in hysterisches Gelächter ausbrachen.

Als wir uns endlich beruhigt hatten, fiel mir ein, dass ich etwas zu erledigen hatte: Operation Andy-Abservieren, kurz OAA. Ich musste nur vor ihn und sein nettes Gesicht treten und sagen: *Ich kann keine weitere SMS ertragen, die mit einem Smiley endet oder einem Ausrufezeichen. Punkt. Mach's gut.*

Kein Problem.

Doch in dem Augenblick, als ich ihn tatsächlich vor mir sah, wusste ich, dass ich das niemals hinkriegen würde. Er war ja wirklich der netteste Mensch der Welt. Wie sollte ich jemandem wehtun, der sogar Leuten, die er gar nicht kannte, die Tür aufhielt und Müll von der Straße aufhob, den er nicht verursacht hatte? Niemand tat so was. Ich wette, wenn er meinen blauen Zettel entdeckt hätte, er hätte ihn ebenso vorbildlich entsorgt wie Mr Todd.

Vielleicht würde der *nette* Andy auch mal Schuldirektor werden. Vielleicht würden meine Kinder eines Tages bei ihm zur Schule gehen. Ich konnte doch nicht mit dem zukünftigen Rektor meiner Kinder Schluss machen! Aber der *nette* Andy war so nett, dass er wahrscheinlich nicht mal gemein zu meinen Kindern sein würde, obwohl ich ihn verlassen hatte. Oh Mann! Vielleicht würde ich ihm doch nicht ins Gesicht sagen, dass ich ihm den Laufpass gab. Vielleicht sollte ich ihm lieber eine Nachricht schreiben.

Andy,
du bist wahnsinnig nett, aber wir können nicht zusammenbleiben. Ich ziehe in die Antarktis.

Nein, das ging nicht, das konnte ich ihm nicht weismachen.

Andy,
du bist so wahnsinnig nett, aber wir können nicht zusammenbleiben. Meine Eltern erlauben es nicht.

Nein, das war eine faustdicke Lüge. Mom hätte am liebsten eine Party geschmissen, als ich ihr erzählt hatte, dass wir miteinander gingen.

Und Dad hatte gesagt: »Du hast keine Dates, bevor du nicht mindestens vierzig bist«, aber ich wette, insgeheim gefiel es ihm ganz gut, das der *nette* Andy mir so viele Komplimente machte. Schließlich schrieb ich:

Andy,
ich möchte nicht mehr mit dir gehen, aber ich würde gern mit dir befreundet sein.

Na also. Perfekt. Geschafft. Ich riss den Zettel aus meinem Block, steckte ihn mir in die Tasche und ging den Flur hinunter. Es war ganz ruhig hier, aber dafür machten die Gedanken in meinem Kopf umso mehr Lärm.

Tu's nicht! Du wirst nie wieder einen festen Freund kriegen. Du kannst nicht ins Einkaufszentrum gehen und dir einfach einen anderen besorgen. Ein Freund ist kein lila Pulli, den man einer Schaufensterpuppe auszieht. Du wirst seine Gefühle verletzen. Er wird den Rest seines Lebens heulen, und dann wird er doch kein Schuldirektor, sondern ein Psychokiller – und es wird nur deine Schuld sein.

Elyse, du weißt, dass du es tun musst.

Aber mit einem Brief? Das war doch ziemlich mies.

Ohne weiter darüber nachzudenken, zog ich den Zettel aus meiner Tasche und warf ihn genau in dem Augenblick in den Mülleimer, als mich der *nette* Andy kommen sah.

»Elyse!«, rief er aus und hob die Hand, damit ich ihm High five gab. »Was geht?«

»Hey«, sagte ich. »Hör mal, Andy ...«

Tu's. Tu's. Tu's. Du kannst es. Das geht schon. TU ES!!!!! »Ich will nicht mehr mit dir gehen. Ich möchte, dass wir bloß Freunde sind, okay?« Ich atmete so tief ein wie noch nie in meinem Leben.

So. Es war geschafft.

»Oh!« Er hob seine netten Augenbrauen. »Okay!«

»Okay?«, fragte ich und hob ebenfalls die Augenbrauen. »Das ist alles?«

»Ja!«, sagte er. »Was hast du denn erwartet?«

Ähm, Tränen? Mord? Dass eine wunderschöne Zukunft als Middle-School-Rektor ein für alle Mal in Trümmern lag?

Statt das zu sagen, murmelte ich: »Weiß nicht ...«

»Okay!« Er lächelte. »Mach dir mal keine Sorgen deswegen!«

»Okay«, sagte ich, aber alles schien mir viel zu einfach. »Du bist echt nicht sauer? Ich meine, du hast mich nur gemocht, weil du ein netter Mensch bist und ich dir wegen meiner CAV leidgetan habe. Das verletzt deine Gefühle also überhaupt nicht.«

Der *nette* Andy blieb stehen und schaute mich mit sehr

ernstem Gesicht an. Er lächelte nicht. Wenn ich nicht solche Angst davor gehabt hätte, was er sagen würde, hätte ich am liebsten ein Foto geschossen.

»Was? Ich habe dich immer gemocht, weil du toll und cool bist.«

»Du meinst, weil die CAV toll und cool ist.«

»Nein«, entgegnete er langsam. »Ich meine, klar: Als wir uns kennengelernt haben, damals im Kindergarten, haben meine Eltern mir gesagt, dass ich besonders nett zu dir sein sollte! Vielleicht habe ich es damit ein bisschen übertrieben. Was soll ich sagen, ich bin eben gern nett zu anderen Leuten!« Er zuckte mit den Schultern. »Aber ich wollte dich besser kennenlernen, deswegen wollte ich auch mit dir gehen. Ich finde nämlich, dass du *wirklich* toll und cool bist, weißt du?«

Ich betrachtete sein ernstes Gesicht und seine großen, aufgerissenen Augen. Er sagte, was ich immer irgendwie vermutet hatte, aber doch nie recht glauben konnte. Doch jetzt glaubte ich es. Und ich war mir ziemlich sicher, dass sich das nie wieder ändern würde.

33

Miss Sigafiss

Am nächsten Tag waren wir alle vor Miss Sigafiss im Klassenraum. Es war nicht ihre Art, zu spät zu kommen. Während die anderen laut redeten oder durch den Raum rannten, holte ich mein Arbeitsheft heraus. Es war fast keine Überraschung mehr, dass zwischen den Seiten ein blauer Zettel steckte. So langsam hatte ich mich an diese Nachrichten gewöhnt. Vielleicht würde ich nie herausfinden, wer sie mir schrieb, und es würde bis in alle Ewigkeit so weitergehen. Es wäre nervtötend, es nie zu erfahren, aber vielleicht gab es eben einfach Dinge, die sich niemals klären ließen.

Elyse,
dies ist meine letzte Nachricht an dich. Es ist für mich an der Zeit, weiterzuziehen. Ich hatte es in diesem Jahr auch nicht leicht, aber dir zu schreiben, hat mir geholfen, sodass es mir auch selbst etwas besser ging. Danke also fürs Lesen.

Was? Na klar: Jetzt, wo ich mich darauf eingestellt hatte, dass das mit den Nachrichten immer so weitergehen würde, war Schluss. Ich senkte den Blick. Das war auf seltsame Weise traurig. Das war's nun? Es hörte einfach auf? Und ich würde nie erfahren, wer mir geschrieben hatte?

Ich bemerkte nicht mehr, was im Raum vor sich ging, selbst als Frank, der Hausmeister, hereinkam, um uns zu beaufsichtigen, und uns zeigte, wie man einen Papierflieger bastelte, der durch den ganzen Raum segeln konnte, ohne abzustürzen.

Zehn Minuten später hörten wir Mr Todds Schritte draußen auf dem Flur, also rannten alle rasch zurück zu ihren Plätzen. Frank schnappte sich die ganzen Papierflieger und stopfte sie eilig in die Taschen seines Overalls. Da sie nicht alle hineinpassten, schob er sich auch einige unter sein Hemd, was uns alle in lautes Gelächter ausbrechen ließ. An einigen sehr lustigen Stellen ragten jetzt spitze Ecken aus seiner Kleidung.

»Frank hat Oberweite bekommen!«, rief Kevin genau in dem Augenblick, als Mr Todd die Tür öffnete.

»Ich fürchte, ich habe schlechte Neuigkeiten!«, sagte Mr Todd und ignorierte den Oberweiten-Kommentar. »Miss Sigafiss ist leider nicht dazu in der Lage, euch im weiteren Verlauf des Schuljahres zu unterrichten.«

»JA!« Die gesamte Klasse brach in lauten Jubel aus. Wenn er uns mitgeteilt hätte, dass wir den Rest des Jahres gar nicht mehr zur Schule hätten gehen müssen, wäre die Reaktion nicht anders ausgefallen.

Mr Todd räusperte sich.

»Heißt das, Sie haben sie rausgeschmissen?«, fragte Ami, als sich der Lärm langsam legte.

»Nein, keineswegs. Sie schlägt eine neue Richtung ein und ich freue mich sehr für sie. Und nun zu weiteren großartigen Neuigkeiten. Für den Rest der Woche wird euch ein herausragender Ersatzlehrer unterrichten, der ganz kurzfristig einspringen konnte. Bitte begrüßt ganz herzlich …« Er schaute dramatisch zur Tür, sprang dann hinaus und kam ganz lässig wieder hereingeschlendert. »… mich! Mr Todd. Zu euren Diensten.«

Wir blickten ihn misstrauisch an. Klar, wahrscheinlich war er als Lehrer besser als Miss Sigafiss, aber was wussten wir schon von ihm, außer dass er wie ein Grizzlybär aussah und alles toll fand, was blau war?

Andererseits, ging es mir durch den Kopf, *hat mir seine Grizzlybär-Behaartheit ja irgendwie aus diesem Schneesturm herausgeholfen.*

Vielleicht hatte mir auch Miss Sigafiss etwas beigebracht. Sie hatte mir gezeigt, dass man sich fragen sollte, wer Menschen wirklich sind. Denn manchmal zeigten diese Menschen deinen Eltern ein ganz anderes Gesicht als dir. Und manchmal war nicht einmal das ihr richtiges Gesicht.

Und in diesem Augenblick kam mir in den Sinn, dass es vielleicht noch einen neuen Verdächtigen gab, der die Zettel geschrieben haben könnte.

34

Die Wahrheit

Am Ende der Stunde ließ ich mir Zeit, meine Sachen einzupacken, während alle anderen schon hinausstürmten. Als sich die Tür öffnete, dachte ich, es wären schon andere Schüler, die als Nächstes hier Unterricht haben würden. Aber das war nicht der Fall.

»Ich wollte nur noch ein paar Sachen holen, die ich hier zurückgelassen habe«, sagte Miss Sigafiss.

»Oh.«

Ich sah, dass einer ihrer langen Schals über einem Stuhl hing, also ging ich hinüber und brachte ihn ihr. Ich hatte noch nie so nah bei Miss Sigafiss gestanden. Einerseits war es total Furcht einflößend, andererseits sah ich etwas in ihren Augen, das ich noch nie zuvor bemerkt hatte: Traurigkeit. Und zwar jede Menge.

»Danke schön«, sagte sie.

Als sie nach dem Schal griff, fiel ihr ihre Tasche aus der Hand. Heraus kullerten ein Paket Kaugummis, einige Schlüssel, ein Portemonnaie und ein roter Ordner, aus dem jede Menge blaue Zettel hervorschauten.

Unsere Blicke trafen sich nur für eine Sekunde, aber diese Sekunde genügte, um meinen Verdacht zu bestätigen. Sie war es gewesen. Unfassbar. Unfassbar! *Sie* war es!

»Sie?«

»Ich würde dir gern etwas zeigen, Elyse.« Miss Sigafiss krempelte ihren Ärmel hoch und offenbarte ein Stück ihres Handgelenks, auf dem ich einen dicken, dunklen Fleck erkannte. Ich reckte den Kopf ein Stück weit vor, um ihn genauer unter die Lupe zu nehmen.

Dann schnappte ich nach Luft.

Heilige. High. Heels.

Das war kein gewöhnlicher blauer Fleck.

Es war ein Wort.

VERSAGERIN.

Miss Sigafiss hatte CAV. Und sie hatte die Nachrichten geschrieben. *Heilige. High. Heels.*

Ich wusste nicht, was ich sagen sollte, also schaute ich sie bloß an, in der Hoffnung, dass sie mir alles erklären würde. Aber sie blieb stumm.

»Also ... warum?«, fragte ich schließlich.

»Tja, als ich aufwuchs, wusste niemand, was CAV ist. Ich wurde von allen wie eine Aussätzige behandelt – von Fremden, von meinen sogenannten Freunden, sogar von meiner eigenen Familie.« Sie hielt inne und schürzte die Lippen, als sei sie sich nicht sicher, ob sie wirklich weitersprechen solle. »Als ich achtzehn war«, sagte sie dann langsam, »las ich von einem Arzt namens Dr. Patel, der an der University of Chicago forschte, und ich entschloss mich, meine Sachen zu packen und auf eigene Faust hierherzuziehen. Das war meine einzige Hoffnung.«

Auch wir waren extra wegen Dr. Patel hierhergezogen, aber ich war damals noch ein Baby gewesen. Es war natürlich viel schwerer, wenn man ganz bewusst an einem völlig neuen Ort ein völlig neues Leben begann.

»Schrecklich«, sagte ich.

Sie antwortete nicht. Informationen aus ihr herauszubekommen, war beinahe unmöglich, aber ich versuchte es noch einmal. »War das nicht beängstigend?«

»Das war es. Dr. Patel half mir ein wenig, aber es ist schwerer, wenn man schon älter ist. Man gewöhnt sich daran, auf eine bestimmte Weise behandelt zu werden, und irgendwann glaubt man, dass man es nicht anders verdient hat. Daher war ich ein sehr trauriger Mensch, obwohl ich diese ganzen verschreibungspflichtigen Salben benutzte und was weiß ich nicht alles.« Endlich fuhr sie fort, ohne dass ich sie drängen musste. »Ich fing an, als Lehrerin zu arbeiten, aber schon am ersten Tag sah ich all diese jungen Gesichter vor mir und konnte immer nur an die Kinder denken, die sich mir gegenüber so furchtbar verhalten hatten, als ich selbst noch ein Kind war. Elyse … Ich war nicht die beste Lehrerin für euch. Und auch nicht für die Klassen vor euch.«

Es fiel schwer, nicht zu nicken.

»Ich dachte, wenn die Kinder vor mir Angst hätten, selbst wenn sie schlecht von mir dachten, würden sie es wenigstens nicht sagen. Zumindest nicht in mein Gesicht.«

Sie lachte ein wenig, und ich musste daran denken, wie ich sie bei der Spendenshow eine **SUPERSCHURKIN** genannt hatte. Hätte sie es gehört, es hätte sie gejuckt wie verrückt.

»Als Mr Todd mir dieses Jahr die Schülerakten gab und ich las, dass du CAV hast, hat es mir das Herz gebrochen. Du warst seit jüngster Kindheit in ärztlicher Behandlung, aber ich vermute, dein Leben ist nie besonders leicht gewesen. Ich dachte, wenn ich dir ein wenig helfen könnte, dir vielleicht dann und wann einen anonymen Rat geben würde, das zu tun, was ich gern getan hätte, als ich in deinem Alter war … Ich weiß nicht. Ich hatte gehofft, dadurch würde dir dein Schuljahr vielleicht etwas weniger … unter die Haut gehen.« Sie verlor sich.

»Aber«, wandte ich ein, »wenn Sie wussten, dass ich CAV habe, und Sie es selbst auch haben, warum haben Sie mir das nicht einfach gesagt? Sie hätten mir doch auch ohne anonyme Zettel Ratschläge geben können.«

Sie atmete tief ein. »Das hätte ich tun sollen, aber manchmal ist es so schwer, darüber zu reden. Mr Todd hat das mit meinen Nachrichten an dich schon vor einer ganzen Weile herausgefunden. Anfangs war er ziemlich besorgt, aber als ich ihm erklärt habe, wie sehr es dir hilft, war er damit einverstanden.«

»Stimmt«, sagte ich. »Sie waren total hilfreich. Durch Sie bin ich Junior-Reiseleiterin geworden!«

Sie schaute mich lange an und ihre Mundwinkel hoben sich zu einem Lächeln. »Nein«, sagte sie, »das hast du dir selbst verdient, Elyse. Ich habe dir bloß ein paar Ideen in den Kopf gesetzt. Du hast es ganz allein so weit gebracht. Und es ging sowieso hauptsächlich darum, dass du dich besser fühlst.«

Hatte ich es selbst geschafft? Die ganze Zeit hatte ich das Gefühl gehabt, Anweisungen zu befolgen. Aber vielleicht hatte sie recht – in der Spendenshow war ich ja schließlich auch selbst aufgetreten. Ich hatte die Sitzungen unseres Exkursionskomitees selbst geleitet. Ich hatte selbst aus der Wildnis zurückgefunden. Sie hatte mir Ideen gegeben, aber *ich* hatte sie *umgesetzt*, und dabei hatte ich mich tatsächlich besser gefühlt. *Heilige. High. Heels.* Vielleicht war sie ja *doch* eine gute Lehrerin. Vielleicht sogar die beste.

»Ich möchte mich bei dir bedanken«, fuhr sie fort.

Nun grinsten wir beide. Ich dachte an die Briefe, die ich mir selbst geschrieben hatte. Dass ich einmal allein mit Miss Sigafiss in einem Raum stehen und lächeln würde, hätte ich niemals geglaubt, nicht in einer Million Jahren. Und doch – nun standen wir hier.

»Indem ich dir geschrieben und beobachtet habe, wie du über dich hinauswächst, ist mir klar geworden, wie sehr ich es liebe, Schüler ganz individuell zu unterstützen. Deshalb habe ich Mr Todd heute auch mitgeteilt, dass ich die Whitman Middle School verlasse, um eine Zusatzausbildung als Sozialarbeiterin zu machen. Eigentlich wollte ich erst im Sommer damit beginnen, aber nun ist mir klar geworden, dass ich keine Sekunde länger warten möchte. Das Leben ist zu kurz. Wenn ich jetzt kündige, kann ich schon nächste Woche mit der neuen Ausbildung beginnen.«

»Wow! Das ist echt cool, Miss Sigafiss.«

Es gab noch so viel mehr Fragen, die ich ihr stellen wollte. So vieles, was ich sagen wollte. Aber ich merkte, dass sie unruhig wurde. Inzwischen hatte sie all ihre Sachen wieder in die Tasche geräumt und sich ihren Schal in einer Schlaufe um den Hals gelegt.

»Es ist jetzt Zeit für mich«, sagte sie und griff nach der Türklinke. »Ich kann es nicht abwarten, mich selbst besser zu fühlen, mit mir selbst ins Reine zu kommen. So wie du, Elyse. Hab vielen Dank.« Mit einem kurzen Winken ging sie durch die Tür und ließ mich mit offenem Mund zurück. Sie ging einfach und dann war sie weg und das war es.

Ich marschierte wie benommen aus der Klasse hinaus. Miss Sigafiss hatte CAV und sie hatte die Zettel geschrieben. In meinem Kopf drehte sich alles. Aber als ich sah, wie Liam im Flur an den Schließfächern lehnte – ganz allein –, verschwand Miss Sigafiss für einen Augenblick aus meinem Kopf und machte einem anderen Gedanken Platz: *Schnapp ihn dir!*

Diesmal hatte ich keine Angst davor, was passieren würde oder was Liam von mir hielt. Ich hatte mich von dem *netten* Andy auch Auge in Auge getrennt und ihm nicht bloß einen kümmerlichen Brief geschrieben. Ich hatte mich aus der Wildnis gerettet. Ich hatte herausgefunden, wer die blauen Zettel geschrieben hatte. Ich war **GLÜCK-**

LICH und würde es auch bleiben, ganz gleich, ob Liam mich mochte – oder das, was ich ihm zu sagen hatte.

»Liam«, sagte ich mit einer Stimme, die so fest klang, dass selbst *ich* überrascht war. »Wir müssen reden. Warum hast du mich in Minnesota im Schnee allein gelassen?«

»Keine Ahnung.« Er zuckte mit den Schultern. »Mir war danach.«

Ihm *war danach*?

Manchmal war mir danach, die Wände meines Zimmers mit knallpinkem Nagellack zu streichen. Aber das hieß nicht, dass ich es wirklich *tat*.

»Echt? Das ist der Grund?«

Er blickte auf seine Füße hinunter und zupfte an seinem Hemdkragen, als würde er ihm die Luft abschnüren. War das etwa Schweiß, was ich da sah? War Liam *nervös*? Weil *ich* vor ihm stand?

»Nein, das ist nicht der Grund. Ich hab einfach Schiss gehabt, nachdem ich dir die Wahrheit gesagt hatte, okay? Ich wollte nicht, dass du in der Gegend rumläufst und allen erzählst, dass ich dir diesen Zettel geschrieben hatte. Ich dachte, wenn ich vor dir wieder im Camp wäre, könnte ich Mr Todd sagen, dass du verrücktes Zeug redest, dass du wegen der Kälte durchgedreht wärst oder so. Ich wollte ihn zu dir führen, ich schwöre. Ich hätte dich da nie einfach allein gelassen.« Jetzt waren Liams Augen weit aufgerissen, als fürchte er, dass ich losstürmen würde, um Mr Todd alles zu erzählen.

Nun, ich war keine Petze. Aber froh machte mich das

auch nicht. Er hatte noch immer nicht gesagt, was ich eigentlich hören wollte: *Es tut mir leid*. Aber die Wahrheit musste vorläufig genügen.

Und es würde auch nicht wehtun, nachher endlich dieses dämliche Kaugummi in den Müll zu werfen.

35

Ein ganz besonderer Fall

Kaum war ich von der Schule zurück, erzählte ich Mom, was ich von Miss Sigafiss erfahren hatte, und schon rasten wir zu Dr. Patels Praxis.

»Nun«, sagte er, nachdem ich meine Entdeckung berichtet hatte, »ich kann das weder bestätigen noch leugnen, aber es ist durchaus möglich, dass du da auf etwas gestoßen bist.«

Es ergab immer noch keinen Sinn. »Warum war sie denn nicht einfach besonders nett?«, fragte ich. »Dann hätten die Leute freundliche Dinge über sie gesagt und keine schlimmen. So hätte sie doch glücklich sein können.«

»Aber das ist keine Garantie«, entgegnete Dr. Patel. »Das weißt du doch selbst am besten.«

Ich krempelte meine Ärmel und Hosenbeine hoch. Meine Arme und Beine zierten hauptsächlich großartige Worte, aber ein paar nicht so schöne hatten sich noch festgesetzt. **ELEFANT IM PORZELLANLADEN. UNGESCHICKT. LAHMARSCH** – das stammte von gestern, als ich auf dem Flur offenbar nicht schnell genug war für den Typen, der unbedingt an mir vorbeirennen wollte.

Vielleicht würde es ja immer etwas geben, das meine Haut zum Jucken brachte.

Ich dachte an Dad und daran, wie sehr ihn der eine Fehler belastet hatte, den er vor so vielen Jahren begangen hatte. Ich fragte mich, ob er sich selbst deswegen Vorwürfe machte, ob er sich selbst für einen übervorsichtigen **ANGSTHASEN** hielt. Selbst wenn das Wort nicht auf seinem Körper auftauchte – vielleicht geisterte es ihm ja ständig durch den Kopf. Vielleicht hatten alle manchmal solche brennenden, juckenden Worte in ihrem Kopf. Sogar Liam und Andy und Jeg und Ami. Dass man die Worte nicht sehen konnte, hieß ja nicht, dass es sie nicht gab.

»Ihr Verhalten hat ihr vielleicht keine Komplimente eingebracht, aber es hat wohl dafür gesorgt, dass sich niemand traute, sie direkt zu beleidigen. Wenn deine Lehrerin tatsächlich meine zweite Patientin sein sollte, meine ich«, ergänzte Dr. Patel.

Er hatte recht. Wir hielten sie alle für ziemlich verrückt, aber keiner hätte es gewagt, das in ihrer Gegenwart laut auszusprechen.

»Das ist doch kein Leben, wenn man immer Angst vor schlimmen Worten hat«, sagte ich nach einer Weile. »Sie ist so viel älter als ich. Wie kann es sein, dass ich das begriffen habe und sie nicht?«

»Die Menschen sind eben unterschiedlich«, sagte er. »Vielleicht ist sie einfach noch nicht bereit, sich dem zu stellen. Aber soll das heißen, dass du keine Angst mehr vor bösen Worten hast, Elyse? Die sechste Klasse ist nur der Anfang, weißt du? Ich fürchte, dir stehen noch einige Hürden bevor.«

»Tja«, sagte ich, »ich nehme an, irgendwo wird mich immer ein Wort zwicken. Aber das muss ja nicht jedes Mal mein ganzes Leben kaputt machen.«

»Hmmm.« Dr. Patel wandte sich seinem Computer zu und tippte etwas ein. »Du bist wirklich ein interessanter Fall, Elyse Everett. Und ein ganz besonderer.«

»Ich hoffe, dass Miss Sigafiss irgendwann ebenfalls herausfindet, dass sie etwas ganz Besonderes ist«, sagte ich.

»Ich auch«, erwiderte Dr. Patel. »Ich auch.«

36

Kurze Ärmel

Hey El,

seit Miss Sigafiss nicht mehr da ist, habe ich ziemlich viel darüber nachgedacht, wer ich wirklich bin und wie andere mich sehen. Durch Miss Sigafiss habe ich erkannt, dass da ein großer Unterschied besteht. Zu unseren Eltern war sie immer extrem nett, als wäre sie die beste Lehrerin und beste Freundin in der Geschichte der Lehrerinnen und Freundinnen, und zu uns war sie immer bloß gemein und einschüchternd.

Aber sie hatte auch CAV. Und sie hat sich eben dazu entschieden, auf diese Weise damit umzugehen. Sie wusste nicht, wie sie sich selbst anders beschützen sollte.

Ich denke, ein bisschen bin ich auch so. Anderen gegenüber habe ich mich so verhalten, als wäre ich die große Macherin, aber insgeheim wollte ich immer lieber eine Denkerin sein (und die war ich wohl auch,

wenn ich allein war). In Wirklichkeit bin ich eben so ein Mensch, auch wenn das heißt, dass ich mein Mittagessen manchmal allein auf dem Mädchenklo esse und auch noch einige andere Sachen mache, die anderen total bekloppt vorkommen.
Ich denke, manche Leute sind einfach immer sie selbst, Mr Todd zum Beispiel. Egal, mit wem er gerade zusammen ist, er redet immer über irgendwelche blauen Sachen und bringt alle unfreiwillig zum Lachen.
Ich weiß nicht, wie er ist, wenn er nach der Schule nach Hause geht, aber ich denke, in seiner Wohnung warten jede Menge blaue Möbel auf ihn, und wahrscheinlich bringt er auch seine Mom, seinen Dad und seine Freunde ständig zum Lachen.
Die gute Nachricht ist, dass ich glaube, dass ich das alles miteinander verbinden kann - ich kann unternehmungslustig und eine Denkerin sein und ein guter Mensch. Und ich kann jemand sein, der manchmal zusammen mit anderen Leuten sein Mittagessen isst und manchmal allein - nur mit Büchern und ganz in Ruhe. Und ich kann diejenige sein, auf deren Arm „TOLL" und „COOL" und „GLÜCKLICH" steht, ganz gleich, was passiert, denn all das bin ich, wenn ich einfach ganz ich selbst bin.
Die Ziele für den Rest des Jahres?
Das muss ich gar nicht erst sagen, oder?

Ich weiß, was ich tun muss.
Ich muss sie einfach in Angriff nehmen.

April-El

Als ich aus meinem Zimmer auftauchte und ein lila T-Shirt mit kurzen Armen und süße, dunkle, knielange Jeansshorts trug, brach Mom beinahe in Tränen aus. Ich stand vor dem bodentiefen Spiegel im Flur und sie schaute mir über die Schulter. Ich sah tatsächlich hinreißend aus! Ausnahmsweise machte auch mein Haar genau das, was ich von ihm wollte. Ich hatte es mit einem glitzernden, schwarzen Stirnband zurückgebunden, und es hing vollkommen glatt herunter bis auf Schulterhöhe. Meine Augen waren auch nicht mehr so verschwommen algengrün wie früher, sondern leuchteten in einem kräftigen Hellgrün, wie bei einem Baum im Frühling, der gerade ausschlägt.

War das möglich? Ich wusste, dass ich toll und cool war – aber war ich jetzt auch noch schön geworden? Ich traute mich kaum, es zu denken.

Mom bestätigte es mir, auch wenn ihre Meinung natürlich nicht wirklich zählte.

»Du siehst wunderschön aus!«, sagte sie, und kleine Tränen schimmerten in ihren Augen. »Ich bin so stolz auf dich, Schätzchen.«

WUNDERSCHÖN machte es sich an meiner linken

Schulter bequem. Ich hob das Kinn, machte mich gerade und groß. Ich hatte das Gefühl, den ganzen Weg bis zur Schule schweben zu können.

Dad sagte: »Ich hoffe, der Berufsverkehr wird heute Morgen nicht so schlimm werden.« Aber dann fügte er hinzu: »Elyse ... du siehst wirklich fantastisch aus. So reif und erwachsen und unwahrscheinlich hübsch.«

Ein riesiges Grinsen breitete sich auf meinem Gesicht aus, während überall die wunderbaren, neuen Worte auftauchten.

»Danke, Dad.«

Mom schlüpfte an uns vorbei und huschte die Treppe hinauf. Ich dachte, dass sie mir einen Pulli bringen würde, für juckende Notfälle. Dad und ich gingen ins Wohnzimmer und setzten uns.

Aber sie kam nicht mit einem Pulli zurück. Sie stand mit einem großen Korb in der Tür, in der fünfzehn Trilliarden Tuben Ekelsalbe lagen.

»Mom«, stöhnte ich, »ich weiß, wir sollten vorbereitet sein, aber das ist doch nun wirklich übertrieben.«

»Ich gebe sie dir«, entgegnete sie und stellte den Korb auf meinen Schoß. »Es gibt keinen Grund, warum die Salben bei uns im Badezimmer stehen sollten. Du weißt selbst, wann du sie vielleicht brauchst und wann nicht, Schätzchen. Hab ich recht?«

»Ja, stimmt«, sagte ich, aber etwas verwirrte mich. Das, was sie jetzt sagte, passte gar nicht zu ihrem Verhalten auf der Exkursion. »Glaubst du das wirklich? Denn auf unsere Jahrgangsfahrt bist du doch nur mitgekommen, um sicherzugehen, dass ich mich mit der Salbe einschmiere. Deshalb hat Mr Todd dich gebeten, mitzukommen … damit jemand da war, der immer ein Auge auf die Junior-Reiseleiterin wirft. Damit mich die bösen Worte nicht aus der Bahn werfen und die ganze Reise ruinieren würden.«

»Elyse, nein!« Moms Augen wurden riesengroß. »Mr Todd dachte bloß, es würde uns Spaß machen, gemeinsam zu fahren. Du weißt schon, wir wirken beide immer so gestresst, so ernst. Immer auf dem Weg zum nächsten Arzttermin. Er dachte, wir zwei könnten ein bisschen Abwechslung gut gebrauchen.«

Ich sah in ihre Augen und wusste, dass es stimmte. Wir waren immer schrecklich ernst. Mit einem ausgelassenen Jetzt-hab-ich-aber-Spaß-Gesicht würde ich Mom wahrscheinlich gar nicht erkennen.

Und sie hatte auch noch in einer anderen Sache recht: Es war tatsächlich eine Abwechslung geworden, und was für eine!

Ich betrachtete den Korb auf meinen Knien. Alle Salben waren da: die klebrige, die noch klebrigere, die wasserfeste, die mit Extra-Feuchtigkeit …

Ich spürte Moms Blick auf mir ruhen, und mir kam in den Sinn, dass ich ihr vielleicht auch etwas geben sollte.

»Ich bin übrigens nicht sauer auf dich«, sagte ich. Sie hob eine Augenbraue. »Wegen des CAV-Gens. Es ist nicht deine Schuld. Und es ist okay für mich, CAV zu haben.

Mir geht's gut. Ganz im Ernst. Und ich finde auch, dass wir mehr Spaß miteinander haben sollten. Vielleicht können wir ja mal eine Reise zusammen machen, nur wir zwei.«

Mom atmete laut aus, kam auf mich zugestürzt und schlang ihre Arme fest um mich, sodass alle Salben durch die Gegend flogen. Nun, da ich sie aus der Nähe betrachtete, sah ich förmlich, dass ihr **SCHLECHTES GEWISSEN** auf die Haut gebrannt war. Sie hatte kein CAV, aber auch in ihrem Kopf geisterten garantiert Worte herum, die nie wirklich verschwanden – ein eingebildetes Brennen und Jucken wie bei Dad.

Wir hoben die Salben vom Boden auf, beeilten uns aber nicht.

»Ich denke, eine kleine Reise wäre großartig«, sagte Mom.

Wir umarmten uns wieder.

Bevor ich zur Schule aufbrach, gab es noch eine weitere Sache, die ich erledigen musste. Ich schnappte mir meinen Laptop aus der Küche, ließ mich auf die Couch fallen, ging online und erstellte eine neue Gruppe: *Ich habe CAV und das ist okay.*

Vielleicht würde ich für eine Weile das einzige Mitglied bleiben, aber ich hoffte, dass irgendwann auch andere hinzustießen. Zumindest wussten sie jetzt, dass es mich gab. Das konnte schon helfen.

Als ich eine halbe Stunde später in der Schule ankam und meine Arme im furchtbaren künstlichen Licht der Schullampen funkelten, fühlte ich mich bereit wie noch nie zuvor in meinem Leben.

Die Leute drehten sich nach mir um. Manche blieben sogar wie angewurzelt stehen – mitten auf dem Flur –, um mich anzuschauen. Es war unheimlich still, aber es spielte sich so einiges ab. Mit Fingern wurde auf mich gezeigt. Es wurde gewispert. Die Leute drängten zusammen. Und alle starrten.

»Ich erinnere mich noch an diese Hautworte«, hörte ich jemanden flüstern.

»Das war das, was Ami uns erzählt hat«, zischte jemand anderes.

»Das ist das stille Mädchen aus der Grundschule mit dieser Krankheit. SNAV? FLAV?«, murmelte ein Mädchen.

»CAV«, entgegnete ich laut.

Das Mädchen wurde knallrot im Gesicht, als wäre ihr nicht klar gewesen, dass ich sie hören würde.

Jemand näherte sich von hinten und pikte mir mit voller Wucht in den Arm.

»Autsch!«, entfuhr es mir. Das hätte jedem wehgetan, ob mit oder ohne Worte auf dem Arm.

»Was ist denn los mit der? Die ist ja voll gruselig«, fragte der Typ die Menge.

GRUSELIG tauchte direkt vor ihren Augen auf. Ich kratzte einmal daran, zwang mich aber gleich wieder, die Hände zu senken.

»Wow. Gruselig«, sagte er noch einmal. Das Wort wurde etwas größer und brannte etwas mehr.

»WOW! GRUSELIG!«, brüllte er, und einige andere kamen zu uns und lachten. **GRUSELIG** wurde größer und juckte sogar noch mehr. Es hatte jetzt das Maß von Juckreiz erreicht, das eindeutig nach einer Portion Salbe verlangte. Und zwar von der extraklebrigen Sorte, die ich zu Hause gelassen hatte.

Atme tief ein, sagte ich mir im Stillen. *Du bist nicht gruselig. Du bist okay. Alles ist gut.*

»Ich muss zum Unterricht«, sagte ich zu der Gruppe, die mich umringte. Und dann schob ich sie zur Seite und ging weiter. Überraschenderweise folgten sie mir nicht.

Diese Typen waren ein bisschen wie die Wildnis in Minnesota, dachte ich. Hart. Sie waren echt hart. Sie versuchten, mich zu brechen.

Ich durfte es ihnen nicht erlauben.

Als ich meinen Platz in Mr Todds Klasse einnahm, lächelte Olivia mich an. »Schau dich an!«, sagte sie. »Du siehst mega aus.«

»Danke«, entgegnete ich.

»Elyse!«, begrüßte mich Mr Todd. »Wow. Sieh sich das einer an. Die sind ja unglaublich.«

Viele der anderen schauten mich an. Einige flüsterten miteinander und manche starrten wie gebannt. Ich streckte meine Arme aus und meine Beine auch, ein bisschen, als würde ich einen Zaubertrick vorführen und als wäre dies mein großer *Ta-da!*-Moment. Durchs Fenster fiel das Sonnenlicht auf mich und ließ die Worte leuchtend hervortreten.

»Wow, deine Arme sind toll«, sagte Hannah B.

»Sieht echt cool aus!« Andy gab mir ein Daumen-Hoch.

»Die Beine sind nicht schlecht!«, sagte Mike.

Kevin stieß ihm den Ellbogen in den Bauch und dann mussten sie beide lachen.

»Tut das weh?«, fragte Paige.

»Nee«, erwiderte ich. »Manchmal jucken sie, aber sonst ist alles gut.«

Liam kam vom hinteren Teil des Raums bis zu meinem Tisch und legte einen blauen Post-it-Zettel auf meine Bücher. Ich schaute ihn an, dann auf den Zettel und wieder zu ihm hinauf.

»Lies«, sagte er.

Ich faltete ihn auf.

Mir tut alles sehr leid.

Ich lächelte. »Ist okay«, sagte ich.

»Hey, Leute! Ich hab mir am Wochenende beide Ohren noch mal piercen lassen!«, rief Ami den Leuten zu, die sich um meinen Platz versammelt hatten. Sie wandte uns ihr linkes Ohr zu. Ja, da war ihr altbekanntes Piercing und nun steckte noch ein weiterer funkelnder Silberstecker an der Knorpelstelle.

Wie auf Knopfdruck wandten sich alle Augen ihr zu – selbst die von Mr Todd. Aber das war in Ordnung. Vielleicht brauchte sie die Aufmerksamkeit dringender als ich.

Ich wollte ja eigentlich nur ich selbst sein, und nun, da ich kein Geheimnis mehr aus meinem Zustand machte, konnte ich das auch.

Ich blickte zur Seite. Jeg war die Einzige, die immer noch mich anschaute.

»Du siehst echt gut aus«, flüsterte sie. »Es ist cool, dass du das – keine Ahnung – allen einfach zeigen kannst. Und nicht irgendwelchen Regeln folgen musst, wie man aussehen muss und was man anziehen darf und was nicht. Und dass es dir egal ist, was die anderen denken.«

Sie spielte an irgendetwas herum, das um ihren Hals hing, und zog schließlich den Glücksbringer aus ihrem Shirt hervor, sodass ich ihn sehen konnte.

Es war der Peace-Zeichen-Anhänger. *Unser* Peace-Zeichen-Anhänger.

Aber so rasch er aufgetaucht war, so rasch ließ sie ihn auch wieder verschwinden.

»Jeg …« Ich flüsterte ebenfalls. Irgendwie fühlte sich dieses Gespräch wie ein Geheimnis an und gab mir das Gefühl, mutig zu sein. »Es hat mich schon verletzt, als du angefangen hast, mit den Kreischmädchen abzuhängen statt mit mir. Und als du ihnen dann am Anfang des Jahres von Liam und mir erzählt hast …«

»Ja, ich weiß … Es tut mir leid.« Sie seufzte leise. »Ich wollte einfach mehr Leute um mich haben, verstehst du? Und dann fingen sie ganz plötzlich an, mit mir zu reden, und das war so aufregend. Meine Eltern waren in diesem Sommer auch so viel unterwegs und haben mich nicht oft mitgenommen. Nur ganz selten. Ich nehme an, ich war einfach irgendwie einsam.«

»Aber du hattest doch mich!«

»Aber ich wollte mehr als dich.«

Das traf mich wie ein Fußball in den Magen.

»Ich meine das nicht auf böse Weise«, sagte sie. »Ich meine, ich wollte einfach mehr als nur eine wirklich gute Freundin, das ist alles.«

»Aber ...« Ich hielt inne. »Fandest du es denn gar nicht komisch, dass sie ausgerechnet in dem Augenblick mit dir abhängen wollten, als deine Eltern noch reicher und berühmter geworden waren?«

»Das war bloß ein Zufall. Sie mochten mich. Und sie sind auch gar nicht so blöd, wenn man sie näher kennenlernt.«

»Oh ... okay. Also, falls du mal wieder was mit mir machen willst, sag einfach Bescheid.«

Jeg lächelte mich an, dann holte sie einen kleinen Spiegel aus ihrer Tasche und machte irgendwas mit ihrem Gesicht. Als sie mich wieder ansah, hatte sich ihr Ausdruck völlig verändert. Es war, als wäre sie für einen Augenblick hypnotisiert worden, um ehrlich zu sein, und als hätte der eine Blick in den Spiegel genügt, um den Bann wieder zu brechen. Sie zuckte mit den Schultern und sagte: »Ja, vielleicht. Ich schreib dir mal 'ne SMS. Hab dich echt vermisst.« Dann stand sie auf und ging zu den anderen an Amis Tisch hinüber.

Ich hoffte, dass ich auf diese SMS nicht wieder eine

Ewigkeit würde warten müssen, wie auf die von Liam, die dann niemals kam.

Aber wer weiß. Und auf merkwürdige Weise war das für den Augenblick gut genug.

»Hab dich echt viel mehr vermisst«, flüsterte ich vor mich hin.

37

Das Gute, das Schlimme, und alles, was juckt

Liebe Elyse,

heute habe ich mich dazu entschlossen, dieses Heft noch einmal durchzublättern und zu lesen, was ich so geschrieben habe. Es kommt mir vor, als wäre der September viele, viele Jahre her, aber das stimmt gar nicht. Es ist nur einfach so viel passiert seitdem.
Ich wünschte, ich könnte zurückgehen und mich selbst warnen: Mr Todd hat die Zettel gar nicht geschrieben. Steh für dich selbst ein. Nimm eine Ersatztaschenlampe mit nach Minnesota. Trink keine zwei Tassen Kakao, bevor du Samstagvormittag spazieren gehst.
Aber weißt du was? Du hättest wahrscheinlich eh nicht auf meine Ratschläge gehört. Hier sind die Ratschläge aus meinem September-Brief. Ich wollte:

Aufhören, an den zusammengefalteten Zettel zu denken, bis ich ihn nach dem Ende der Stunde in Ruhe lesen kann.
War wohl nix!

Aufhören, von morgens bis abends über Liam nachzudenken. Der will nämlich nichts mehr von mir wissen.
Schön, ich bin nämlich über diesen Ätztypen endlich hinweg. Auf zur nächsten Beziehung.

Stattdessen lieber von morgens bis abends über Jungs wie den immer „netten" Andy nachdenken. Der scheint mich nämlich zu mögen.
Vielleicht auch lieber ganz damit aufhören, von morgens bis abends über Jungs nachzudenken.
Es war total schön, gemocht zu werden, aber bloß, weil der „nette" Andy mich gemocht hat, hieß das noch nicht, dass ich ihn genauso zurückmochte.

Es ist schön, Andy als wirklich guten Freund zu haben. Es ist schon verrückt, wie die Sachen, die einen am anderen total genervt haben, zu total coolen, witzigen Sachen werden können, wenn man einen Menschen mit anderen Augen sieht. Jetzt macht es mir gar nichts mehr aus, mit ihm ins Suppen-Paradies zu gehen. Und abgesehen davon, dass es jedes Mal wahnsinnig lecker ist, ist es auch meistens total lustig. Aber mal ganz im Ernst, wie kriegen die das hin, dass das Beef Stew so grandios ist?

Aufhören, über den zusammengefalteten blauen Zettel nachzudenken, bis es Zeit ist, ihn aufzumachen. (Aber diesmal ernsthaft, denn beim ersten Mal habe ich so überhaupt gar nicht aufgehört. Also: Hast du jetzt endlich aufgehört?) Nein. Ich hab nie aufgehört. Ich habe unentwegt an diese Zettel gedacht und an die Aufgaben, die sie mir gestellt haben - und ich bin sehr, sehr froh darüber.

Außerdem, liebes zukünftiges Ich, muss ich eins unbedingt wissen - ist Jeg in einem Jahr immer noch deine beste Freundin?
(Nicht wirklich. Aber sie ist auch nicht meine Feindin.)

Hat Dad in letzter Zeit mal über irgendwas mit dir gesprochen, das wirklich wichtig ist? (Oh, und wie! Jetzt, wo er einmal angefangen hat, hält er überhaupt nicht mehr die Klappe. Ich liebe es.)

Hat Dr. Patel endlich eine Heilungsmethode gefunden? (Noch nicht, aber er arbeitet daran. Ich hab's auch gar nicht mehr so eilig.)

Hast du die sechste Klasse geschafft? (Na, aber so was von! Na ja, ich werde es zumindest, wenn ich bis zum Ende des Jahres nicht noch irgendwo total danebenhaue. Aber das wird nicht passieren.)

Das will ich doch hoffen. (Jaja, ist ja gut!)

Wir werden hier nicht zwei Jahre hintereinander abhängen. Auf gar keinen Fall. Aber hey - fühl dich nicht unter Druck gesetzt.

Dein
September-Ich

PS: Ach ja - was war denn nun mit dem kleinen blauen Zettel??
(Du würdest es nicht glauben, wenn ich es dir erzählen würde.)

Ich weiß, dass Dr. Patel recht hat, so nervig es auch ist, es zuzugeben. Jeder Film, den ich je gesehen habe, und jedes Buch, das ich je gelesen habe, haben mir vermittelt, dass die Probleme im Laufe der Schulzeit immer mehr zunehmen. Er steht also mit seiner Meinung nicht allein da. Bis zum nächsten Herbst werden mich Jungs, die mich aus dem Konzept bringen, wahrscheinlich noch mehr aus dem Konzept bringen. Die fiesen Läster-Mädchen

werden wahrscheinlich noch fieser lästern. Ich werde also einen Weg finden müssen, damit umzugehen und bei alledem nicht durchzudrehen, ganz gleich, was passiert, das Gute ebenso anzunehmen wie das Schlimme und auch das, was teuflisch juckt.
Ich habe keine Ahnung, wie ich das hinkriegen soll.
Ich nehme an, ich werde wohl darüber nachdenken müssen.

Alles Liebe von
Dir.

DANKSAGUNG

Wenn ich ein Wort auf meiner Haut trüge, wäre es wohl **GLÜCKSPILZ**. Dieses Buch wäre nicht möglich gewesen ohne die Unterstützung so vieler Menschen und ich bin jedem Einzelnen unendlich dankbar.

Meine Lektorin sollte von Kopf bis Fuß mit einem dicken **FANTASTISCH** bedeckt sein, das ist sie nämlich – auch wenn dieses Wort nicht mal ansatzweise beschreibt, wie sehr ich ihre Kenntnisse zu schätzen weiß und wie gern ich mit ihr arbeite. Ein großer Dank an all die **UNGLAUBLICHEN** Mitarbeiter bei FSG/Macmillan, insbesondere an Joey Peskin, Simon Boughton, Morgan Dubin, Beth Clark, Karla Reganold und Janet Renard. Vom allerersten Tag an hat dieses Team dafür gesorgt, dass Elyse und ich uns wie zu Hause gefühlt haben.

Rebecca Sherman, meine Agentin, ist **HERAUSRAGEND**. Ihr Enthusiasmus für dieses Buch ist unvergleichlich, ebenso wie ihr scharfer Blick auf den Text. Dank auch an die **WUNDERVOLLE** Andrea Morrison.

Gail Nall ist **SUPERTOLL** und sollte eigentlich ein

Cape tragen, denn sie ist faktisch meine persönliche Superheldin. Ich weiß nicht, wo ich jetzt wäre, wenn sie mich nicht für die PitchWars 2013 vorgeschlagen und mich betreut hätte – gewiss wäre dieses Buch nie zustande gekommen. In nur einem Monat hat Gail aus einem Mädchen mit Manuskript eine echte Schriftstellerin gemacht und ihr gezeigt, wie man seine eigene Arbeit korrigiert, mit Zurückweisung zurechtkommt und wie ein echter Profi Schokolade isst. Sie ist weiterhin ein absolut **GRANDIOSES** Vorbild und eine ebensolche Freundin, und ich bin sehr glücklich, sie in meinem Leben zu haben.

Kalvin Nguyen war der einzige Mensch, der mir 2013 geantwortet hat, als ich beim National Novel Writing Month meine Idee eingereicht hatte: »Hey, wie wäre es mit einem Mädchen, auf dessen Körper Worte auftauchen?« Er ist wirklich **UNFASSBAR**. Er hat das Buch ungefähr eine Trilliarde Mal gelesen und mir unentwegt hervorragendes Feedback geliefert. Gail hat mir während der Pitch Wars wahnsinnig geholfen, aber mein Buch wäre niemals ausgewählt worden ohne Kalvins Geduld, seine Leitung und seine überwältigende **GRANDIOSITÄT**.

Meine **SPEKTAKULÄREN** ersten Leser: Lori Goldstein, Jen Malone, Erika David und Jeff Chen. Danke dafür, dass ihr Elyses Geschichte geliebt und mir geholfen habt, sie zu verbessern. Ihr habt alle einen großen Anteil am Ergebnis!

Ich hatte in meinem Leben so viele **GROSSARTIGE** Lehrer und Mentoren – riesiger Dank an Beth Huntley,

Kris Lindborg, Tim Moreau und Rena Citrin für die Unterstützung und Ermunterung, die mein Schreiben betraf und alles andere.

Dank an den **WEISEN** Francis Keating dafür, dass ich sein »Das Einzige, was sicher ist im Leben, ist der Zweifel« benutzen durfte. Dank auch für all deine anderen Weisheiten.

Meine **LUSTIGE** Schreibgruppe in Chicago: Kate, Kasey, Meg und Christine. Ich hatte niemals produktivere Schreib-Meetings als mit euch.

Die ermutigenden Sweet Sixteeners und MG Beta-Leser – ihr seid einfach der **HAMMER**, Leute.

Edith Cohn, danke für deinen **WARMHERZIGEN** Rat in allen möglichen Belangen – von Buchfragen bis zu Hundetraining. Du bist die Beste!

Dank an all die **GROSSARTIGEN** Lehrer und Bibliotheksmitarbeiter, die dort draußen so hart daran arbeiten, Kinder für Bücher zu begeistern, fürs Lernen und für sich selbst.

Dank an meine **FABELHAFTE** Familie und meine Freunde: AJ, Davi, Rachel, Francheska, Evan, Jess, Keri und Natalie. Danke, dass ihr immer für mich da wart.

Dann sind da noch Gail Rosenbaum, Andrea Wilensky und Devorah Schlein – allesamt eine **WUCHT**. Danke an Gail, dafür, dass du deine neurowissenschaftlichen Kenntnisse eingebracht hast, um mir dabei zu helfen, der CAV einen guten Namen zu geben. Andie, danke, dass du mit mir Frühlingsrollen- und Hundegassi-Pausen gemacht hast, wenn es allzu stressig wurde. Devorah, danke dafür, dass du mir (bis jetzt) keine Streiche gespielt hast, die mit dem Schreiben oder diesem Buch zu tun haben. Euch dreien ganz vielen Dank dafür, dass ihr Teil meines Lebens seid.

Schließlich Dank an meine Eltern, Kathy und David Cooper. Es gibt nicht genug Worte auf dieser Welt, um eure Unterstützung zu beschreiben und das, was sie mir bedeutet. Ich liebe euch.

ABBY COOPER lebt mit ihrem Zwergpudel Louis und ziemlich vielen Büchern in Minnesota. Da sie als Lehrerin und Schulbibliothekarin gearbeitet hat, teilt sie ihre Liebe zu Büchern sehr gerne mit anderen und empfiehlt jedem das richtige Buch. In ihrer Freizeit isst sie Cupcakes, joggt am Mississippi oder guckt schlechtes Realityfernsehen.